ジュリー・マキューラス 他編
日暮雅通 訳

シャーロック・ホームズの失われた災難

The Missing Misadventures of Sherlock Holmes

原書房

シャーロック・ホームズの
失われた災難

ダニエル・ネイサンとエマニュエル・ベンジャミン・レポフスキーに

目次

第Ⅱ部　ユーモア作家編

第Ⅲ部　愛好家《デヴォティー》編

はじめに

編者のうち二人から、この本を出すにいたった忘れがたい事情について、お話をしておきましょう。

《ノーウェジアン・エクスプローラーズ・オブ・ミネソタ》、ミネソタ大学図書館シャーロック・ホームズ・コレクション、および《フレンズ・オブ・シャーロック・ホームズ・コレクション》【訳注1】は、今回も三年に一度の大会を企画していました。この大会は、つねに新しいテーマとアイデアにチャレンジし、新しい講演者を発掘してきたもので、二〇一六年はどういうものにしよう？ と頭を悩ませていたのです。そのとき、テネシー州のビル・メイスン氏が、『シャーロック・ホームズの災難』【訳注2】をテーマにしたらどうかと提案してくれました。

それはいい、と誰もが思ったのですが、「本のことだけでいいのだろうか？」という問題が生じました。それには、もっと広い範囲で考えるべきだということになりましたが、すると「この本のことを、特にホームズの世界になじみのない人には、どう説明したらいいのか?」という第二の問題が生じたのでした。

『シャーロック・ホームズの災難』は一九四四年にエラリイ・クイーンが三三の作品を集めて出版した本で、そのカバーにはシャーロック・ホームズの「パロディ、戯作《バーレスク》、そして綿密な模倣作《イミテーション》」の本と書かれ、その手のアンソロジーとしては初めてのものでした。クイーンは序文で、収録作をどのように選んだかを説明しており——一九四四年の時点でも実に多くの作品が発表されていたのです——「最後に、いくつか割愛したもの、すなわち『失われた災難』について、説明しておきます」と書いています。あるものは『専門的すぎる』という判断から、あるものは文芸批評に重きを置きすぎているということから、除外されました。あるいは、『セックスと暴力の寄せ集めと粗製乱造の作品』ゆえに外されたものもありました。ジェイムズ・L・フォードの作品が割愛されたのは、一八九五年なら許されたものの一九四四年には受け入れがたかった、人種差別的記述のせいでしょう。また、ジェイムズ・チェリの「十一個のカフスボタン事件」は、長すぎて収録ができなかったという理由によるものだと思われます。

『シャーロック・ホームズの災難』は、クリストファー・モーリーの『シャーロック・ホームズとワトスン博士——友情の教科書』およびエドガー・スミスの『シャーロック・ホウムズ読本——ガス灯に浮かぶ横顔』【訳注3】とともに、その年に出た新刊三冊組として、一九四四年三月三十一日に行われたベイカー・ストリート・イレギュラーズ(BSI)【訳注4】のディナーで会員に贈呈され、同時に出版祝いが催されました。エイドリアン・コナン・ドイル【訳注5】は、このいずれも受け入れがたいという気持ちをもっていたようですが、彼が最も腹を立てたのは、クイーンの『災難』でした。彼はS・C・ロバーツ【訳注6】に宛てた手紙の中で、この本を「文学作品として軽蔑すべきもの」と書いています（ジョン・レレンバーグ著 *IRREGULAR PROCEEDINGS OF THE MID 'FORTIES*, 1995)。その後エラリイ・クイーンがこうむった〝災難〟（詳しくはフランシス・M・ネヴィンズJr著『エラリイ・クイーンの世界』をご覧ください）にもかかわらず、この本は古典として現代まで生き残りました。収録作品のみならず、序文自体のすばらしさにもよると思います。

私たち（ティモシー・ジョンスン、ジュリー・マキューラス、それにリチャード・スヴィウム）がシャーロック・ホームズ・コレクションのあるミネソタ大学図書館のキュレーター室に集まって、大会で行う展示について話し合っていたときのことです。ひとり（ジョンスン）が、〝失われた災難〟（作品）を展示したらどうだろう、と言いました。もうひとり（マキューラス）が付け加えました。「もっと早く始めていたらよかったのに。そうすれば、〝失われた災難〟の本が出せたかもしれない」

これは二〇一六年四月十一日のことでした。ふつうの感覚をもっている人なら、同じ年の六月十七～十九日に予定されている大会までに一冊の本を出すことなど、無理だと考えるでしょう。しかし、そうした常識的なことを考えるのは、《ノーウェジアン・エクスプローラーズ・オブ・ミネソタ》と《フレンズ・オブ・シャーロック・ホームズ・コレクション》の評議員である、フィリップ・バージェムとレイ・リースマイヤーを知らないからです。翌週、極端に短い日程にも臆せず果敢に立ち向かう二人は、ボランティアとしての仕事をスタートしました。ティム（ティモシー）は、〝失われた災難〟のうち、著作権がフリーになっていて、かつ入手可能なもののリストをつくりました。

フィル（フィリップ）とレイは、ホームズ・コレクションのアシスタント・キュレーターであるチェリル・フォンの協力を得て、骨の折れる編集制作作業を続けました。作品の文字データや画像を手に入れ、我々用のフォーマットに変換し……オランダ語を英語に翻訳しなくてはならないこともありました。フィルが表紙のデザインを思いつき、ジュリーがそれぞれの著者の短い紹介文を書きます。フォードの作品にある人種差別的記述は、今日でも受け入れられないものですが、入れられるものは全部入れたいという気持ちと、執筆当時の状況を反映するものだという意味からも、収録することにしました。

そうした作業のすべてが、四月十一日の朝に予想したよりもはるかに大変なものでした。障害のひとつは、〝失われた〟著者の情報を見つけ出すことですが、有名作家であろうとあまり知られていない作家だろうと、みんながホームズに魅了されていたということを知るのは、楽しみのひとつでした。ある作家にとっては、さまざまな作品を書けるという魅力のあらわれであり、別の作家にとっては、それが唯一の文学作品だったりもするのです。J・オールストン・クーパーやジョージ・F・フォレストといった〝失われた〟作家の作品から何を見つけられるかは、読者のみなさんにお任せしましょう。

最後になりましたが、制作についてはチェリル・フォン、コナン・ドイル存命中のパロディとパスティーシュについてはチャールズ・プレスの著作、BSIディナーとエラリイ・クイーンのこうむった災難についてはジョン・レレンバーグの著作に、お世話になりました。記してお礼申し上げます。また、私たちの配偶者であるマイク・マキューラス、ベス・ジョンスン、ベッキー・リースマイヤー、カレン・バージェムにも、このプロジェクトを成功に導く手助けとなってくれたことに対して、感謝を。

エラリイ・クイーンは序文の中で、「すぐれたパロディ、パスティーシュが一冊にまとまったアンソロジーの出版は、これが初めてでしょう」と書いています。それに洩れた作品の多くは、これまでほかのアンソロジーに収録されたりしてきましたが、一冊にまとまったのは、本書が初めてです。そして、クイーンが自分の本について言っているのと同様、私たちも、「なぜこれまで誰かが同じことを思いつかなかったのかが、不思議なくらい」です。

どうか、楽しまれんことを。

ジュリー・マキューラス
ティム・ジョンスン

追記：本書の献辞にあるダニエル・ネイサンとエマニュエル・ベンジャミン・レポフスキーは誰のことだろうと思われる方に。この二人はフレデリック・ダネイ(BSI会員)

とマンフレッド・リーであり、共同の筆名がエラリイ・クイーンだと言えば、おわかりになると思います。

【訳注1】The Norwegian Explorers of Minnesota は、ミネソタ州ミネアポリスにあるホームズ団体。Sherlock Holmes Collections は、ミネソタ大学図書館にあるホームズ／コナン・ドイル関係の膨大なコレクション。Friends of the Sherlock Holmes Collections は、そのコレクションの会員団体。詳しくは巻末の訳者解題を参照。

【訳注2】*The Misadventures of Sherlock Holmes* 一九四四年刊。詳しくは巻末の訳者解題を参照。

【訳注3】Christopher Morley 著 *Sherlock Holmes and Dr. Watson: A Text-Book of Friendship*（一九四四年刊、未訳）と Edgar Smith 著 *Profile by Gaslight*（一九四四年刊、邦訳一九七三年研究社）

【訳注4】一九三四年にニューヨークで設立された世界最古のホームズ団体。クリストファー・モーリーはその創立者。

【訳注5】ホームズ物語の著者サー・アーサー・コナン・ドイルの二番目の妻の次男。兄の死後、ドイル財団の代表だった。

【訳注6】Sir Sydney Castle Roberts（一八八七〜一九六六年）。元ケンブリッジ大学総長、元ロンドン・シャーロック・ホームズ協会会長。ホームズ研究のパイオニアのひとり。

第Ⅰ部　文学者編

「何者かが、あなたの書いたものを真似したいと思ったんです」

——〈株式仲買店員〉

ジョンスン監督《ビショップ》の事件（コナン・ドイル博士にお詫びしつつ）

The Story of Bishop Johnson by James L. Ford

ジェイムズ・フォード

ジェイムズ・ローレン・フォードは、一八五四年七月二十五日にミズーリ州セントルイスで生まれた。マサチューセッツ州ストックブリッジの学校を卒業し、十六歳でニューヨークへ移った彼は、《レイルウェイ・ガゼット》誌に初めての著作が載ったあと、《ニューヨーク・ヘラルド》紙で長らく文学批評を担当した。同紙が他社に売却されると、フリーランスとして活動し、さまざまな新聞・雑誌に記事や評論を書き続けた。著書に*DR. DODD'S SCHOOL*（1892）、*BOHEMIA INVADED AND OTHER STORIES*（1895）、*THE STORY OF DU BARRY*（1902）、*THE WOOING OF FOLLY*（1906）、*FORTY-ODD YEARS IN THE LITERARY SHOP*（1921）、*HOT CORN IKE*（1923）などがある。

一九二八年二月二十七日にニューヨーク州ロングアイランドで亡くなったとき、《ニューヨーク・タイムズ》紙は、訃報の見出しに「視力と両脚を失うも最期まで陽気なユーモリストだった評論家」と書いた。実際彼は、亡くなる十年前に病気のため片脚を切断し、その三年後にはもう一方の脚も失い、さらには目も見えなくなったが、「いつまでも陽気さを失わず果敢に立ち向かって」執筆を続けたという。また、執筆ができなくなる直前に、「街中にある友人の家に連れていってもらい、文学界および演劇界における市内の重要人物すべてから主賓として祝福されるという、人生最高の日を過ごした」と訃報は伝えている。

「ジョンスン監督の事件」の初出は《ポケット・マガジン》の一八九五年十一月号。同じ号にコナン・ドイルの短編「准将が《陰鬱な城》へ乗りこんだ顚末」(『勇将ジェラールの回想』所収)が掲載された。

*

モウブレイにあるボーンセット医師の診療所を譲り受けてから三カ月ほどたった、ある日のこと、いつものように、コレラでも猩紅熱でもなんでもいいから神のはからいで患者が来ないものかと診察室で待っていると、ドアがいきなり開き、友人シャーロック・ホームズの懐かしい姿が戸口に現れた。

彼の突然の訪問は驚きであったものの、この忙しい時期になぜロンドンからはるばるやってきたのかは、直観的にわかった。ホームズは都会をこよなく愛しているが、いったん解くべき謎ができたとなれば、三つの国の中で最もへんぴな場所へだろうと、あの石畳とレンガの壁の世界を離れてすぐにやってくるのだ。彼を迎えようとして足を踏み出したとき、その青白い顔に浮かんだ心ここにあらずといった表情から、ホームズの頭脳が何か難しい問題のためにフル活動しているのだと気づいた。だが、彼のひとことめは、この非凡な男の際だった特徴である、いつものすばやい観察と瞬時の推理によるものだった。

「君はこのところ、座りっぱなしの生活をしているね」ホームズは安楽椅子に腰掛けながら言った。「職業上の必要性から、一日中家の中にいるものと見える。だが、家族が増えたことから、そう退屈してもいられないだろう。それから、冷水はそれなりに役立つとは思うけれど、君の奥さんは掃除用としての効用を熱心に信じているようで――」

「いったいなんでそんな！」私は思わず声を上げていた。こんな短時間で私の日常習慣や家の経済状況まで見抜いてしまうとは。「うちの家族が増えたこととか、家内が冷水の信者だとか、ぼくが家にこもりっきりだとか、なぜわかったんだい？」

「耳と目があるさ」と言うと、ホームズはポケットからパイプと煙草を取りだした。「叫び声と水しぶきの音は、通りからでもよく聞こえたよ。おとなの身体を力づくで洗うことは犯罪者や精神障害者の施設でもないかぎりあり得ないから、聞こえてくるのは幼児の身体を洗っている音だと信じていい――そして、君自身の子供だと推論するのが妥当だ。それから、君がほとんどの時間家に閉じこもっているとわかったのは、表の看板のせいだ。『開業時間：　午前七時から深夜まで』というやつさ。しかしだね、こんなのは僕が大急ぎで都心からやってきた用事に比べればつまらんことだ。君も耳にしていると思うが――」

「主教の館《ザ・パレス》の事件だろう？　この三日ほど、町はその話題でもちきりだからね。ゆうべのうちにさらに三羽の鶏が盗まれたことが、今朝わかったそうだ。前回の盗みをはたらいたのと同じ連中によるしわざに違いないと言われている。最初から警察が総力をあげて捜査しているのに、いまだになんの進展もない。完全にまごついてるようだ」

「いいぞ！」ホームズは声を上げた。「新聞でこの事件のことを読み、風変わりな特徴をそなえているので協力を申し出ようと思っていた矢先に、主教閣下《ビショップ》からすぐに来て調査してほしいという連絡を受け取ったんだ。さあ、帽子とコートをとって、一緒にパレスへ行ってくれるね？　外に貸し馬車を待たせてあるんだ」

着いてみると、主教が書斎で私たちを待っていて、すぐに厩舎の裏にある犯行現場に案内してくれた。

ホームズは建物を仔細に調べ上げ、主教が語る事件の話を注意深く聞いた。盗みは三日にわたって続き、十羽以上の選りすぐりの鶏が盗まれた結果、鶏舎に残ったのは地味な雌鳥が六羽と、おとなしい質の雄鳥が一羽だけになってしまったという。

書斎に戻ると、私たちはアラバマのジョンスン監督《ビショップ》という人物に紹介された。アメリカの名高い高位聖職者からの紹介状を持って一週間前にこの館へ来たばかりで、こちらの主教の歓迎の習慣にしたがって、来賓としてもてなされているのだった。

どんな種類の人ともすぐ打ち解ける術を心得ているホームズは、ジョンスン監督の育った州の名物であるスイカの話をして、相手の心を引き込んだ。アメリカ人が非常に親しみを感じるたぐいの話題だが、それはすぐに、アメリカとイングランドで飼われている鶏の違いという話に転じていった。私には初耳だったのだが、ジョンスン監督の話によると、彼の国、特にアラバマを含む南部の州では、羽毛の生えた二足動物は夜間に休む場所を背の高い木々の上に求めるが、イングランドの場合、地上から六フィートほどの場所か、彼が物憂げな声で言う「容易に手の届くところ」を、止まり木にするのだという。

「ところで」ホームズが主教のほうを振り返って言った。主教のほうは、自分と無関係な会話が続くのをもどかしそうに聞いていたところだった。「主教閣下には、僕らを菜園にご案内いただけると助かるのですが。というのも、今回の鶏泥棒は、単にキツネかイタチなど、肉食性の動物のしわざだと考えているからです」

「それこそ、おれがずっと言ってたことだぁね」大声で言う客人に、私たちは別れの挨拶をした。外に出ると、ホームズは私と主教を南側の壁ぎわにある日の当たる場所へ連れていき、来客用の部屋のひとつを見上げて、その窓を指さした。

「さあ聞いて！」

そう言われて耳をすますと、雄鳥のかすかな鳴き声が聞こえてきた。

「おそらくクローゼットかトランクに押し込まれているのでしょう」

ホームズの言葉を聞いて主教の顔が屈辱と怒りでまっ赤になったので、この場から早く行かせたほうが賢明だとわかった。

「いったいどうやって――」菜園への門を通りながら、私はホームズに話しかけた。「ワトスン、こんなに簡単なケースはないくらいだよ。ジョンスン監督の顔について、何かおかしなことに気づかなかったかい？」

「かなり黒っぽかったけれど、アメリカの聖職者はたいてい色黒なんじゃないかい？」

「確かにそうさ。英国人なら誰でも知っている。だが、彼の鼻が平べったくて、髪が縮れていて、唇が厚く、歯がまっ白に光っていること、それに、服に白い塗料の染みがついていることには、気がつかなかったかい？」

そういう細かなことには気づかなかったと白状せざるを得なかった。しかも、それが今回の事件にどう関係するのかも、よくわからない。

「彼の話を聞いていなかったのかい？ イングランドでは鶏が地上近くに止まって寝る習慣があると気づいたことに。なぜアラバマの鶏は木のてっぺんや大聖堂の尖塔に止まって寝るんだと思う？ 主教の鶏がそれと同じ習慣を身につけるまで、いったいどのくらいかかると思うね？ ワトスン、エチオピアの人たちが若い家禽を好むという話を、聞いたことがないかい？」

「なんと！ ジョンスン監督は黒人だって言うんじゃないだろうね？」

「その点は間違いないよ。そしていつものとおり、この発見の功績は警察のものになるんだろうさ。いや、連中がもし発見できればだけれどね」

アスタービルト家の限界《バウンド》

The Bound of the Astorbilts by Charlton Andrews

チャールトン・アンドルーズ

アルバート・チャールトン・アンドルーズは、一八七八年二月一日にインディアナ州コナーズヴィルで生まれた。母親は物書きで、西部作家協会の創立者のひとり。インディアナポリス古典教育学校に通ったあと、インディアナ州のデポー大学に進み、一八九八年に哲学の学士号を取得。彼の書いた詩はデポー大学の年鑑に載っており、図書館には彼が学生時代に自分の部屋の壁を雑誌の表紙で飾った写真が残っている。一八九八年十一月、アンドルーズはパリへ旅行し、フランス語を学びながらカルチェ＝ラタンに足繁く通い、自作の詩と翻訳詩を朗読したという。一九〇〇年には*POETS AND POETRY OF INDIANA*に彼の詩〝*Moonlight on the Lake*〟が掲載されたほか、同年の月刊誌《リピンコッツ》には〝*Omar Khayyam*〟が載った。

その後はハーヴァード大学で学び続けて教師になり、一九〇七年にはノースダコタ州ヴァレーシティにある州立師範学校（現在の州立ヴァレー・シティ大学）の英語学部長になった。この時期には *THE DRAMA TODAY*（1913）や *THE TECHNIQUE OF PLAYWRITING*（1915）といった本を書いている。一九一八年までに妻とともにニューヨーク市へ移り、教育者および作家の仕事を続けた。

ニューヨークで彼は、数々の舞台劇を執筆、翻訳、翻案している。最も早い時期のブロードウェイ作品は "*The Torches*"（1917）で、フランス語の作品を英訳したものだった。そのほか、一九二〇年の "*Ladies Night*"（若いころのチャーリー・ラグルズが主演）、一九二一年の "*Bluebeard's Eighth Wife*"（一九二三年と三八年の映画を脚色）、一九二七年の "*Sam Abramovitch*"、一九二八年の "*The Golden Age*" などを手がけた。その後はミステリ小説も書き、*THE AFFAIR OF THE MALACCA STICK*（1936）と *THE AFFAIR OF THE SYRIAN DAGGER*（1937）を発表している。一九三九年八月十三日、メイン州ブースベイ・ハーバーで死去。

この作品は月刊誌《ザ・ブックマン》の一九〇二年六月号に掲載された。

I

シャーロック・ホームズは、食器棚の下に砕けた骨製のカラーボタンを見つけると、しげしげとながめていた。それからふっと笑いをもらし、私の手にわたした。

「そいつをどう思う？　ワトスン」

彼はそう言いながら紙巻き煙草のカートンを開け、二箱いっぺんに火をつけた。私が答えずにいると、テーブルの前に行って袖をまくり上げ、半オンスのコカインを前腕に注射した。

「さあ」と私をせかす。「結論は出ないのかな？」

「我々の客は――」なかばやけくそ気味に、思いきって言ってみた。「背が高くて痩せた女性だ。独身で歳は四十五くらい、左腕でパグ犬を抱えていた。絨毯に残した見慣れぬ赤茶色の泥により、オハイオ州イースト・オンタリオから直接来たことがわかる。薄緑のボンバジーン（絹と羊毛の綾織物）でできたアルスター外套を着て、下は黄色と赤のパーケル（目のつんだ綿布）のブラウスに、薄紫色のブロケード（錦織）のスカートだ。左目に眼帯をして、ねずみ色のウィッグをつけている。この部屋にはきっかり七分と三十九秒滞在していた。そのうちの三分間でトリチノポリ葉巻を吸い、あそこにある〝魔犬〟の絵をじっとみつめていた」

ホームズはびっくりしたような叫び声を上げた。

「いったいどうして、ワトスン！――どうやってそんな結論に達したんだ？」

「ホームズ」いろいろな思いがいっぺんに押し寄せてきた。「どうしてそう考えたか、僕の心を探ってくれてもかまわんのだよ」

Ⅱ

ホームズはドレッシングガウンとスリッパに着替え、暖炉の前に座っていた。片手にルコック探偵の本を持ち、もう一方の手はエドガー・アラン・ポーの肖像画にそっと置かれている。実に深い印象を与える姿だ。【訳注1】

「僕らの客について、手短かに話しておくよ、ワトスン」彼の声はおだやかだ。「おそらく驚きと称賛の気持ちにとらわれるだろう――それが君の仕事だがね。ほんの一時間前にここから立ち去った我らが客は、背の低い痩せた男だ。格子縞の茶色いズボンにグレーのフロックコートを着て、薄緑のあご髭と片眼鏡《モノクル》で変装していたが、片手でそれを押さえていなければならなかった。巨万の富と大いなる野心、かなりの誠実さ、それに青い目を兼ねそなえている。同胞からも高い尊敬を集める人物だ。結論を言うなら――もちろん最も驚くべき事実は最後に言うわけだが――彼はアメリカ人であり、痩せているにもかかわらず、着ていたコートは『サイズ四八の超肥満体《エクストラ・スタウト》』だ」

なんとか気を取りなおしてから、私は弱々しく言った。「続けてくれ。早く終わらせるにかぎる」

「僕がチェンバレン卿から売却目的で預かったダイヤの小冠が、この部屋から盗まれた。君と僕が出かけていた二時間のあいだに、今話した男がここに来たんだ。十時ちょっと過ぎ、ノックをせずに部屋へ入った男の目にまず入ったのは、中央のテーブルに僕が置いた、きらきら光る小冠だった――もちろん、わざと置いたのだがね。僕がやることにはすべて意味があるのさ。男はすぐにその安物をつかむと、自分のネクタイの下に入れてきた小さな枕と入れ替えようとした。その枕は結局窓から投げ捨てられたが、外の泥の上に転がっているのが今でも見えるよ。男は服の胸の部分に小冠を押し込もうとしたが、そのせいでカラーボタンがゆるんで床に落ちた。かかとでそれを踏みつぶしてしまった男は、かんしゃくを起こして食器棚の下へ蹴り飛ばしてしまった。別のカラーボタンが必要になったとき、君のダイヤのカフスが目の前にあることに気づき、使うことにした。だが律儀な彼は、ポケットから札束を取り出すと――奇妙なことにすべてアメリカドルだが、彼がニューヨークで投資した結果の金だな――食器棚の上に放り出して立ち去った」

ホームズは丸めた札束を手に取った。それは「百万ドル」と書かれた紙に包まれていた。

Ⅲ

「でも、薄緑のあご髭というのは？」私は話を続ける合図の送り役を、すんなりと受け入れていた。

「ワトスン、注意深く見ていれば、ボタンの足に若葉色の長い毛がからまっていることに気づいたはずだ。こういう色合いの髭は自然のものではないから、我らが客は、つけ髭をしていたということになるね」

「じゃあ、青い目は？」

ホームズは科学実験台から、赤黒い液体の入った試験管を取りだした。「この部屋のインテリアには、ちょっとでも青色がかったものは、まったくないね。けっこう。この試験管に入っているのは、グッゲルハイムの重クエン酸塩といって、僕だけが知る化学物質だ。もとはオレンジ色をしているが、青色のものにさらされると、またたく間に赤黒く変わってしまう。男は格子縞のズボンにグレーのコートを着たアメリカ人だ。したがって、ネクタイは赤。この液体が反応したということは、とりもなおさず、彼の目が青かったということになる」

「でも、身体のサイズや服や、片眼鏡とか野心は？」

ホームズは答えるかわりに、小型の拡大鏡と砕けたカラーボタンを渡してよこした。

「ボタンの付け根を調べてみたまえ」穏やかな物言いだ。

言うとおりにした私は、ボタンに何か刻まれていることに気づいた。目を凝らすと、それは「W・W・A」という小さな頭文字だった。【訳注2】

「でもこれだけじゃあ――」

「いや、すべてがこれでわかるんだ」とホームズ。「なぜなら、これはあの小冠をどうしても手に入れたいと言って、僕に依頼していた人物の頭文字だからだ。あまりに気が急いた彼は、今朝がた、盗もうとしてここにやってきた。その一時間後には僕が直接渡そうと思っていたのにだ」

「まさか!」あまりのことに信じられなかった。

「疑いの余地はない」ホームズは冷静だ。「すべては僕が仕掛けたことだからさ。ほら!」

彼の指す方向に目をやると、戸口にくだんのアメリカ人億万長者が立っていた。しかもホームズが言ったとおり、大胆にも小冠を帽子がわりにかぶっているではないか!

Ⅳ

私が相手に見入っていると、はるか荒れ地《ムア》のむこうから、この世のものとも思えない巨大な犬の低い吠え声が響いてきた。そのぞっとするような声は、高くなったかと思うとまた低くなり、はっきりしなかったものがしだいに変化して、ついにはそれとわかる、もの悲しい吠え声になった。

「フレッチャー・ロビンソンは、あの作品のうちどの程度の量を書いたんだろう」【訳注3】

【訳注1】「片手にルコック探偵の本を持ち、もう一方の手はエドガー・アラン・ポーの肖像画に……」『緋色の研究』の中でホームズは先達であるデュパンとルコックをけなしているが、コナン・ドイル自身はこの二人およびその創造主を尊敬しており、ホームズのキャラクターづくりに借用したことを認めている。ここはそのことをネタにしたジョーク。

【訳注2】〝アスタービルト家〟は、アメリカの二大富豪であったアスター家とヴァンダービルト家の名を合

体させたもので、架空の富豪名として当時よく使われた。この「W・W・A」は初代アスター子爵ウィリアム・ウォルドルフ・アスター（一八四八～一九一九）のことと思われる。ニューヨーク生まれで、のちに英国に移住して爵位を得た。ウォルドルフ・ホテルをつくり、《ペルメル・ガゼット》や《オブザーバー》紙を所有したことでも有名。

【訳注3】ラストで言及されている『バスカヴィル家の犬』は、本作が発表される直前、一九〇二年五月に《ストランド》誌アメリカ版の連載が終了した。本作を掲載した月刊誌《ブックマン》は、一九〇一年七月の創刊。編集者たちは『バスカヴィル家の犬』の連載開始を歓迎し、物語の結末を公に予想したことで、読者のあいだでもさまざまな説が飛び交った。編集者たちはコナン・ドイルとフレッチャー・ロビンソンの共著問題の議論にも参加し、一九〇一年十月、その前月の《ストランド》に掲載された連載第一回を読んだあと、こう書いている。「共著におけるドクター・ドイルの貢献度は、かなり小さいと考えられる」。つまり、チャールトン・アンドルーズはこの考えを自作コメディのラストに書き添えているのである。

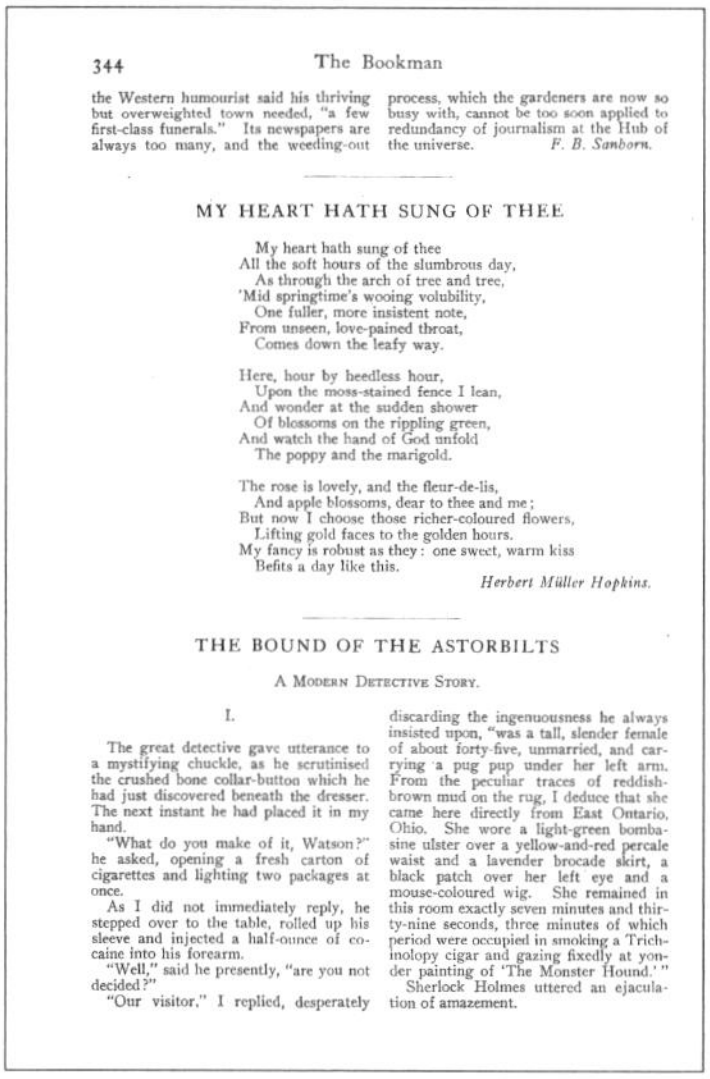

344 The Bookman

the Western humourist said his thriving but overweighted town needed, "a few first-class funerals." Its newspapers are always too many, and the weeding-out process, which the gardeners are now so busy with, cannot be too soon applied to redundancy of journalism at the Hub of the universe. *F. B. Sanborn.*

MY HEART HATH SUNG OF THEE

My heart hath sung of thee
All the soft hours of the slumbrous day,
As through the arch of tree and tree,
'Mid springtime's wooing volubility,
One fuller, more insistent note,
From unseen, love-pained throat,
Comes down the leafy way.

Here, hour by heedless hour,
Upon the moss-stained fence I lean,
And wonder at the sudden shower
Of blossoms on the rippling green,
And watch the hand of God unfold
The poppy and the marigold.

The rose is lovely, and the fleur-de-lis,
And apple blossoms, dear to thee and me;
But now I choose those richer-coloured flowers,
Lifting gold faces to the golden hours.
My fancy is robust as they: one sweet, warm kiss
Befits a day like this.

Herbert Müller Hopkins.

THE BOUND OF THE ASTORBILTS

A Modern Detective Story.

I.

The great detective gave utterance to a mystifying chuckle, as he scrutinised the crushed bone collar-button which he had just discovered beneath the dresser. The next instant he had placed it in my hand.

"What do you make of it, Watson?" he asked, opening a fresh carton of cigarettes and lighting two packages at once.

As I did not immediately reply, he stepped over to the table, rolled up his sleeve and injected a half-ounce of cocaine into his forearm.

"Well," said he presently, "are you not decided?"

"Our visitor," I replied, desperately discarding the ingenuousness he always insisted upon, "was a tall, slender female of about forty-five, unmarried, and carrying a pug pup under her left arm. From the peculiar traces of reddish-brown mud on the rug, I deduce that she came here directly from East Ontario, Ohio. She wore a light-green bombasine ulster over a yellow-and-red percale waist and a lavender brocade skirt, a black patch over her left eye and a mouse-coloured wig. She remained in this room exactly seven minutes and thirty-nine seconds, three minutes of which period were occupied in smoking a Trichinolopy cigar and gazing fixedly at yonder painting of 'The Monster Hound.'"

Sherlock Holmes uttered an ejaculation of amazement.

マイクロフトの英知

The Resources of Mycroft Holmes by Charlton Andrews

チャールトン・アンドルーズ

1　シャーロックを拒絶する

《デイリー・サフロン》紙の編集長ラシェムは、ロンドン駐在員から次のような無線電報を受け取ると、二十分後には私を事務所に呼び寄せていた。

『マイクロフト・ホームズへの取材に価値ありと信ずる理由あり』

私にその無線電報を渡すと、ラシェムは言った。「マスティ教授、まだ大学の歴史学教授を辞めてジャーナリストになるおつもりはありますかな？」

私はそのとおりだと言い切った。

「マイクロフト・ホームズがどんな人物か、ご存じですか？」

背が高いが肥満体で、弟のシャーロックよりも七つ年上で観察力が鋭く、ワトスン博士によって「ギリシャ語通訳」事件の中に書かれたことで、初めて世界的な評判を得た。社交クラブなのに非社交的というロンドンのディオゲネス・クラブの会員で、数字に関するずば抜けた才能を使って政府のある部門で会計監査の仕事をしている……そう私は答えた。【訳注1】

予想どおり、ラシェムは私の言葉少なくして意義多き《ムルトゥム・イン・パルヴォ》表現に満足した。そのせいで、すでに決めていた給料を十ドル増額してくれたのだろう。私は転職を即決した。

そんなわけで一週間後、私はペルメル街にあるディオゲネス・クラブに出向き、面会室でマイクロフト・ホームズと向かい合って座り、礼儀正しく取材をしていたのである。

「単刀直入にうかがいますが、ホームズさん」私はもう二十回は心の中で評価を試みたが、いまだに当惑感と満足感が錯綜していた。「うちの新聞の読者は、このところ拡がっている噂の真偽を知りたがっています。つまり、先ごろ戻られた弟さんと競うおつもりがあるかどうかということですが」【訳注2】

マイクロフトは葉巻きの灰を見つめていた視線をさっと上げたが、その目には驚きと失望の両方が現れていた。「まあ、そう早まらずに」と言いつつも、その言葉は説教口調だった。「私流のやり方では、そういうのは正しい始め方ではない。私のほうが最初に話すべきだね。では、やり直すことにしよう」彼はずっしりと重いその身体をアームチェアの中で起こし、重圧感を与えるように計算したような細い目で私をみつめた。

「まず第一に、君は合衆国の市民であるが、実はフランス国王の直系と言ってもいい血筋である。そして、別の祖先はかつてイングランド王の話し相手をつとめ、ほかの二人はワーテルローで敵味方に分かれて戦って亡くなったと聞いたら、多少なりと誇りを感じるかね」

「なんと！　もちろんですとも！」思わず口に出しただけでなく、正直なところ、椅子から身体を浮かすほどびっくりした。当然、なんらかの観察と推理の能力が披露されるものと思って心の準備をしてはいたが、現在のことか、せいぜい近い過去のことが対象になるだろうと考えていた。だから、決してすまいと思っていたことをしてしまった。つまり、驚嘆して大声を出してしまったのだ。「ホームズさん、実にすばらしい！　いったいなぜ、そんなことがわかるんです？」

マイクロフト・ホームズは満足そうな笑みを浮かべた。「それはあとで説明しよう。今は取材のほうが先だ。私が弟のシャーロックと競うつもりがあるかという質問だったね？　はっきり言って、そんな気はない」

彼は言葉を切ると、思考を集中させるかのように額にしわを寄せてから、口を開いた。「シャーロック・ホームズは――」その口調が期待と不安を抱かせるものだったので、私は自然に「ええ」という言葉を発していた。

「シャーロック・ホームズはうぬぼれの強い気取り屋で、まったくのいかさま師だ」激しい口調だった。「あれが主張している家系は、十八世紀の半ばにわれわれ一族に入ってきたものに過ぎない。クィラーという姓の探偵志望者がホームズ姓の女性と結婚し、ホームズ姓を使って――」

「フォクシーですね！」私は叫んだ。驚きと喜びが入り混じっていた。【訳注3】

「そう、フォクシーだ」マイクロフトもそう言うと、間を置くようにうなずいた。「君はかなり賢明だな、マスティ君」また厳しい口調になった。「弟の経歴を思い出してみたまえ。目に余る慢心と無節操な自己宣伝に満ちているではないか。長年にわたって見苦しいことこのうえなかったが、ここへきてさらに、死んでから蘇るという見世物のようなことまでやってのけた。考えるだけで耐えられんのだよ！　いいかね、私の言葉をよく聞いて、正確に伝えてほしい。私には弟と競うつもりなどないし、あの朝、彼の愚かな〝ボズウェル〟を馬車でヴィクトリア駅に送ってやって以来——シャーロックがスイスでモリアーティと会うために出発したあの朝以来——徹底的なまでの嫌悪感を抱き、現代的な探偵という仕事に対する興味も努力もすべて捨て去った。それに、政府の会計監査の仕事もすでにしていない。そう、今の私は心身ともに新たなものを追い求めているのだ。——君の聞きたいことはわかる。新しい仕事はなんなのかと言いたいのだろう。残された人生は歴史上の謎の解明者、郷士《エスクワイア》マイクロフト・ホームズとして過ごすつもりだ」

彼が軽くうなずいたのにつられ、私はごく自然のうちに深々と頭を下げていた。「でも私としては、先ほど私の祖先についておっしゃった、現在の謎をまず解明していただきたいのですが」

「もちろんだとも！　だが、私には必要を満たすだけの収入があるから、目的はただひとつ、弟があそこまで失墜させてしまった家名を回復させることだ。いったん失った名誉を取り戻すのは難しい仕事だが、私はやりとげる。手短かに言うなら、私は現代における出来事の〝もつれた糸〟をほぐすような、陳腐なことに時間を浪費するつもりはない。そのような糸は始まりも終わりも含め、すべての部分がたやすく見えてしまうものだ。私の仕事は、たとえば大昔の『ゴルディオスの結び目』のような難問を解くことであり、もつれた部分の九割が過去の暗闇の中に隠れている問題を相手にすることなのだ」【訳注4】

この言葉を聞いて私はうっとりとした気分になったが、あえてそのことを隠さなかった。マイクロフトも悪い気はしなかったろう。しばらくしてから、私は口を開いた。「では、『シェイクスピア別人説』や『ジュニアスの手紙』や、『鉄仮面の正体』といった、昔からの謎をすべて解決できるんですね?」【訳注5】

マイクロフトはその巨大な肩をすくめると、微笑んだ。「マスティ君、君は私を過小評価しているようだね。その種の素人解決者が共有する問題に、私はいっさい手をつけてこなかった。私が手をつけてきたのは、第七代ウィリンガム伯爵と結婚した女性が誰の義理のおばにあたるか、ジャイルズ・ハーコートはなぜ盲目の十字軍兵士から壊れたコルク抜きを買いとったのか、古代ローマ百人隊のアレルティウスはいかにしてポンペイの捕縛官吏に打ち勝ったか、といったことだ」【訳注6】

「でも、マイクロフト」(私もそろそろ、親しげな言い方にしていいのではと思った)「そういうことは一般の人たちからすると、私が挙げた謎に比べて、あまり興味をもたれないことだと思うんです。お願いです! みんなが知っている問題に取り組んでください。そうすれば私は、あなたのボズウェルにでもワトスンにでもなりますから!」

その提案は、彼をいたく喜ばせたはずだった。ところが彼は、顔には出さぬよう懸命におさえていた。「いいだろう。君の言うとおりにしようじゃないか。明日の午後二時に来てくれれば、どんなに容易なものであろうと、君の言う歴史上の謎を解いてみせる」

期待感に内心大喜びしながら、私は椅子から立ち上がった。「ところで、私の祖先についてと、私がいちばん大切にしていた秘密をどうやってひと目で見破ったのか、もう明かしてくださいますよね。私がフランス王の末裔であり、イングランド王の話し相手やワーテルローで戦死した二人の子孫だということが、なぜわかったんですか？」

マイクロフトは平然とした口調で答えた。「君は裕福だから、歴史の研究も趣味としてやっている。そしてイズリエル・マスティに非常によく似ているから、彼の子孫に違いない。私は子供のころ、ロンドンでイズリエル・マスティと知り合いだった。父の家のすぐそばに住んでいたのだ。イズリエルのひたいには、二本の剣を交差させたようなあざがあった。そのあざは、彼の母親が妊娠しているとき、夫と義理の兄弟がワーテルローでナポレオン側とウェリントン側に分かれて戦死したことを知ったことによるものであり――」

「でも」私は興奮して大声になった。「私の父、イズリエル・マスティが、あの不幸な兄弟のことよりさらにさかのぼって、家族の歴史を知っていたとは、考えられないんですが」

「そのとおり」マイクロフトは冷淡に言った。「だが、私は知っていた。イズリエルが合衆国へ移民したとき、よく調べもせずに無用なものとして捨てていった書類の中に、二百年以上もさかのぼる完全な家系の記録を見つけたからだ。その記録により、君たちが図書館や博物館で調べても十年かかる情報を、私は十分で手に入れた。亡命したチャールズ二世は、ブルージュにささやかだが陽気な人物たちの集まる宮廷をかまえていたが、そこで人気だったガストン・ド・ヴレイユーという人物の血が、君には流れている。さらにそのガストンの家系が、フランス王シャルル九世とマリー・トゥーシェの関係にまでさかのぼることも、わかっている。君が驚きと称賛の言葉を両方口にしたとしても、おかしいとは思わない」【訳注7】

「でもマイクロフト、そういうことを知っていたというのは、たまたま運《シアー・ラック》がよかっただけでしかないですよね！」【訳注8】

「そのとおり。だが、まったくの運にも価値はある」

戸口まで行きかけたとき、マイクロフトが私に声をかけて、難問を突きつけてきた。もちろん私に解けるわけがない。

「ワトスン博士と私の違いは、いったいなんだと思うかね？」いかにも謎めいた口調だ。

私はあきらめ、同じ問いをマイクロフトに返すしかなかった。

「それはだな」彼はクスリと笑いながら答えた。「ワトスンは謎の歴史を扱うが、私は歴史の謎を扱うということさ」

クックッと笑い続けるマイクロフトを背に、私は部屋を出ていった。その顔が意気揚々としていたことは、誰にでも想像できるだろう。翌日になれば『シェイクスピア別人説』の謎が解けるのだと思うと、自然にそうなるのだった。

2　シェイクスピアの謎を解く

翌日私は、偉大なる歴史探偵（と呼んでもいいと思う）マイクロフト・ホームズとの約束を果たすため、またペルメル街のディオゲネス・クラブに出向いた。そこで最初に私の頭をよぎったのは、彼が弟のシャーロックと同様、文学に関する知識をほとんどもっていないのではないかという疑いだった。彼はディオゲネス・クラブが所蔵している値のつけられないほど高価なシェイクスピアのファーストフォリオ（最初の全集。フォリオは二折判）を、まるでL・J・リビーの安ペーパーバックでも読むような手つきで扱っており、そのあまりの無頓着さに私ははらはらしどおしだった。【訳注9】

おそらくその不安な表情を隠せなかったのだろう、マイクロフトは私のほうに同情するような視線を投げかけると、無邪気な口調で言った。「ひどく古ぼけた本だ。これほど裕福なクラブなのだから、もう少し新しいものを買えばいいのにと、誰もが思うだろう」

その言葉を聞いた私は、アマチュア書籍愛好家として憤慨しそうになったが、大スクープの気配を察した新聞記者としての期待感により、なんとか覆い隠すことができた。

ところが、マイクロフトはしばらく黙っていたあと、鋭い口調で言った。「君の考えは正しい。私ほどの学識ある者が書籍に関してだけ知識がないというのは、非常によくないことだ」もちろん彼は私の考えを読んだわけだが、私はそんな古い手に引っかかって感情をおもてに出したりしないと心に決めていた。

その態度が彼の気に入ったのか、ともかくマイクロフトはすぐに言葉を続けた。「私は過去・現在を問わず、本の著者や批評家について無知だ。ただ、歴史に関する作業に関連して本を扱わねばならない場合は、例外と言えるだろう。で、今日はこのシェイクスピア作品の真の著者を突きとめるということだね」

私ももちろんそのつもりだったから、半分期待しながらうなずいた。

マイクロフトは早口になった。「どうやら真の著者が誰であるかを示す暗号があるようだ。暗号解読は退屈な作業であるが、君が現代の謎として選んだのだから、それにしたがわねばなるまい。暗号があったとしても、すぐに発見できるから安心したまえ」

しゃべっているあいだじゅう、彼はフォリオのページを繰っていた。時にはすばやく、時にはゆっくりと、自信に満ちているときもあれば、ためらいがちのときもあった。そのふっくらとした指は行をたどり、段落を横切り、ページを飛びながら、駆け足のときもあったがだいたいは這うように進み、ちらりと見かけた獲物のにおいを追う猟犬のように動いていった。私は夢中になってその動きを見ていたが、彼はいきなり本をぱたんと閉じ、椅子の背にもたれかかると、時計を取り出して満足げに見入った。

「八分四十五秒か」と言うと、笑顔を見せた。「悪くはないな。そうだろう？　マスティ君。何十人という博学の輩が一世紀以上にわたって——そのくらいだったかね？——議論してきたことを、八分四十五秒で解決したんだからな」

私はびっくりして、思わず両手を上げた。「マイクロフト！　まさか、もう本当の書き手がわかったっていうんですか？」

彼はうなずいた。「そのとおり」

「で、誰なんです？」私は身を乗り出して、彼の言葉をひと言も聞き漏らすまいと耳をすませた。

「私には聞き慣れない作家の名だが――確かにここにある。しかし、発見した手法を君に教えずにそれを告げるといった、不誠実なことはしたくない」

「そんなに気をもませないでくださいよ！」相手の落ち着きはらった態度と声に、私はいらつきはじめた。

マイクロフトはさらに事務的な口調で言った。「このシェイクスピアという作家は、戯曲をいくつ書いたのだったかな？」

「三十七です」私は即座に答えた。

「そう、そのとおり。で、死んだのは何歳のときだった？」

「五十二です」この手の質問にはいつでも答える準備がある。

「そう、五十二だね。すると五十二と三十七がわれわれの調査における一種の〝素数〟であり、出発点だ。五十二から三十七を引くと、十五。われらがシェイクスピアの十五番目の戯曲は、正規の順番によれば『マクベス』だということがわかる。そしてここには暗号があるわけだが、さして込み入ったものでもなければ、難解なものでもない。ごくありふれた、つまらんものだ。その戯曲の一行目はどんなものか。

『1 Witch. When shall we three meet again?（第一の魔女：われら三人、いつまた会おうか）』とある」

マイクロフトはフォリオを回転させ、一緒に読めるようにすると、メモ帳と鉛筆を私に手渡した。

彼の口調がもったいぶったものになった。「この一行が、われわれの暗号解読にとっての決め手となるものであり、それ自体完全なものでもある。この質問の対象となった三つのものは何か？もちろん三人の魔女《ウィッチ》であり、Wという文字で表わされる。そしてWはこの文中に三回現れている。このWを書いて、その下に数字の3を書いてくれるかね？」

私は言われるとおりに、すばやく書いた。

「同様にして、この文のそれぞれのアルファベットの下に、それぞれの文字が文中に現れる回数を書いてほしい」

私はそのとおりに書いて見せた。次のようなものだ。

A	B	C	D	E	F	G	H	I	J	K	L	M	N	O	P	Q	R	S	T	U	V	W	X	Y	Z
3	1	6				1	4	2			2	1	2				1	1	3			3			

「よろしい」とマイクロフト。「これは古い形式の暗号法による、ごく普通の方式だが、これだけのアルファベットがあれば先に進むには充分だろう。数字をすべて足すと、三十という数が得られる。戯曲の三十行目は、こうだ。

『Which smoak'd with bloody execution（それは血しぶきをあげて敵をなぎ倒し）』

そして、この暗号の奇妙な特徴に注意してほしい。この行にアルファベットは何文字あるかね？」

私は数えてみた。これも三十文字ではないか！

「そう、三十だ。これがわれわれにとっての三つ目の素数となる。そこで三十番目の戯曲は何かというと、『ジュリアス・シーザーだ』。そして、アルファベットにもう一度戻ろう。アルファベット二十六文字のうち、数字が付いていないのは十三字だった。これも重要な特徴だ。二十六引く十三は、十三。すぐに、この『ジュリアス・シーザー』の十三番目の場《シーン》を見るべきだとわかる。かの有名な『第四幕第三場　ブルータスの天幕の中』であることからも、それは確実だ。真の著者は、暗号をできるだけ目立つようにした。『山の上にある町は人の目に映る』（『マタイ伝』第五章十四節）だよ」

マイクロフトはそこで言葉を切ったが、私のほうは感嘆の叫びを抑えきれなかった。私があまりにせかすので、彼は黙っているわけにもいかなくなった。

「君はワトスンのように賢明な対応ができると思うかね？」

私は謙虚な人間だと自負しているが、このときは即座に大丈夫だと答えた。するとマイクロフトは、いかにも満足したという口調で大声を出した。「いいか、シャーロック！　この見かけ倒しのいかさま師め。今すぐ化けの皮を剝いでやる！――さあ、続けよう」彼はフォリオを指した。

「この天幕のシーンの一行目は、非常に大事なのだとわかる。こうだ。

『That you have wronged me doth appear in this（君がわたしを侮辱した証拠はこれだ）』

これはわれわれが利用する三つ目の文章で、非常に重要な意味をもっている。作品の内容とは関係なく、純粋な暗号解読者へのメッセージではなかろうか。この文章を書き出して、それぞれのアルファベットの下にまた数字をあてはめてくれたまえ」

私はすぐに作業をした。結果はこうだ。

THAT YOU HAVE WRONGED ME DOTH APPEAR IN THIS
2432　43　6　31　216　16　24 3　631 22 2421

マイクロフトはメモ帳から切り取った紙をつかむと、さらに早口になった。「まずこの数字の列から、最初にある〝1〟を選んで、次にその数字の前にある数字を書く。この場合は最初の〝1〟が〝R〟の下にあり、その前の数字は〝3〟だから、〝13〟となる。次の〝1〟は〝G〟の下にあるから、〝131〟となり、その前は〝2〟だから〝1312〟。さらに、〝M〟の下にある三番目の〝1〟を付けて〝13121〟。しかし今度は前の文字〝D〟の下に数字がないので、次の文字〝E〟の下の数字を使って、〝131216〟となる。これがルールだ。どうだね?」マイクロフトは勝ち誇ったような声を上げた。「この数列には、1が三個、2が一個、3が一個、6が一個ある。3の2倍は6、2の3倍も6、6を3で割ると2、6を3で割ると2だ。では、さっきのアルファベットと数字の組み合わせを使って、この〝131216〟から言葉をつくってみたまえ」

私はアルファベットを選びながら、単語になるように数字に当てはめていった。結局考えついたのは、〝RAGIME〟という組み合わせだった。

「なんでしょう、これは。RAGIME（無秩序な）のことかな」

「おそらく違うだろう。君の組み合わせが間違っていたのだ。しかし、ひとつだけはっきりしている。正しい組み合わせにしても、文字がひとつ欠けることになるのだ。もう一度やってみたまえ。当然ながら、『ラグタイム』では謎の本質から逸れている」

私はもう五、六回やってみて、今度は〝GASTRE〟という組み合わせを見つけた。マイクロフトは満足そうに両手をこすり合わせている。

「いいんじゃないか?」と声を上げた。「もちろん、欠けている文字は〝L〟だ。単語の最後に足せば、〝GASTREL〟（ガストレル）となる。つまりこの暗号は、『君がわたしを侮辱した証拠はこれだ』とガストレルに語りかけているわけだ。もちろんガストレルとは、シェイクスピアが住んでいた家を買いとり、単なる悪意によって、彼が植えた桑の木を切り倒した、あのガストレル牧師だよ。彼がシェイクスピアを侮辱したことは明らかであり、ここに『証拠』があるということだ」【訳注10】

彼は椅子の背にもたれ、すっかり満足したようすで私の反応を待った。だが、私は声も出ない。

「というわけで」マイクロフトはやっと口を開いた。「私のような専門家であれば、暗号を解いていくことで、ひとつひとつの記号にアルファベットを当てはめていくことができるのだ。こんなふうにね」

彼は紙片を私の震える手に渡した。それにはこう書かれてあった。

ABCDEFGHIJKLMNOPQRSTUVWXYZ

? ( ) — . - ; [* :] † ! ' ¶ % , $ / " ‡ 3 π ° Z

「そして」と彼は続けた。「私は暗号で指示された戯曲を読み、ある文章から記号を拾いあげ、次のような文字列を得た」
彼はもう一枚紙片を渡してくれた。こんなメモだ。

£ * † † * ?! / [?] . / % . $.

「これが、シェイクスピア作品の真の作者の名前なんですか?」私は早く名前を知りたくてたまらなかった。
「それによればだな」マイクロフトの口調は重くなった。「シェイクスピア劇の作者は――いや、マスティ君、これほど明らかで単純な暗号をわざわざ説明するのは、賢明なる君に対する侮辱になる。やめておくよ」
したがって、私としても、賢明なる読者を侮辱するようなことは差し控えよう。シェイクスピア劇の著者の解明は、読者自身におまかせすることにする。【訳注11】
私は感激に打ち震えながら、偉大なる歴史探偵のもとを辞した。明日になれば、彼は『鉄仮面の正体』の謎を解いてくれるのだ。

3　鉄仮面の謎を解く

翌朝、私は偉大なる歴史探偵に会うため、またディオゲネス・クラブの面会室を訪れた。ロンドンに着いてから三回目の訪問となる。

「それでマスティ君」挨拶がすむとマイクロフトが切り出した。「今日のお遊びはなんだったかな？」

「マイクロフト」私は彼の軽々しい扱いにいささか傷つきながら答えた。「今日私が解いてもらうのはですね、いや《デイリー・サフロン》の読者のためでもあるし、文明社会全体のためでもある難解な問題はですね、太陽王ルイ十四世の治世にいた、通称『鉄仮面』の正体は誰かという謎です」

「ほう？」マイクロフトはからかうように言った。「それでマスティ君、その問題に関して最も際立っている事実は、どんなことかね？」

私は不本意ながらこの態度に反応して、べらべらと書物を引用した。「鉄仮面の正体にかかわる謎は、現在にいたるもまだ解明されていません。しかしこれまでにも研究がしつくされており、この奇妙な歴史の謎について新しい発見がなされることは、望めないと書かれてあります」【訳注12】

「なるほど！」マイクロフトは余裕の笑顔を見せた。「それで、君は、私自身よりもいろいろと知っているはずだ。君の国の詩人も、『彼はみずからが知るよりも良いものをつくった』と書いているではないか【訳注13】。さあ、歴史の研究者として、その謎めいた人物のことを説明してくれたまえ」

私は説明した。鉄仮面はフランスの囚人で一七〇三年に獄中死したこと、彼の世話をしていた監獄長サン・マールの転任とともにいくつかの監獄に移送されて、長年獄中にいたこと。それに、彼の正体についてはマントヴァ公爵の政治工作員であったマッティオリという人物からオリヴァー・クロムウェルの息子、ルイ十四世時代フランスのフーケ財務卿、アルメニアの総主教アヴェディック、モンマス公爵（チャールズ二世の庶子）、初代ボーフォート公爵ヘンリー、ルイ十四世の庶子であるヴェルマンドワ伯ルイ・ド・ブルボン、アンヌ・ドートリシュ（ルイ十四世の母）の庶子まで、さまざまな説があり、はてはルイ十四世自身の双子の兄弟だったがリシュリュー枢機卿に隠されていたのだという説まで、あるということを。

マイクロフトは私の顔をじっと見てから、微笑んだ。「あのシャーロックの読心術という恥ずべき行為にまた頼るのをお許し願うが――今日のために鉄仮面に関する資料を読み込んできたとみえる」

私はそれを認めたが、心を読まれたことの驚きは顔に出さないようにした。

「とはいえ、それは直接関係のないことだ。その鉄仮面の正体がさまざまな人物だと疑われてきたが、そのどれでもないという問題は変わらん」

「では、あなたは――」私は身を乗り出そうとしたが、マイクロフトが手を上げて制した。

「まあ、そう早まらずに、マスティ君。時が来ればすべてがわかる。重要なことを初めに披露してしまい、芸術的効果を損なうというひどい誤りを犯すことは、避けねばならん。きちんと順序立てて進めることにしようじゃないか。まず、鉄仮面なる人物はルイ十四世によって投獄されたということだったな。とすると、王はその男に対し立腹したのだと考えられる。その立腹は個人的な理由によるのか、あるいは政治的な理由なのか。政治的なものかもしれん。鉄仮面は国事犯《プリズナー・オブ・ステート》だと聞いているからね。君はそれについてかなりのことを想定しているが、私は想定などしない。私のするのは観察だ。そして、観察の結果を私の豊富な専門知識と結合させ、推理をするのだ。そう、確かにこれは、シャーロックの手法ではある。だがすべての点でよりすぐれたものにした、完全版でもあるのだ。

話を戻そう。『国事犯』が必ずしも政治犯《ポリティカル・プリズナー》であるとは限らない。鉄仮面がフランス国家に対して損害を与えたり、そう意図したとは、限らないわけだ。あるいはほかの国に対する問題か？それは考えにくいし、他人の不幸を喜ぶルイ十四世なら、投獄するどころか、報酬を与えることだろう。いずれにせよ、今のところこの問題は放っておいていい。

マスティ——アメリカ人である君ならよく知っていると思うが、今は広告と宣伝の時代だ。これまでの日々が過去の霞の中に消えていくにつれ、広告の価値や必要性、宣伝への欲や熱意といったものが、非常な勢いでふくらんできている。しかるに、この状況をわれわれがそれぞれの視点で見るなら、『しばらく前から広告の時代であった』などと、とりすまして言うことだろう。その後もずっと言うかもしれん。

囚人の話に戻ろう。ルイ十四世が彼を投獄した動機は、個人的あるいは政治的なものであった。後者であると仮定しよう。彼が国内または国外の人物として、フランス政府の利益に反する陰謀を計画または実行したため、王は彼を投獄することになった。ここまではいい。では、なぜマスクなど着けていたのか？　国事犯はほかにもいるが、黒いヴェルヴェットのマスクをした者などいなかったし、過去にもそんな者はいない。いたにしても、関心をもたれなかった。国事犯は最近の者もいれば、過去に忘れ去られた者もいるが、いずれにせよ無視される存在だからな。マスティ君、聞いているかね？」

「もちろん聞き耳を立てていますとも！」

「いいかね、鉄仮面は国家に対する反逆者ではなかったのだ。すると君は、『だったら彼は、王を個人的に襲おうとしたのか』と言うはずだ。その点を考えてみよう。そうした理由により投獄される者は多い。では、彼らは国事犯よりもよく知られているか、あるいは関心をもたれているか？　そんなことはない。この点をよく考えてみたまえ。彼らはマスクをしたりしていたかね？」

このとき私は、してやったりという思いに襲われた。マイクロフトが、そうではないという答を予期していることは間違いない。私はいっときの勝利を期待して、笑みを浮かべながら答えた。

「いいえ、顔を隠していた囚人はほかにもいましたよ」

驚いたことに、マイクロフトは不満の表情を浮かべるどころか、満足しきったように微笑んだ。

「まさにそのとおり！」

そう言うと彼は、ゆっくり立ち上がって、窓のそばを行ったり来たりしはじめた。細い目で、霧とこぬか雨というロンドンの典型的な景色をぼんやりながめている。そんな状況がたっぷり五分間は続く中、私は座ったまま当惑した思いで彼を見つめていた。そのあいだに一度だけ彼が立ち止まり、私のほうをまっすぐに見てこう言った。「私も何か悪癖をもっていればよかったのに。

たとえばハシッシュ入りの酒を半パイント飲むとかできれば、さぞかし没頭できたろう」

その後も歩き続けていたが、いきなり足を止めると、私をおかしな目つきで見つめ、またもや謎めいた言葉を発した。「競争《コンペティション》だ！」これを何度も繰り返した。「競争だよ、君。問題は競争なのだ」

そう言うと彼はまた椅子に腰を下ろし、何事もなかったかのような顔になった。「鉄仮面は個人的に王を襲おうとしたのだとしよう。王が彼を投獄したことが、その理由だ。だが、君の未開発の推理能力が前進できるのはここまでだ。それ以上進む力はない。シャーロックだったら、もっとうまくやるだろう。彼は休まず推理を進め、説得力ある結論に達する――もちろん、彼の行為に私はつねに怒っているのだがね。しかし私なら、彼よりもはるかにうまくできる。ワトスン自身もそれを認めるだろうが――いや、すでに認めているところだから、君も話についてきてくれたまえ。君は王が鉄仮面に対し悪意をもっていたという――君がそう思っているのは明らかだ――だが、私は違う。注意して聞きたまえ、マスティ」――そんなことを言われる必要はない！　と私は思った。――「私はだね、王は鉄仮面に対して悪意を抱いていなかったと考えているのだ」

「でも――でも――」わけがわからずに、私は一瞬口ごもった。

「おかしいことはない」マイクロフトは冷静な口調だ。「そのマスクの人物は、ルイ十四世にとって大の親友、お気に入りの人物だったのだよ」

彼はそこで言葉を切った。その奇妙な主張を私に理解させ、混乱した私の頭にしっかりとつかまえさせるためだ。それから、私の疑問を先取りした。

「いいかね、マスティ君。牢獄にはほかにも顔を隠した囚人はいたという。だが歴史の研究者として、君はそのうちのひとりの名前でも、今すぐに挙げることができるかね？　できないだろう。そんな者のことはまず聞いたことがないし、彼らがいた時代でさえ、聞いた者はいない。ところが鉄仮面は――彼のことを聞かなかった者のほうが少ないだろう。彼は自分の存命中でさえ、謎の人物となっていたのではないかね？」

そうだと認めざるを得なかった。

「そうだとも！　これで君にもはっきりわかったのではないか？　さっき広告のことを話したのは、覚えていると思う。競争のことも覚えているな？　そう、今は広告と宣伝の時代だ。だが――『現代世界の宣伝の父』がいるとしたら、誰だと思う？」

私は頭が混乱してきた。誰だかわからなかったが、マイクロフトが指摘しているのは――鉄仮面その人か！

「どうだね？　鉄仮面はルイ十四世の親友だった。鉄仮面は並はずれた知恵の持主だった。彼は政治犯でもなければ〝個人的な〟罪による囚人でもなかったが、陰謀をめぐらす人物ではあった。彼は王と共謀して、いまだかつてない永久的な宣伝活動を画策したのだ。マスティ、君なら宣伝行為の価値がわかるだろう。鉄仮面は広報係を雇う必要があったかね？」

「でも」私はとにかく反論したかった。「鉄仮面はずっと牢獄で過ごし、獄中死しているんですよ！　誰がそんな命をかけた宣伝をしたいと思いますか？」

マイクロフトは私の目をみつめて、静かに笑った。「そう、それこそがポイントだよ。君は何も見えていないから、問題全体に対する最重要の手がかりがあっても、それにつまずいているだけだ。自分の人生をかけてまで宣伝をしたがる人物がいるとしたら、その人生を無駄に消費してきた者ではないかね？　そして、歴史上でそうだった人物は？」

私は恐怖に近いものを感じて、思わず両手を上げた。「さまよえるユダヤ人《ワンダリング・ジュー》【訳注14】か！」

「そうだ。ほかにはいない。〝さまよえるユダヤ人〟はそのころ、ジュゼッペ・バルサモ、つまりカリオストロ伯爵として現れる準備をしていた。カリオストロ伯爵は今――」マイクロフトは口ごもった。

「いや、それは別の機会の話だな」と彼は続けた。「大丈夫、おまじないはしたよ」

彼は大それた問題を暴露することに対し私が無言のうちに抗議していたのを察して、そう言ったのだった。実際、中指と人差し指を交差させてみせた。

そんなわけで、私はディオゲネス・クラブの面会室を辞した。翌日またどんな謎を彼に解いてもらおうかと、あれこれ迷いながら。

【訳注1】〈ギリシャ語通訳〉は《ストランド》の一八九三年九月号掲載だが、マイクロフトに関する詳細がシャーロックから語られる〈ブルース・パーティントン型設計書〉は同誌の一九〇八年十二月号掲載なので、この作品の時点ではこのくらいしか書けなかったわけである。

【訳注2】「先ごろ戻られた弟さん」……失踪後のホームズがロンドンに戻ったのは、〈空き家の冒険〉によれば一八九四年四月。だが同作品は一九〇三年まで発表されなかった。したがってマスティ教授の言葉

は、「戻ったということが最近になって報道された（わかった）という意味だろう。

【訳注3】フォクシー・クィラーは、一九〇〇年に上演された同名の三幕ものコミックオペラに出てくる狂言回しのような探偵。

【訳注4】『ゴルディオスの結び目』……将来アジアの王になる者だけが解けるとされたが、アレクサンドロス大王が剣で切って解決した。

【訳注5】『シェイクスピア別人説』……シェイクスピアの作品はフランシス・ベーコンなど他の人物が書いたのではないかという議論があった。『ジュニアスの手紙』……一七六九～七二年にかけて、ロンドンの《パブリック・アドバタイザー》紙に掲載された匿名の政治批判手紙群のこと。『鉄仮面』……フランスで一七〇三年まで三四年間、ルイ十四世の囚人として投獄されて獄中死した、マスクで顔を覆った人物。

【訳注6】「盲目の十字軍兵士」は十二世紀末にヴェネツィア総督だったエンリコ・ダンドロだと思われる。彼は盲目にもかかわらず第四回十字軍に参戦した。だが、「ジャイルズ・ハーコート」や「第七代ウィリンガム伯爵」、「古代ローマ百人隊のアレルティウス」などについては不明。マイクロフトの創作と思われる。

【訳注7】ホームズ研究家レスリー・クリンガーは、この「ガストン・ド・ヴレイユー」はルイ十三世の弟でチャールズ二世と親しかったオルレアン公ガストンのことだろうと言っている。マリー・トゥーシェは、フランス王シャルル九世の愛人だった。

【訳注8】「シアーラック・ホームズ」という名前は、活字やコミックスのホームズ・パロディで使われることがある。

【訳注9】ローラ・ジーン・リビー（一八六二～一九二四）は、職場で次から次へと女たらしに出会うヒロインがハンサムで金持ちの男に救われて結婚するという紋切り型のロマンスものを書いていたアメリカの女性作家。

【訳注10】シェイクスピアの住んでいた家を買った牧師のガストレル師は、訪れる観光客に嫌気がさして、

シェイクスピアがみずから植えた桑の木を切り倒してしまい、住民の怒りを買った。その一件があったのは一七五九年だが、なぜそのことが一六二三年のフォリオに書かれていたのかについてマイクロフトは言及していない。

【訳注11】記号にアルファベットを当てはめると、WILLIAMSHAKESPEREとなる。シェイクスピアの綴りとしてはShakespeareがスタンダードだが、十七世紀当時は人名に複数のスペリングがあるのは珍しくなかった。本作品の原文はShakespereで統一されている。

【訳注12】パロディ研究家ビル・ペシェルによれば、これは『ブリタニカ大百科事典』第九版からの引用とのこと。

【訳注13】アメリカの思想家・詩人ラルフ・ワルドウ・エマーソン（一八〇三〜一八八二）の詩“The Problem”より。

【訳注14】はりつけのときキリストを侮辱した罪で、再臨の日まで世界を流浪する運命になったという中世伝説上の人物。

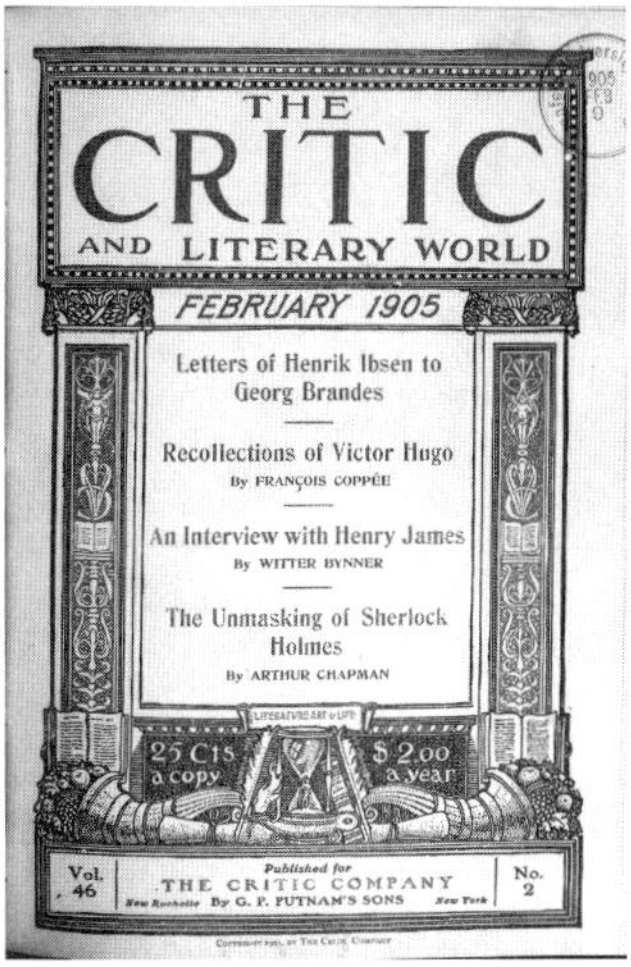

シャーロック・ホームズの正体をあばく

The Unmasking of Sherlock Holmes by Arthur Chapman

アーサー・チャップマン

アーサー・T・チャップマンは、一八七三年六月二十五日にイリノイ州ロックフォード生まれた。妻リリアンとともにコロラド州デンヴァーに転居したが、アメリカ合衆国国勢調査によれば、そこでの職業は編集者だった。一九一〇年に、アメリカ西部とその入植者たちをたたえる、彼の最も有名な詩“*Out Where the West Begins*”を書いた。*Wikipedia*によれば、ウェスタンとミステリを融合した一九二一年の小説*Mystery Ranch*のカバーには、「(“*Out Where the West Begins*”は)今日のアメリカでおそらく最も知られる詩であり、ワシントンの内務長官執務室に掲げられていて……ブレット・ハートが亡くなって以来聞かれなくなっていたウェスタン・ユーモアに満ちている」と書かれていたという。チャップマンの詩は人気を博し、彼はその後も多くの詩集を出版した。

一九一九年、チャップマン夫妻はニューヨーク市に移り住み、チャップマンは《ニューヨーク・トリビューン》日曜版の常勤ライターとなる。その後ずっと、一九二五年に引退したあとまで、フィクション／ノンフィクション両方の分野で執筆を続けた。*The Story of Colorado*（1924）、*Out Where the West Begins*（1917）、*The Pony Express: The Rrecord of a Romantic Adventure in Business*（1932）といった単行本のほか、アメリカ西部をたたえる〝カウボーイ詩〟のジャンルで多くの作品を発表した。一九三五年十二月三日、ニューヨーク市にて死去。

本作は《ザ・クリティック・アンド・リテラリー・ワールド》誌一九〇五年二月号に掲載された。

サミュエル・ジョンスン博士の伝記作家であったボズウェルよろしく、シャーロック・ホームズとつきあってきた人生のなかで、彼が激しく動揺するのを見たのは、あとにも先にも一度しかない。

ある日、二人でのんびりと煙草をくゆらしながら、指紋の利用について話をしていたときのことだ。家主の夫人が小さな名刺を手に入ってきたのだが、ホームズは何気なく目にしたかと思うと、それを床に取り落としてしまった。拾い上げたとき私が目にしたのは、わなわなと身震いするホームズの姿だった。明らかに動揺していて、客を招き入れるのか、それとも追い返すのか、夫人に伝えることもできない状態だった。名刺にはこう書かれてあった。

ムッシュ・C・オーギュスト・デュパン
パリ

この名前がなぜホームズをこんなにも動揺させるのだろうといぶかしがっていると、当のデュパン氏が姿を現わした。ほっそりとした若い男で、いかにもフランス人という顔立ちをしている。戸口で一礼したが、ホームズのほうはあまりに驚いたのか、それとも怯えているのか、挨拶をかえすことができなかった。部屋のまんなかに突っ立ったまま、戸口にいる小柄なフランス人がまるで幽霊でもあるかのように、見つめている。しばらくしてなんとか気を取り直すと、客に椅子をすすめた。相手が腰を下ろすと、自分も別の椅子にどさりとすわりこみ、しきりに額の汗をぬぐった。

「だしぬけの訪問をお許しください、ホームズさん」客はそう言いながら海泡石《ミアシャム》のパイプを取りだし、葉を詰めると、ゆったりとくゆらせた。「しかし、あなたが会ってくださらないのではないかと思えたので、家主の夫人に私を追い返すよう命じる前に、うかがったというしだいなのです」

驚いたことにホームズは、小説や劇の世界で彼を有名にした、あの射るような目つきで相手を観察しなかった。また額の汗をぬぐったあと、弱々しい声でこう言っただけだった。

「し……しかし……あなたは……死んだのではなかったんですか、デュパンさん」

「あなただって、大衆からは死んだと思われていましたね、シャーロック・ホームズさん」客は高い声で、ゆっくりと言った。「あなたがアルプスの崖から落ちても生き返ることができるのなら、私が墓からよみがえってあなたとお話をしたって、おかしくはないでしょう？　私の生みの親であるミスター・エドガー・アラン・ポーはご存じだと思いますが、彼は人を墓からよみがえらせるのが好きでしたね」

「ああ、そうでした。あの人の、ポーの作品は確かに読みましたよ」ホームズはいらついたような口調だ。「ある意味、賢い作家ですね。あなたの登場する探偵小説など、なかなかのものだ」

「そう、なかなかのものでしょう」デュパンの言葉には皮肉が込められているように思えた。「たとえば、『盗まれた手紙』という短編を覚えてらっしゃいますか？　珠玉の一篇ですよね。あれを読みはじめると、あなたの哀れむべき模倣行為のことも忘れてしまいます。あれには無理なところが何もない。すべてがこのうえなく確かなものであり、見当はずれのものなど何もない。余計なことを無理に持ちこんだりしていないのです。そして、あまりに単純な結末であるがゆえに、あなたの術策などぎこちないものに見えてしまう」

「しかしデュパンさん、ポーがあなたを使ってそれほど成功したのなら、なぜもっとあなたの作品を書かなかったのですかね？」ホームズはいささかぶっきらぼうに言った。

「ああ、それはミスター・ポーが本物の文学者だったことの証拠ですよ」デュパンはそう言いながら、パイプを絶え間なくふかしている。「成功したとき彼は、やりすぎて評判を落としてはいけないということを、よく承知していました。もし彼が、『モルグ街の殺人』を書いたあとに、私を主人公にした短篇集を二、三冊出していたとしたら、どうでしょう。私の出る作品を演劇化したり、大衆の前で私をひけらかしたりしたら？　さらには、私を見苦しくない方法で葬って、もう二度と探偵小説を書かないと宣言したあとに、出版社のおだてや誘惑に負けて、私を使った作品をだらだらと書き続けたとしたら？　当然ながら、ほとんどの作品は月並み以下のものとなり、読者は『モルグ街の殺人』という代表作さえ、忘れ去ってしまうでしょう。そして『盗まれた手紙』のことも。珠玉の一篇が、ごみのかたまりに覆われてしまうのです」

「まあ、いささか同じ曲を弾きすぎたというきらいはありますがね」ホームズは不機嫌な表情でため息をついた。その手が皮下注射器のほうに伸びたので、私は注射器のケースを遠ざけた。「しかし、一語につき一ドル払うと言われていたら、ポーもあなたを出しつづけていたのではないですかね」

「かわいそうなエドガー……誤解されていたエドガー！　……彼はそうしたかもしれない」デュパンは慎重に言葉を選んだ。「あの波乱の生涯で、彼は充分な収入を得られなかった。でも同時に、彼の得た報酬がどうだったにせよ、ポーはその多芸な天才的頭脳で、しかるべきときにまったく新たなものを見つけていたのです。いずれにせよ彼は、他人の頭脳がつくり出したものをくすねて、自分のもののように見せかけたりはしない」

「何ということを！」ホームズは大声を出した。「ポーだけが探偵小説において分析的手法を使う権利があるなどと、考えているのではないでしょうね？」

「そうは言っていません。でも、そのほかの点でもいかにあなたが私を追従してきたか、考えていただきたい。私は財産に縁がありませんが、あなたもそうですね。私は事件に取り組むために考えをめぐらすとき、必ず煙草を吸うし、あなたもそうする。私は自分の言動をすべて書き留め、称賛してくれる友をもっているが、あなたもそうだ。私は警察の責任者が思いつくよりもはるかに優れた理論を提示して、彼らを困惑させるが、あなたもまさにそうしてきた」

「わかってる、わかっていますとも」ホームズはまた額の汗をぬぐいはじめた。「こいつはいささか僕にとって不利のようだ。デュパンさん、確かに僕はあなたをかなり自由に利用させてもらったし、クレジットが必要なところでつねに引用記号を使ってきたわけでもない。しかし結局のところ、僕は自分の創造主が生み出したなかでも最も独創性のない模倣というわけではないのです。彼の書いた『白衣の騎士団』を読んで、『僧院と家庭』（英作家チャールズ・リードの小説）と比べてみたことがありますか？　ない？　ぜひおやりなさい。作品のもつ〝雰囲気の移植〟とはどういうことなのか、知りたければね」【訳注1】

「まあ、今は他人のアイデアを盗用するのがはやりの時代のようですからね」デュパンはあきらめたような口調だ。「私に関して言うなら、あなたにお株を奪われようと、いっこうにかまわない。身を引くことを断わりつづけて私の忍耐力を試しているにせよ、あなたはまずまずの礼儀を心得ている。それに、比較されれば私が輝いて見えるだけのことだ。あの『踊る人形』にしても、すぐに『黄金虫』が思い出されるような暗号の使い方について、あなたを責めるつもりはありません」

「でもあなたは『黄金虫』に登場しなかった」ホームズは一点リードしたぞという口調だ。

「そう。だがそれは、私が述べてきたことを強調することになるだけです――ポーは自分のつくり出した人物を使いすぎなかったという事実により、人々から真の文学者として称賛されているのです。それを心に留めておくことですね。次に読者に別れを告げるときは、パッティのようにならぬよう、いっさい条件をつけないということを覚えておいたほうがいい【訳注2】。アメリカ人読者の忍耐にしても永遠には続かないだろうし、いつまでも『現代のベストセラー書六冊』の人物として甘んじていられるわけにはいかないんですから」【訳注3】

このことばを最後に、デュパンもパイプも、煙草の煙の残る部屋の空気にとけ込むように、消えてしまった。あとに残されたホームズは、くすねたリンゴを見つけられた男子学生のように、ばつの悪そうな顔で私を見ているだけだった。

【訳注1】コナン・ドイルは一八六一年刊の『僧院と家庭』を非常に高く買っていた。『白衣の騎士団』はまったく違うストーリーだが、小説としての特徴に類似点があった。また、当のチャールズ・リードも、複数の著者の作品を剽窃したと責められたことがある。

【訳注2】十九世紀のオペラ歌手アデリーナ・パッティは史上最も有名なソプラノ歌手と言われるが、演奏会では高額報酬のほかさまざまな要求をした。一九〇三年、六〇歳のときに行ったアメリカでの最後のツアー公演は、年齢による声の衰えなどで失敗に終わった。

【訳注2】この作品の発表時、まだ残りの三冊（『最後の挨拶』『恐怖の谷』『事件簿』）は刊行されていなかった。

船影見ゆ

At the Sign of the Ship by Andrew Lang

アンドルー・ラング

アンドルー・ラングは一八四四年三月三十一日に、スコットランド南東部の旧州セルカーク（現在はスコティッシュ・ボーダーズ行政区の一部）で生まれた。この土地のおかげで彼は終生、魔術や神話、民間伝説に魅了されつづけた。ラングはエディンバラ・アカデミーを経て一八六一年にセント・アンドルーズ大学に入学、一八六五年にオックスフォード大学ベリオル・カレッジに入り、一八六五年から七四年まで同大学マートン・カレッジの特待校友《フェロー》であった。古典言語を専攻し、詩の翻訳をするとともに、自分でも詩を書いた。一八七二年には初の著書 *The Ballads and Lyrics of Old France* を出した。一八七五年にロンドンに移り、《ロングマンズ》誌の編集者兼ライターとなり、《デイリー・ポスト》や《タイム》、《コーンヒル》などの新聞雑誌にも数々の記事を書いた。

その後の生涯を通じて多作家だったラングは、一二〇の著書およびパンフレットを残し、編者または寄稿者として参加した出版物の数も一五〇にのぼる。一八八四年にロンドンで刊行された『誰でもない王女さま』(*Princess Nobody*)の挿し絵は、コナン・ドイルの伯父であるリチャード・ドイルが描いた。彼のスコットランド史への興味は、*The Mystery of Mary Stuart*(一九〇一年)、*The Poems and Songs of Robert Burns*(一八九六年)、*The Portraits and Jewels of Mary Stuart*(一九〇六年)、*James VI and the Gowrie Mystery*(一九〇二年)といった著書に現れている。

童話に関する彼の著作は古典となったが、ラングはそれらの仕事の際に妻のレオノアがかたわらにいて協力してくれたとして、功績を認めている。彼はまた、熱心な釣り師でもあり、妻とともにゴルフや旅行も楽しんだ。一九一二年七月十二日、スコットランドのアバディーンで亡くなった。死後はセント・アンドルーズ大学でアンドルー・ラング・レクチャーが行われ、一九三九年三月にはJ・R・R・トールキンが『フェアリー・ストーリー』の講義を行った。

本作の初出は《ロングマン》誌一九〇五年九月号。

【訳者注】本作の邦題には、ラングが《ロングマン》誌に連載していた随筆のタイトルがそのまま使われている。詳しくは巻末の訳者あとがきを参照されたい。

なお、この作品は本書のほかの作品「ディケンズの秘本」と同様、チャールズ・ディケンズの未完の長編『エドウィン・ドルードの謎』を題材としている。これも詳しくは巻末の訳者あとがきを、と書きたいところだが、同書を読んだことのない人のため、ここでほんの少しだけ予備知識を。――この長編は月刊分冊のかたちで発表されていたが、主人公たる青年エドウィンが失踪し、彼の叔父で後見人であるジョン・ジャスパーのはたらきによりネヴィル・ランドレスが容疑者とされ、すぐに釈放されたあと、犯人がまだわからない状態、つまりエドウィンが本当に死んだのかわからない段階で、著者ディケンズの死により中断してしまう。著者自身の創作ノートと、彼が伝記作家へ遺した言葉から、エドウィンは殺され、物語の最後で発覚する犯人の獄中の手記で終わる予定だったのだとされるが、エドウィンは本当に死んだのか、死んだとしたら犯人は誰なのか、途中で現れる探偵役（？）の謎の人物（ダチェリー）の正体は誰なのかといったことが、長いあいだ議論されて現在に至っているのである。

カミング・ウォルターズ氏の『エドウィン・ドルードの謎の手がかり』を読んだことにより、私の平穏な心に不幸な瞬間が訪れた。その後私はこの本の書評を書き、さらに、故リチャード・プロクター氏の、文字通り〝絶版〟になったエドウィン・ドルード研究書『死者に見張られて』（一八八七年刊）を、手に入れようとした。プロクター氏の著書は、カミング・ウォルターズ氏の著書によって私の頭に焼き付いたイメージを根本的に変え、私はワトスン博士のキャラクターを借りてシャーロック・ホームズの大いなる影に相談をもちかけることを思いついた。そのワトスン博士と偉大なる友人による架空の会話がどういうものになったか、結果をここに披露しよう。

ある日のこと、ベイカー街の下宿にしばらく客が来ないと知った私は、思いきってホームズに質問をぶつけてみた。「ホームズ、君のその驚くべき分析能力を、これまで未解決だった謎の解決に応用してみたことはないのかい？」

「『誰がコック・ロビンを殺したのか』とかかね？」ホームズは小馬鹿にしたような笑みを浮かべた（童謡『マザー・グース』の一篇から）。

彼の高慢とも言える態度は、本当は謙虚である内面を隠すためのものだ。そんな態度に慣れてきた私は、一瞬ひるみながらも、こう答えた。「いや、あれは犯罪者の告白があるじゃないか」

「スズメのかい？　自白というのは、証拠の中でも最もあてにならないものだよ」

「僕が言ってるのは、『鉄仮面の正体は誰か？』のようなものだ」

「いや、ああいうものには関わらない。金の問題がからんでいるわけでもないし、はっきりした証拠が手に入ることはあり得ないからね」

「でも、ディケンズの『エドウィン・ドルードの謎』について考えたことはないのかい？」

「聞いたことがないな」

これまで何度か書いてきたように、ホームズは一般向けの本をあまり読まないのだ。

「じゃあ、これを読んでみたまえ」私はカミング・ウォルターズの『エドウィン・ドルードの謎の手がかり』を渡した。

ホームズは大きめのパイプに葉を詰めると、三十分ほどその本に没頭していたが、やがて口を開いた。

「で、君はこれをどう思うんだ？」

「僕はウォルターズ氏の説に全面的に賛成だよ。エドウィンは死んだ。ジャスパーに殺されたんだ。ディケンズがジョン・フォースター（ディケンズ伝の著者）にそう語ったんだから、確かだ。エドウィンの死体は殺人者によって生石灰の中に投げ込まれたが、ポケットにあった指輪が生石灰でも溶けずに、犯罪の証拠となった。探偵役のダチェリーはエドウィンの変装でなく、ミス・ヘレナ・ランドレスの男装だった。ドルードは死なずに逃れ、ダチェリーは彼の変装だったというリチャード・プロクターの説は、正しいはずがない」

「ワトスン、『エドウィン・ドルードの謎』自体は読んだのかい？」

「少年のころ読んだきりだな」

「プロクターの著書は？」

「読んでない」

「だったら、意見を述べる資格はないんじゃないか？　ちょっと出かけて、両方手に入れてきてくれるとありがたいんだが」

　私はホームズの要求にしたがって、本を買ってきた。彼はその二冊を手にして、二時間ほどまた没頭した。読み終わると床に投げ出し、五回目に葉を詰め替えたパイプに火をつけた。

「どうだい？」私は尋ねてみた。

「エドウィンは生きている。プロクターは全面的に正しいが、僕にとっては不可解な点がいくつかある」

「エドウィンは殺され、指輪の存在により殺人が発覚する、とディケンズ自身がフォースターに語っているが、プロクターは無視しているね。この点をどう考える？」

「僕の考えはプロクターと同じさ。ウォルターズは、プロクターがフォースターの証言を『無視』していると言っているが、そうじゃない。プロクターはちゃんと説明したうえで片づけているんだ。一八六九年の八月に、ディケンズはこうフォースターに書き送っている。『次の作品のために、まったく新しいアイデアを得た。人には言えない（もしくは、言うと作品の面白さが消えてしまう）アイデアだが、とても強力なものだ。ただし、実際に書くのは難しい』。そして、その『人には言えない』アイデアを聞きたがるフォースターに、ディケンズは洩らした。――殺人と、指輪によるその発覚。まったく新しい、オリジナルのアイデアだと。フォースターは『さらに説明をせがんだ』。するとディケンズは、殺人犯の告白のしかたにオリジナリティがあるのだと説明した。だが、それはオリジナルでなかった。ディケンズは過去に二回、同じ手を使っていたんだ」

「でも、ディケンズはなぜフォースターに本当のことを言わなかったんだろう」

「ああ、プロクターはこう言っているね。『フォースターは慢心のせいで、新規の設定でないということに気づかなかった』。事実、ディケンズはこのときまだ執筆を始めていなかった。おそらく二つのアイデアがあって、そのひとつをフォースターに教えたが、執筆にはもうひとつのアイデアを使ったのだろう。もしディケンズがフォースターをだましたのなら、十分な動機がなくてはならない。フォースターが未完成の作品を批判し、ディケンズを悩ませたということも考えられる。ディケンズはそのままにしておかないだろう」

「しかし、もし君のいうとおりだとすると、ウォルターズの言うように、ジャスパーが有罪判決を受けたことの説明をつけなくちゃならない。ジャスパーがエドウィンを殺していないのなら、なぜ有罪になったのか？　彼が有罪になって服役することは、ディケンズの言によってはっきりしている」

「ワトスン、たとえ君が僕の推理法を知らなかったとしても、ウォルターズ自身がその疑問に答えていることはわかるはずだ。彼の説が示すように――示す必要もないが――ジャスパーは物語の終末でランドレスを殺し、そのことで有罪になる。ランドレスはジャスパーを死刑囚にする理由をつくるためだけに殺されるんだ」

「でも、指輪については？　ディケンズは、指輪が人を『つかまえて引きずり込む《ドラッグ》』力をもっていると書いた。ウォルターズは（一一〇ページの注で）こう書いている。プロクターは『フォースターがディケンズについて言っていることを全部無視している。指輪の重要性をそっちのけにして――』」

「ワトスン、君はプロクターの本を読んでいないんだろう？　繰り返すが、彼はフォースターの言うことを無視しているわけじゃない。彼は二二、二三、二四ページで、僕の言うとおり説明している。指輪の重要性をわきへやってはいない。一三二から一三五ページで詳しく説明しているんだ。ジャスパーを破滅させたのは指輪だと」

「どうやって？」

「ああ、愚かなことに、それがディケンズの失敗だな。彼はジャスパーにエドウィンの懐中時計とその鎖とシャツ・ピンを奪わせたのに、エドウィンが指輪をポケットに入れていることに気づかなかったという設定にした。しかし、もしジャスパーが殺人犯だと言うのなら、彼はエドウィンがポケットに指輪を入れているのを知っていたはずだし、もちろん、それを奪ったはずだ」

「どうしてそう思うんだい？」

「ワトスン。それがわからないのだったら、君が考えるにまかせるしかない。教えないよ。自分で考えるんだ。十五分あげよう」

そう言うとホームズは懐中時計を取り出し、新聞を手に取った。

私は必死に考えながら、部屋の中を行きつ戻りつした。ポケットに突っ込んだ両手でコインと鍵をもてあそんでいたので、それがジャラジャラと音をたてた。

「子供たちの言い方ならもうちょっとで当たり《ゲッティング・ウォーム》というところまで来てるはずだよ」とホームズ。

「小銭《カッパー》が音をたてているじゃないか」

突然ひらめいた。

「そう、もちろんそうだ。鍵やコインも、指輪とまったく同様、生石灰でも溶かすことはできない。ジャスパーはそれを知っていて、エドウィンのポケットを探り、その結果指輪を見つけたはずだ」

「進歩したじゃないか、ワトスン！　もしジャスパーが君ほど鈍くなかったら――いや、失礼――指輪を見つけたはずだ。しかし彼は見つけなかった。のちに彼は、自分を追い詰めることになる人たちを通じ、エドウィンが指輪を持っていたことを知る。つまり指輪によって彼は――それを見つける必要性により――つかまり、自分がエドウィンを生石灰の中に置き去りにした地下墓地に、『引きずり込まれた』。彼は指輪を取りに行かねばならなかった。そしてエドウィンが生きているのを見つけた。想像してごらん！　プロクターが指輪の重要性を無視していないことがわかるだろう」

「でも、エドウィンが地下墓地で生きているのを彼が見つけたということは、どうしてわかる？」

「なに、ディケンズがそう言ってるからさ。コリンズによるオリジナルの表紙絵の、下の部分を見たまえ。何が見える？」

「黒い服の男が持つランタンの明かりに照らされた若い男だ」

「黒いのはジャスパーだよ」とホームズ。

「若いほうの男は、ミス・ヘレナ・ランドレスが変装した探偵役のダチェリーだと、ウォルターズは書いていたが」

「ダチェリーは中年ないし『年配の《エルダリー》』男だ。ぴったりしたガウン風の上着のボタンを襟まで全部掛け、黄褐色のチョッキを着て、大きな白髪のかつらをかぶっていた。この絵の若い男は、ゆったりした夏用の大外套を着ているし、白髪のかつらでもない。表紙絵の上の方にあるエドウィンの下絵と同じ特徴だ。『色黒』でも『ジプシーのよう』でもなく、『激情に満ちた顔』でもない。

一方ミス・ランドレスは、ジプシーのような色黒で、激情に満ちた顔をしていた。若い方の男はエドウィンだ。そして、表紙絵の左手にはエドウィンの『行方不明《ロスト》』を知らせる張り紙、いちばん下には『発見《ファウンド》』の張り紙が見える」

「だがウォルターズは、『プロクターはコリンズの予言的な絵の意味をくむことができなかった』と書いているね。君の言うようにコリンズの表紙絵がプロクターの説の証拠となるのなら、なぜ彼は理解できなかったということになるんだろう？」

「ワトスン、君はプロクターの本を読んでいないからそう言うんだ。一三五から一三六ページにかけての彼の主張では、ジャスパーがランタンを手に地下墓地に行って扉を開くと、エドウィンがいて、殺されたときに指輪が入っていた胸ポケットの前で片手を握りしめていた。……墓地の背後の暗がりに、エドウィンその人が立っていたんだ。そしてこの表紙絵を見たまえ。ランタンに照らされたエドウィンが片手を胸にあてているじゃないか。ウォルターズはプロクターがこの表紙絵について『意味をくむことができなかった』と言うが、プロクターは一三八ページでこの『下の真ん中にある絵』を証拠として挙げているんだ。ワトスン、文献はつねに比較しなくちゃだめだ」

私は表紙絵をじっと見つめた。ホームズはいつも正しい。「なるほど、納得したよ。しかし、ウォルターズはなぜこういうことをすべて見逃したんだろう？」

「君ならどうだね？　ウォルターズは表紙絵の完成版を転載しているから、自分の目で確かめるといい。だが、なぜ彼が間違いを犯したのかは、彼の書いているものからではわからないね。ウォルターズは自分でも言っているが、表紙絵の検討をわざとしなかった。彼が自分の説を作り上げたとき、初めて表紙絵について言及したが、それは『ほかの意見の間違いを最も際立ったやり方で確認するため』だった。もちろん、結果は逆になった。たとえば、ウォルターズはある若い男の二つの絵がジャスパーだと書いているが、頬ひげがあるはずの彼がきれいにひげを剃っている。また、上品に装ったジェントルマンを、汚れた上着を着ているはずのダードルズだとしている。ウォルターズは自分の説を組み立てる前に、証拠であるコリンズの絵を検分すべきだったんだ。彼はいったん自分なりの結論を出すと、絵のもつ意味も、プロクターがいちばん下の絵を証拠としたことも、見えなくなってしまった。だから『意味をくむことができなかった』と言ってしまった。すばらしい理論でも、証拠を無視した理論は御しがたいものだ」

「ホームズ、君の説だと、ディケンズはコリンズの表紙絵で自分のプロットを明かしているわけだね。つまり、地下墓地に出現した若い男はエドウィンだと」

「ディケンズは確かに、自分のつくったプロットを洩らしている。彼のアイデアが誰かを、たとえばミス・ランドレスを、地下墓地でエドウィンに扮装させて、読者をあざむきジャスパーを偽の幽霊で脅かそうというものでないかぎりね。しかしそれでは、陳腐な頭脳による愚かな発想でしかない。ミス・ランドレスはエドウィンと似ても似つかない」

「じゃあ君は、ダチェリーがエドウィンでなく、ヘレナ・ランドレスがその『年配ののんき者』（ダチェリーのこと）に変装していた、というウォルターズの主張は、正しいと思うのかい?」

「本当のところは、僕にもわからない」とホームズ。「ディケンズは、『実際に書くのは難しい』アイデアだと言っていた。ダチェリーがヘレナ・ランドレスだろうと、エドウィンだろうと、現実にそういうことをするのは不可能だ。若い女性がぴったりしたガウン風の上着を着たら『年配ののんき者』には見えないし、エドウィンが扮装していたとしても、叔父であるジャスパーが気づかないわけがない。どちらも同じように無理な話だ。ダチェリーにあらわれている特徴は、エドウィンにつながらないものだ。ウォルターズは、エドウィンは問題のアヘン窟の年配女に会ったことがあるのだから、ダチェリーがエドウィンであれば二度目に会ったときわかったはずだが、知らなかったという点を指摘している。だがもちろん、もしダチェリーがエドウィンなら、彼がその年配女だと認識したことを作者は隠さなくてはならない。そうでないと、プロットがわかってしまうからだ。ウォルターズは、もしダチェリーがエドウィンだったとしたら、その年配女から『エドウィンにとって目新しいことは何も聞かなかった』と言う。しかしダチェリーは、エドウィンにとってなら目新しいことを、たくさん聞いている。そのアヘン窟の女がジャスパーと関係があり、かつジャスパーを嫌っているが、彼を追っていることを知ったのだから。そして、たとえエドウィンが死んでいて、ダチェリーがヘレナ・ランドレスの変装だったのであろうと、彼女はエドウィンがその年配女について知っていたことを、すべて知っていたかもしれない。なぜなら、エドウィンは、ヘレナの兄とジャスパーとの夕食のとき、つまりエドウィン自身が失踪した晩、ジャスパーにそのことを告げるつもりだったか、告げてしまったかのどちらかだと思えるからだ」

「僕もダチェリーがエドウィンの扮装だとは思えないな。ウォルターズが引用しているアンドルー・ラングが、その点について書いているね」

「ほう、ミスター・ラングの賢明なる意見を聞かせてもらおうじゃないか」

ホームズがラングを嫌いなことは、私にもわかっていた。ホームズはアンダマン島の住人やトゥキュディデスについて無知であると、彼が指摘したからだ。

「あの知ったかぶりはなんと言っている？」私が引用部分を捜すあいだも、ホームズはたたみかけるように言った。ようやく見つけ、私は読み上げた。

「『単なる思いつきでは、もしエドウィンが逃れたのなら、なぜ名乗り出ず、密かに何かを探るような行為をしなくてはならなかったのかという、理由を説明することはできない。まことしやかなものでない、合理的な理由を考え出さなければならないのだ』」

ホームズは、珍しく声を上げて笑った。

「愚かなことを！　エドウィンが生きて逃れたとすると――実際そうだったはずだが――すでにアリバイ工作をしていると思われるジャスパーに対する証拠を、どうしたら手に入れられる？ジャスパーが自分を殺そうとしたことを、どう証明する？　彼は何か別の方法でジャスパーを罰するしかない。もし証拠を手に入れたとしても、エドウィンがそれを述べてしまったら、物語の面白さはどこにあるのか？　ジャスパーが絞首刑の宣告を受けるか、いずれにせよ死刑の判決を下され、大衆の興味をかきたてるものとならなければいけないんだ。たとえば、殺人が前もって計画されていたことは、アヘン窟の女の証言で明らかになる。ジャスパーは指輪を得るために地下墓地へ誘いこまれ、そこでエドウィンを見て幽霊だと思い込む。大聖堂の塔の階段をかけ上がり――これは作品の冒頭から大きな役割をもっている存在だ――ランドレスとクリスパークルほかの面々に追われ、ランドレスを殺したあとに捕まる。こうしたことをすべて起こすには、エドウィンがダチェリーに扮して密かに探りを入れるか、ヘレナ・ランドレスがそれをするかしかない。そしてエドウィンが最後に幽霊に扮して現れるしかない。ディケンズがヘレナを『年配ののんき者』に扮装させて探らせ、その後大聖堂小参事会員のクリスパークル師と結婚させたとすると、クリスパークルの立場がどんなに滑稽なものになるか！　ディケンズだったら、そういう事態を気にしなかったかもしれないがね。僕は、プロクターの説がほぼ全部の点で正しいと思う。尊敬すべき老法律家のグルージャスも、もし事の真相を知っていなければ、エドウィン失踪の二日後にジャスパーを卒倒するほど驚かして放っておくということも、しなかったろう。グルージャスはエドウィン失踪の翌日、現場に登場しているし、おそらくは失踪の晩、クリスマス・イヴにもいただろう。しかし、彼がジャスパーにある事実を告げて卒倒させる十二月二十七日の晩までの行動は、いっさい書かれていない。グルージャスは殺人の企てに気づいていたのだ。ローザ・バッドは個人的な理由により疑いを抱いていたが、それを彼に言ったのはローザ自身ではなかった。彼女は殺人のあと、誰にもその疑惑を洩らしていない。ディケンズは、ローザがジャスパーを疑ったのは、エドウィンと自分が婚約しているのにジャスパーが自分を愛していると、知っていたからだとした。ローザが誰にも話さなかったとすると、なぜグルージャスは確信に近いような疑いをもったのか？　もちろんヘレナ・ランドレスは、ジャスパーがローザに恋心を抱いていて、ローザが彼を恐れていることを、殺人の前から知っていた。彼女はそのことをグルージャスに告げたかもしれないが、その点をプロクターは見落としている。だが僕にとって、ひとつだけ確実なことがある。――エドウィンが生きているということだ。わからないのは、ジャスパーが大聖堂のてっぺんと思われる高みから、何か恐ろしいものを見たと語ることだ。あの塔は謎だね。ジャスパーがアヘンをやったときのシーンがある。彼は『「下を見ろ、下を見ろ！ ずっと下の、底のほうに何があるか、見えるだろう？」』と言って前にかがみ、『ずっと下の方に何かがあるみたいに、床のほうを指さした』という。アヘンに未熟なジャスパーは、自分の犯罪を幻覚で見ているんだ。『「あんなのはこれまで見たこともないぞ。……あれを見ろ！ なんとみっともない、哀れな、みじめな姿なんだ！ あれこそ本物に違いない。おしまいだ」』……これらはすべて、おそらく過去の記憶でなく未来の幻影だ。はるか下のほうにあるものは、塔のてっぺんから落ちたランドレスの死体だろう。プロクターが指摘しているように、この作品には予知に関するシーンがもうひとつある。ダードルズが聞く、幽霊の叫び声だ。アヘンによる夢と心霊現象の混ざったものについては、誰も理解できないだろう。僕もだ」

ホームズの謙遜するような言い方に、私はうれしくなった。「ウォルターズがダチェリーは女性であると主張した理由のひとつに、こんなのがあるね。――ダチェリーはよく帽子を脱いで手にしていることがあるが、相手からかぶってもかまわないと言われたとき、もうひとつ帽子が載っているかのように頭をぽんとさわった。これは女性用のソフトハットをかぶっているときのしぐさだ、と。これは有力な説だと思うかい？」

「いや。たいしたものじゃないと思う。エドウィンの髪はふさふさとして長く、太い。ダチェリーのように重い白髪のかつらをつけていれば、表紙絵のいちばん下にあるエドウィンのイラストのようなソフトハットをかぶっていると感じることだろう。しかも、表紙絵の左上のイラストで、エドウィンは帽子を手にしながら歩いている。彼はよくそうするのであり、ダチェリーもそうだということだ」
「君はすべてを見ているんだな、ホームズ！」そう言うと、彼がうれしそうな顔をしたので、私は思わず尋ねてみた。「エドウィンは生きているという君の説なら、死んだというウォルターズの説よりも、優れた小説をつくりだせると思うかい？」
「そうだな。ディケンズは、エドウィンを愚かな少年から心優しく思いやりのある若者にするのに、かなり苦労した。彼の存在を無駄にはしないだろう。結末としてエドウィンがみずからの幽霊に扮するほうが、女がエドウィンまたはほかの幽霊に扮するよりも、はるかにいいはずだ。エドウィンないし誰かの幽霊が出現することは間違いない。犠牲者はひとりで十分であり、それがランドレスとなる。ディケンズはほとんどすべての作品で極限にある人間を描いてきたが、幽霊を道具にしたのは新機軸だろうね」

なるほど、ホームズさん。

しかし、私の考えからすると、あなたがこの小説を理解しているとしても、私はこれを「傑作」とみなすことができないし、「最高の卓越した知性が考え出した作品であり、完成していればいかに調和のとれた荘厳さを生み出せたことか！」などと叫ぶつもりもない。ディケンズの最高の資質は、凝ったプロットを練り上げることにはないと私は考える。われわれはモンクス【訳注1】を、そしてスマイク【訳注2】の父性を忘れてしまうし、実際、錯綜した筋立てなど知ったことではない。だが、コミカルで親しみやすいミスター・ピクウィック、あるいはサム・ウェラーやクラムルズ一座などは、記憶に残る。そういう人物はたくさんいるが、『エドウィン・ドルードの謎』には、親しみやすく永遠に覚えられる人物が欠けているのだ。カミング・ウォルターズ氏の本は謎解きものの好きな人にとっては読む価値のあるものだが、結論を出してしまう前にプロクター氏の本も読むべきだろう。たとえばウォルターズ氏は、プロクター氏が「ネヴィルは――嫌っているエドウィンを――取り乱したジャスパーの襲撃から救おうとしたとき、ジャスパーに殺されることになる、と考えている」と書いた。だが、プロクター氏は『死者に見張られて』の中でそうは書いていないのである（一三六ページ）。


【訳注1】『オリヴァー・ツイスト』の登場人物。

【訳注2】『ニコラス・ニクルビー』の登場人物。

【訳注3】サミュエル・ピクウィック。『ピクウィック・ペーパーズ』の主人公。

【訳注4】『ピクウィック・ペーパーズ』の登場人物。彼の登場後、同作の人気が上がった。

【訳注5】『ニコラス・ニクルビー』に登場する。

シャーロック・ホームズの日記より

From the Diary of Sherlock Holmes by Maurice Baring

モーリス・ベアリング

モーリス・ベアリングは「第一次世界大戦以前のイングランドで花開いた社会文化《ソーシャルカルチャー》を代表する、大英帝国でも長きにわたり卓越した金融業者一家の末裔」として、一八七四年四月二十七日にロンドンで生まれた【原注1】。母親は二代目グレイ伯爵の孫で、父親は銀行家だった。イートン校で学んだあと、ドイツ語を学ぶため留学し、さらにフランス語、ラテン語、ギリシャ語などを学んだ。イタリアのフィレンツェで過ごしたのち、ケンブリッジ大学のトリニティ・カレッジに進んだ。一八九八年、政府の外交部門に所属し、コペンハーゲンやローマ、パリで勤務したが、一九〇四年に外交官生活に幻滅して辞職。人間と言語に興味をもっていた彼は、その年の十二月末にロシアのサンクトペテルブルグに行き、《ロンドン・モーニング・ポスト》の記者となって日露戦争の記事を本国に送った。

ベアリングは一九〇九年にカトリックに改宗し、G・K・チェスタートンやヒレア・ベロックと長きにわたって親交を結んだ。サー・ジェイムズ・ガンによるこの三人の肖像画が、ロンドンのナショナル・ポートレート・ギャラリーに飾られている。CatholicAuthors.comによれば、肖像画が表わしているのは「単なる友人どうしの姿を描いているのでない。この三人の文学者たちは読者から、多くの点分かつことの出来ない親友どうしであると考えられていた。三人は共通の友人と共通の哲学、そして共通の信仰をもっていた。聖三位一体ほど不可分の単体ではないが、少なくとも三銃士と同じくらいは断固とした存在」であるという。

第一次世界大戦が始まるとベアリングはイギリス陸軍航空隊に入り、司令部員としてめざましい働きをしたため、一九一八年に大英帝国四等勲爵士となった。初めて刊行された書籍は*THE BLACK PRINCE AND OTHER POEMS*（一九〇三年）で、第一次世界大戦後に小説を書きはじめ、*CAT'S CRADLE*（一九二五年）や*DAPHNE ADEANE*（一九二六年）を発表した。一九二五年には空軍予備役将校としての名誉空軍中佐になった。終生プラクティカル・ジョークを愛する多作家であった。十五年間パーキンソン病を患ったあと、一九四五年十二月一四日、スコットランドのインヴァネスで死去。

【原注1】www.britannica.com/biography/Maurice-Baring
本作はロンドンの《アイ・ウィトネス》誌一九一一年十一月二十三日号に掲載された。

一月一日、ベイカー街にて

ワトスンには無用であろうが、私にとっては有益な出来事をいくつか書き留めておくため、日記をつけることにした。探偵としての職業上は、うまく解決した事件よりも未解決で終わったもののほうが興味深いのだが、ワトスンはたいていそれに気づかぬようだ。私によかれと思ってそうしているのかもしれないが。

一月六日

ワトスンは転地療養のため、数日間ブライトンに出かけている。今朝は、ささいなことながら非常に興味深い出来事があった。これは、たとえ推理能力がみじんもない人物でも、誤った理屈から真実にたどりつく場合があると示す、よい例だろう（ワトスンにそのようなことがまったく起こらないのは、幸いと言うべきか）。スコットランド・ヤードのレストレードがやってきて、レディ・ドロシー・スミスに贈られた結婚祝いの中から、ダイヤとルビーのついた指輪が盗まれたと報告した。事件のあらましはこうだ。木曜の晩、レディ・ドロシーの受け取った結婚祝いの宝石類が、友人たちに披露するため、二階の彼女の寝室から一階の客間へと運ばれた。くだんの指輪は、そのなかに含まれていたという。宝石類は友人たちをうっとりとさせたあと、再び二階の寝室に戻され、金庫にしまわれた。だが翌朝になると、その指輪が消えていたというのだ。事件を捜査したレストレードは、指輪は盗まれたのではなく、客間で落としたか、間違えてほかのケースに入れたのだろうと結論づけた。しかし、客間をくまなく探し、宝石のケースもすべて確認したが、彼の推理を裏付ける結果は出てこなかったのだという。私はレストレードとともに出かけ、イートン・スクウェアにある、レディ・ドロシーの母レディ・ミドルセックスの屋敷を訪れた。

われわれが客間を調べていると、レストレードが勝ち誇ったような声をあげ、肘掛椅子のすきまから指輪を取り出した。そこで私は、得意になりたいのはわかるが、事態は君が思っているほど単純ではないと指摘してやった。ひと目見ただけで、その指輪の宝石がまがい物であること、しかも指輪が大急ぎで作られたことが、私にはわかったからだ。もちろん、指輪の作り主が誰かは、推理するまでもなかった。レストレードだろうがヤードのほかの刑事だろうが、それが本物の指輪を作ったのと同じ宝石職人であることくらい、容易にわかっただろう。私は花婿からの贈り物を見せてもらったあと、すぐにそれを作った宝石職人のもとに行って話を聞いた。案の定、一週間前に彼は若い女性に頼まれて、本物の宝石の屑を使ったまがい物で指輪を作っていた。その娘は名を名乗らぬまま指輪を受け取り、自分で支払いをすませたという。私の推理は明白なものだった。レディ・ドロシーは伯父から贈られた本物の指輪をなくしてしまい、それを言い出せずに、窮余の策で模造品を作らせたのだ。レディ・ミドルセックスの屋敷に戻ると、そこにはレストレードが、贈り物をまた披露する際の監視役として呼ばれていた。

レディ・ドロシーを呼んでもらうと、彼女は私を見るなりこういった。

「指輪はきのう、レストレードさんに見つけていただいたんですの」

「存じています」と私は答えた。「ですが、見つかったのはどちらの指輪です?」

彼女は反射的にまぶたをぴくりとひきつらせたが「指輪はもともとひとつしかありませんわ」と答えた。

そこで私は、自分のこれまでの調査と、そこで判明した事実を告げた。

「たいへん不思議な偶然ですわね、ホームズさん。きっと誰かほかの方が、偽の指輪を注文したのですね。どうぞ、私の指輪をその目でご確認くださいな」そう言って彼女は指輪を持ってきたが、それは本物の指輪だった。きっと、こうしているあいだに本物の指輪が見つかったにちがいない。

私が怪しんでいるのに気づいた彼女は、それをレストレードに見せてこう言った。

「レストレードさん、この指輪は、きのうあなたが見つけてくださったものですわね?」

レストレードは指輪をじっと見てから答えた。「ええ、どうみてもきのうの指輪と同じものですが」

「これを模造品だと思われますか?」この腹の立つ娘は、なおも尋ねた。

「そんなことあるはずがない」レストレードはそう言い、私を振り返って付け加えた。「ああ、ホームズさん、論理的に考えればすぐわかることですよ。われわれヤードの人間は、つねに事実に基づいて考えていますから」

もう何も言う言葉はなかった。ただ別れ際、レディ・ドロシーに、本物の指輪が見つかってよかったですねとだけ告げた。私の推理は正しかったのに、無知で見当はずれな人間がたまたま私に勝ち誇ることができるという腹立たしい事件であった。

一月十日

ワトスンと朝食をとっていると、ひとりの男性が訪ねて来た。名乗らずに、いきなり、自分が誰だかわかるかと尋ねてきた。私はこう言ってやった。「あなたが独身で、今朝サセックスからやってきたこと、かつてはフランス軍にいて、今は書評を仕事にしていること、中世の戦闘に特別な関心をもち、その講演もしていること、そしてカトリック教徒で、以前日本に行ったことがあるということ以外、何もわかりませんね」

すると男は、自分は確かに独身だが、住んでいるのはマンチェスターで、サセックスにも日本にも行ったことはないと言った。また、これまで一行たりとも文章を書いたことはないし、英国国防義勇軍以外の軍隊に在籍したこともないし、カトリック教徒どころかフリーメイスンの会員で、職業は電気技師だという。私は彼が嘘をついているのだろうと睨み、では、なぜあなたのブーツにはホーシャム特有の粘土と石灰が混ざった泥がついているのか、それもフランスのヴァルミーで買ったと思われる、側面にゴムを採用したフランス軍支給のブーツなのかと、聞いてみた。なぜ上着の内ポケットに、サウスウォーターからの往復切符の半券が覗いているのか、なぜ懐中時計の鎖に聖アントニオのメダルをつけ、カポラル・シガレットを吸っているのか、なぜ胸ポケットからアイラウの戦いの記事の校正刷りと《タブレット》誌（カトリックの評論誌）がのぞいているのか、なぜその手に、包装がいいかげんなせいで（同様にいいかげんな身なりから彼が独身であることがわかる）その中身が幻灯機のスライドだとわかる包みを持っているのか、そしてなぜ左の手首に日本の魚の入れ墨があるのかと、尋ねた。

「私が相談に来た理由を話せば、その答えのいくつかがおわかりいただけるはずです」と彼は答えた。

「ゆうべ私はウインザー・ホテルに泊まったのですが、今朝目が覚めると、私の着ていた服のいっさいが、まったく違うものと入れ替わっていたのです。ホテルの客室係を呼んで事情を話し、その客室係やほかの使用人たちを徹底的に問いただしましたが、誰もこの事態を説明することはできません。また、ほかの宿泊者で、自分の服装が入れ替わっていたと訴える者もいないのです。

「今朝の七時半に二人の男性客がホテルを出ているのですが、ひとりはそのまま発ち、もうひとりはホテルに戻ってくる予定だそうです。

私が今身に着けているものすべて、スライドが入っているこの包みもすべて、私のではなく誰かほかの人物の持ち物なのです。

消えてしまった私の持ち物に、高価なものは何もありません。服もブーツも、今身に着けているものとさして変わらず、外套のポケットには新聞のたぐいがつっこんでありました。この入れ墨は、トルコ風風呂に行ったときに、海軍でこの技術を覚えたという世話係に彫ってもらったものです」

この事件に興味深い点はまったくなかった。私はその男に、ホテルに帰り、どう考えてもその服の本当の所有者と思われる人物、例の午前七時三十分にホテルを出た男性が戻ってくるのを待つようにと助言した。

これは、ある一点を除けば私の推理が完璧に正しかった事件であり、私の推理はすべて、その服の本物の所有者の特徴と合致していたはずだ。

けしからんことにワトスンは、なぜ最初にあの服が彼自身のものでないと気づかなかったのかと、あとから聞いてきた。

なぜ他人の服がぴったりしていたかという愚かな質問に対しては、おそらく彼の体型が服の本当の持ち主に似ていたのだろうと答えるしかない。

一月十二日

プラム・プディングの中に、異常に大きな柘榴石《カーバンクル》を見つけ、これは面白い事件になると考えた。ワトスンも大いに期待していたが、さいわいにも私が仮説を語るより先にターナー夫人が来て、宝石に気づき、またやんちゃな甥のビルがいたずらをしたらしい、この赤い石はクリスマスツリーの飾りだと言った。もちろん、私はまだその石を拡大鏡で調べていなかったのだから、これは仕方がない。

ディケンズの秘本

Dickens's Secret Book by Edmund Lester Pearson

エドマンド・ピアスン

エドマンド・レスター・ピアスンは一八八〇年二月十一日にマサチューセッツ州ニューベリーポートで生まれた。一九〇二年にハーヴァード大学を卒業したが、在学中に最初の作品を学内の季刊文芸誌《ハーヴァード・アドヴォケイト》に発表している。一九〇四年にはニューヨーク州図書館司書養成所で図書館学士の学位をとり、ワシントンDCの公共図書館で働きはじめた。一九〇六年に米議会図書館に移り、一九〇八年に陸軍省情報局の臨時司書になった。また一九〇六年から十四年間、《ボストン・イヴニング・トランスクリプト》紙に、週一回のユーモラスなコラム『ライブラリアン』を連載した。そのうちのひとつが発展して、一九〇九年に小冊子 *THE OLD LIBRARIAN'S ALMANACK* として刊行されたが、これは多くの新聞紙上で、一七七三年にコネティカット州ニューヘヴンで本当に書かれたものかもしれないと評された。

ピアスンは一九一四年、妻とともにニューヨーク市へ転居し、ニューヨーク公共図書館で出版部の編集者として働きはじめた。同時に《ネイション》《ダイアル》《ウィークリー・レヴュー》《アウトルック》《サタデイ・レヴュー・オブ・リテラチャー》といった雑誌にコラムを書きはじめた。第一次世界大戦中は銃後の活動に徹し、戦争が終わると、リジー・ボーデンを一八九三年に起訴した地方検事の息子と文通を始めた。さらに、ボーデンの手紙や裁判記録に目を通す許可を得、一九二四年には、ボーデンに関する研究書 *STUDIES IN MURDER* を刊行した。この本はピアスンにとって初めての、アメリカにおける犯罪事件を扱った作品だった。

一九三四年にはハリウッドに行き、名前の出ない書き手として映画『フランケンシュタインの花嫁』や『倫敦の人狼』の脚本を執筆した。一九三七年八月八日にニューヨーク市で亡くなったが、その数多くの著作は自己の子供時代のことと、犯罪実話、大衆雑誌向けの小説、そしてユーモアものが中心であった。

本作は、一九一三年に雑誌に掲載されたあと、単行本 *THE SECRET BOOK*（『秘本』、一九一四年刊）の第三章として収録されたものである。

「もしかして」と、ライアソンが控えめに言い出した。「今回は僕がやってもいいかな」

一週間たって、またクラブでの集まりの日だった。「遠慮なくどうぞ」ティルデンはためらいなく言った。「僕らはちっともかまわない」

ティルデンとレノックスは隅のほうでピケットに興じている。

「だけど」ブロンソンが悲しげな声を出す。「僕は今夜のために資料を用意してきたんだよ」

「そうだよ」と、幹事役のセイルズ。「今夜はブロンソンの番だ」

ライアソンは当てつけがましく額に手を当てて一礼し、自分の資料を折りたたんだ。「わかった。僕は引っ込んでるよ」

ブロンソンはたたみかけた。「もちろん、そんなつもりじゃ――」

「謝るのはよせよ。かえってよくないことになる。僕はもう、取り返しのつかないほど気分を害した」

憤慨したふりをしながら、ライアソンは暖炉の火をつつきはじめた。

ブロンソンがまた口を開く。「この冬、初めて『エドウィン・ドルードの謎』を読んだんだ。読んだやつは何人ぐらいいるかな?」

八人のうち三人だけだった。

「そんなもんだろうな。敬遠してしまうのは、物語が未完だからだろう。僕もそれでずっと手をつけずにいたんだが、すごい楽しみを逃していたんだってわかったよ。当然のことながら、謎の解明について数ある説のひとつを支持するようになってね――誰だってそうなる――その説をシャーロック・ホームズ物語に模して書いてみた。ホームズならみんな遠慮なく楽しめるだろ？僕が謝る必要はないのさ。では――」

そう言って、ブロンソンは朗読を始めた。

シャーロック・ホームズとドルードの謎

「ワトスン」朝食の席についていたシャーロック・ホームズが、向かいからにこやかに笑いかけてきた。「筆跡から書いた人の性格を判読することができるかい？」

そう言いながら、封筒を私のほうへ差し出す。私はその封筒を受け取り、表書きに目をやった。ベイカー街の私たちの下宿の住所で、ホームズに宛てたものだ。以前読んだ、筆跡をテーマにした記事を思い出そうとした。

「これを書いたのは、内気で控えめで博識の、かなり有能な人物だな。この男性は――」

「おみごと、ワトスン、みごとだよ！　いやあ、いつになく冴えているじゃないか。それどころか、実に君らしい解釈だ。でもね、内気だとか博識うんぬんについては、ちょっとはずれだな。実を言うと、これはミスター・トマス・サプシーからの手紙なんでね」

「有名なクロイスタ―ラム町長の？」

「そうだとも。尊大で鼻もちならないうぬぼれ屋に、まぎれもない無知が輪をかけたってことじゃ、イングランドでも並ぶ者のない御仁だ。だから、君は的を射ていないってことになるね」

「それにしても、君に何の用があるんだ？」私は話題を変えようとした。「君にエドウィン・ドルードの謎解きをさせようっていうんじゃないだろうね？」

「まさにそれをさせようとしているんだよ。彼はすっかり途方に暮れてしまってる。どうだろう、クロイスターラムまで行ってくるというのは？　ちょっと調査して町長に恩を売りがてら、大聖堂あたりを散策してこようじゃないか。みごとなガーゴイルがあるらしいよ」

一時間後、私たちはクロイスターラム行きの列車に乗っていた。ホームズは朝刊に目を通していたが、それを放り出したかと思うと、私のほうを向いた。

「ドルード事件のことを、ひととおり知っているかい？」

私は、数々の記事を読んできたし、憶測のたぐいもいくつか知っていると答えた。

「僕はしかるべき注意を払っていなかった」とホームズ。「最近の僕は、このあいだのラスポポフ大佐とロシア皇后のルビーをめぐるちょっとした事件で、すっかり頭がいっぱいだったからね。重要な事実をおさらいしてもらえるかい――そうしたら頭をすっきりさせられるだろう」

「事実はこうだよ。エジプトへ向かおうとしている若い技師、エドウィン・ドルードを、クロイスターラムに引き留めている人物が二人いた。ひとりが婚約者――ミス・ローザ・バッドというら若き女学生だ。もうひとりは、愛情深い後見人の叔父、ミスター・ジョン・ジャスパー。この叔父というのは、大聖堂の聖歌隊長だ。彼の幸福に影をさすものが二つあったらしい。ひとつは、ミス・バッドとの婚約が――双方の親がエドウィンとローザのまだ幼いころに取り決めたものだったんだが――本人たちどちらの意にも沿わないものだったこと。実際、エドウィン・ドルードが姿を消すほんの数日前に、二人は婚約を解消しようという同意に達していた。愛の言葉はかわさなくとも、二人は友好的に別れたと考えられている。

もうひとつには、ネヴィル・ランドレスなるセイロン島出身の若い学生と、クロイスターラムでいざこざがあったことだ。ランドレスは東洋人の血筋のようだな――浅黒い肌と激しやすい気質の持ち主だ。二人のあいだで何度かけんかが起こり、ランドレスの側が暴力に訴えている。しかし、二人を仲直りさせようと、エドウィンの叔父のミスター・ジャスパーがクリスマス・イヴの夕食を用意して、自宅に二人だけを招いた。夕食の席は始終なごやかだった。夜も更けてから二人は一緒に引き揚げ、川まで歩いていって、荒れ狂う大嵐を眺めた。別れたあと――ランドレスによれば――エドウィンは二度と姿を現わさなかった。翌朝になって叔父が急を知らせ、ランドレスは勾留されて尋問を受けた。その一方で、エドウィンの遺体を捜す徹底的な捜索が行なわれた。川の堰《せき》で彼の時計とピンが発見されたが、それ以上は何も見つからない。ランドレスは証拠不十分でやむなく釈放されたが、彼に対する反感が強いクロイスターラムを出ていかざるをえなかった。今はロンドンにいるらしい」

「ふむ」とホームズ。「時計とピンを見つけたのは誰なんだ?」

「ミスター・クリスパークルとかいう、大聖堂小参事委員だ。ランドレスはその人の家に住んで、一緒に研究していた。ついでに言うと、ランドレスには妹がいて――ミス・ヘレナというんだが

——妹もロンドンについていった」

「ふむ」とホームズ。「ああ、もうクロイスターラムだ。さあ、現場で調査ができるぞ。サプシー町長にお目にかかろう」

ミスター・サプシーはホームズが言ったとおり、尊大な田舎者の保守党員そのものだった。クロイスターラムの外に出たことがない彼の、全世界が英国よりどうしようもなく劣っているというかたくなな思い込みが、あまりに偏狭にすぎるので、《サタデイ・レヴュー》の回し者か何かではないかと思うほどだった。彼は、ネヴィル・ランドレスという若者がエドウィンを殺して、死体を川に投げ込んだという考えに凝り固まっている。その一番の理由は、ランドレスの肌の色にあるのだ。

「英国人のしわざじゃありませんよ、ホームズさん」と彼は言う。「英国人のしわざじゃありませんし、英国人じゃない顔を見たら、その顔の何を疑えばいいのかわかりますとも」

「まったくです」とホームズ。「遺体発見に手は尽くされたと思いますが?」

「あらゆる手を尽くしました、ホームズさん、私の——えー——世界中の知識をもってしてもそれ以上のことは思いつかないくらいに。ミスター・ジャスパーも不屈のご尽力ぶりで。いやもう、そのご尽力ですっかり憔悴しておいででした」

「きっと、甥ごさんの行方が知れない悲しみもあってなのでしょう」

「それはもう間違いなく」

「ランドレスはロンドンにいるそうですね?」

「そうらしいですね、そのようです。でも、もと個人教師《チューター》のミスター・クリスパークルが——行政官としての私の権限で——いつでも引っぱってきていいと請け合ってくれました。現在の居場所は、ステイプル・インのミスター・グルージャスに問い合わせればわかります。ミスター・グルージャスというのは、エドウィン・ドルードが婚約していた娘の後見人ですが」

ホームズは、ミスター・グルージャスの名前と住所をシャツのカフスにメモした。それから、私たちは辞去しようと立ち上がった。

「ははあ」と町長。「ロンドンにいる非英国人を訪ねようというんですね。そこでこの謎の答えが見つかりますよ、きっと」

「ひょっとしたら、今夜にでも急いでロンドンに行くことになるかもしれませんが」とホームズ。

「ワトスン君と僕はまず、少しばかりクロイスターラムをぶらついてみようと思います。こちらのガーゴイルをじっくり拝見したいもので」

外に出ると、ホームズはまっ先にこう言った。「でも、ミスター・ジョン・ジャスパーとちょっと話をしておいたほうがよさそうだ」

私たちは門楼にあるミスター・ジャスパーの住まいを、通りで通行人に石を投げつけている、とんでもなく不愉快な男の子に教えてもらった。

「あそこがジャスパーんち」と、彼はアーチのほうをさっと指さして、悪意ある暇つぶしを続けるのだった。

「ありがとう」ホームズはそっけなく言うと、そのいたずらっ子に六ペンス銀貨を差し出した。

「これをやろう。それから」と、膝で男の子をひっくり返して、強烈な平手打ちをくらわした。「これももらっておけ」

訪ねてみると、ジャスパーは在宅のようだった。会ってくれるだろうけれど、と女家主は言い添えた。「かわいそうに、調子がよくないんですよ」

「ほう？」とホームズ。「どうしたんですか？」

「なんだかぼうっとしているみたい」

「なるほど。この人は医者なんですよ――たぶん診てさしあげられるでしょう」

そう言いながら、私たちはジャスパーの部屋へ向かった。彼は茫然自失の状態から立ち直ったらしく、ドアの外に立った私たちの耳に、聖歌を歌っている声が聞こえた。音楽に目がないホームズはうっとりと聴き惚れ、しばらくそこに立っていようとした。ピアノの伴奏に乗って、聖歌隊長の美声が低くただよってくる。やっとノックすると、歌声の主が私たちを部屋に招じ入れた。

ジャスパーは陰気な部屋に暮らす、濃い頰髭の紳士だった。本人の態度も陰気で打ち解けない。ホームズが私たち二人ぶんの自己紹介をして、ジャスパーに、サプシー町長からエドウィン・ドルード失踪について調べてほしいと頼まれてクロイスターラムに来ていると伝えた。

「甥が殺害された件ですか？」

「僕が使ったのは失踪という言葉です」とホームズ。

「私が使ったのは殺害という言葉です。ですが、私のかわいい甥っ子の死について話すことは、いっさいごかんべんいただかなくてはなりません。殺人が裁きにかけられるまで、誰ともその話をしないという誓いを立てましたので」

「思うに」とホームズ。「もし殺人ならば、僕に運が向いて——」

「私もそう思いますよ。それまでは——」そう言ってジャスパーは、私たちを押し出そうとでもするかのように入り口のほうへ足を踏み出した。ホームズが若者の失踪する前のクリスマス・イヴの出来事について質問しようとしたが、相手は、もう町長の前で供述をすませた、付け加えることは何もないと言うのだった。「ところで、どこかでお会いしたことがありますね、ジャスパーさん？」とホームズ。

ジャスパーには心当たりがなかった。

「確かにお会いしたような気がします」友人はなおも言った。「そうだ、ロンドンで——ときどきロンドンへいらっしゃるでしょう？」

そんなこともあったかもしれない。だが、ミスター・ホームズにお目にかかる光栄に浴したことなど一度もない。彼は自信たっぷりにそう言った。間違いなく、と。

ジャスパーの家から引き揚げ、ハイ・ストリートをぶらぶら歩いていると、ホームズがクロイスターラムに一泊しないかと言ってきた。

「明日また会おう」と、ついでのように言う。

「なんだ、君はどこかへ行くっていうのかい？」

「ああ、ロンドンにね。サプシー町長の助言に従おうと思って」彼は笑顔でそう付け加えた。

「ガーゴイルを見たいんじゃなかったのか？」私は不服だった。

「見たかったさ。そして、なかでもいちばん興味深いガーゴイルをもう見たじゃないか」

ホームズが何を言っているのかさっぱりわからなかったが、私がまだ当惑しているうちに、彼は片手を振って駅へ向かう乗合馬車に乗り込んでいった。

そうしてクロイスターラムにひとり取り残された私は、〈司教杖亭《クロージャー》〉に向かい、一夜の宿を確保した。門楼を通りがかったとき、妙な男が帽子を手に、ジャスパー宅の窓をじっと見ているのに気づいた。白髪を風になびかせている。その日、夕べの礼拝を聞きに大聖堂に寄ってみると、その男がいた。聖歌隊を指揮するジャスパーを、穴があくほどじっと見つめている。私は不安感をいだいた。甥の身に降りかかったようなたくらみが、叔父にも迫っているのだろうか。夕食後、〈クロージャー亭〉のバーに腰を落ち着けたところ、またその男がいるではないか。彼は屈託なく私に話しかけてきて、ダチェリーだと名乗った。

「財産を食いつぶしている、のらくら老人ですよ」ドルード事件に関心があるらしく、しきりとその話をしたがる。私は彼からできるだけ話を聞き出し、部屋に引き揚げてからじっくり考えてみた。

あの男が変装していたのは明らかだった。髪の毛はいかにもかつららしい。変装だとしたら、正体は何者なのだろう？　事件に何らかのつながりがある関係者全員をひととおり思い浮かべていると、ふとミス・ヘレナ・ランドレスという名前に思い当たった。その瞬間、あれは彼女にちがいないと思い、ありそうもない思いつきに、いきなり魅了された。若いセイロン娘が初老の英国人に変装して、バーで年寄りくさい英国の酒を飲む。それ以上ありそうもないことも、そうないだろう。そういえば、ありそうもないことがたいていは真相なのではなかったか。さらに、ミス・ランドレスが子供のころ、よく男の子のかっこうをしていたという話を思い出した。そうなるともう確信の域だ。

翌日、私は戻ってきたホームズに会うのを待ちかねていた。彼には同行者が二人いて、ミスター・ターターとミスター・ネヴィル・ランドレスだと紹介された。私はランドレスを疑いの目でじっと見てから、ホームズと話そうと口を開いた。ところが彼は、私を脇に引っぱっていった。

「この二人をすぐクリスパークルのところに行かせる。今夜いてもらわなくちゃならないはずだから、それまでそこにいてもらう。僕らは君の宿に戻ろう」

道すがら、私はダチェリーと名乗る人物に関する疑惑について話をした。ホームズは熱心に耳を傾け、ダチェリーと早々に話をしなければと言う。ダチェリーがランドレスの妹の変装かもしれないという考えを伝えると、ホームズは私の背中をぽんとたたいて声をあげた。

「すごいじゃないか、ワトスン、すごいぞ！　いかにも君らしい！」

名探偵から盛大に褒められて、私は得意のあまり顔が上気した。私を〈クロージャー亭〉に残し、彼はダチェリーを捜しに出かけた。ジャスパーに挨拶するとも言っていた。監視されていると警告するつもりなのだろう。

ホームズは上機嫌で宿に戻ってきた。

「今夜ひと仕事あるぞ、ワトスン。もう一度ガーゴイルを見ることになるんじゃないかな」

夕食どき、彼は養蜂のことばかりしゃべっていた。それどころか、食事を終えてからもずいぶんあとまで、バーで煙草を吸っているあいだもその話題でしゃべりつづけた。十一時ごろ、ダードルズという老人が、ホームズを捜しにやってきた。

「ミスター・ジャスパーが階段を降りていきましたよ」

「よし！」とホームズ。「行こう、ワトスン、急ぐんだ。深刻な事態かもしれない。さあ、ダードルズ！」

ダードルズなる男が私たちを先導して、来た道を教会墓地に駆け戻っていく。塀の陰にひそんで墓石や墓碑を見渡せる立ち位置を、彼が教えてくれた。こんな夜中に墓に来る目的が、私にはさっぱりわからない。ホームズが案内人にいくらか金をやると、その男は行ってしまった。そこに立ってこわごわあたりを見回していると、ちょっと離れたところで墓石のうしろに男二人の姿が見えたような気がした。ホームズに耳打ちしたところ、静かにという仕草が返ってくる。

「しっ！　あそこだ！」

彼の指さすほうを見ると、人影がもうひとり、墓地に入ってきた。携帯している黒っぽい包みは、ランタンらしいとすぐに見当がついた。墓のひとつの前に行くと、その包みを少しだけほどいた。その光に、ジャスパーの顔が影になって浮かぶ。こんな時間にここで何をしようというのか？　彼はあちこちポケットをさぐりはじめ、やおら鍵を取り出すと、それを手にして墓の入り口に近づいていった。すぐに扉がすうっと開き、彼は中に入っていこうとした。ところが、つかのま動きが止まったかと思うと、ものすごい恐怖の叫び声をあげてあとずさった。一、二度、静まり返った墓場にすさまじい悲鳴が響き渡る。二度目に悲鳴があがったとき、墓からひとりの男が出てきた。するとジャスパーは向きを変え、大聖堂めがけて半狂乱で駆けだした。

先ほど私が目に留めた男二人が祈念碑の陰から飛び出し、そのあとを追う。

「急げ！」とホームズ。「追いかけるんだ！」

私たち二人も同じ方向へ、せいいっぱいの速度で走る。しかし、暗闇とこの場所に不慣れなことが妨げとなって、なかなか距離がかせげない。逃げていく聖歌隊長と追いかける二人はもう、薄暗い大聖堂に姿を消していた。私たちがやっと建物に入っていったときには、はるか上のほうでせわしない足音が聞こえるばかりだった。追う方向を見失ってちょっと足を止めたとき、またものすごい悲鳴がして、それからふっと静かになった。

明かりを持った男たちが大聖堂に飛び込んできて、私たちをうしろに従えて塔への階段を上っていった。曲がりくねった急勾配の階段が長く続く。ホームズの顔をうかがうと、上りきったところで目にすることになるものを恐れているようだ。てっぺんに着いてみると、聖歌隊長のジャスパーがターターに組み敷かれて縛られていた。すると、祈念碑の陰に姿が見えたうちのひとりは、ターターだったのか。

「ネヴィルは？」せきたてるようなホームズの声がした。

ターターは首を振りながら下を指さした。

「この男が」とジャスパーを指さす。「彼と取っ組み合って。今度こそ本当に、罰を受けるべき殺人を犯したんじゃないだろうか」

私たちについて塔に上ってきた集団の中からひとりの男が進み出て、ジャスパーのほうを見下ろした。墓から出てきた男だ。驚いたことに、かつらと、服装がちょっと変わっていることを別にすれば、〝ダチェリー〟と自称していた男そのものではないか。

彼を見上げるジャスパーの顔が、恐怖にゆがむ。

「ネッド！　ネッド！」そう叫ぶと、石の床に顔を伏せた。

「ああ、そりゃあ顔を隠したくもなるわなあ」と、老ダードルズが怒りに震える。「てめえが殺したものと思ってたんだもんな――エドウィン・ドルードを、てめえの甥っ子を殺したってな。ダードルズにやったのとおんなじように、毒を仕込んだ酒を飲ませてしびれさせ、地下墓地で生石灰に投げ込んで殺そうとしたんだよな。だがな、ダードルズがあの子を見つけたんだ、ダードルズが見つけたんだよ」彼は前に進み出ると、聖歌隊長の頭を踏みつけ、もし彼を引きはがす者たちがいなかったら踏みつぶしてしまうところだった。

「当然ながら」翌朝、ロンドンへ帰る列車の中でホームズが言った。「クロイスターラムでは誰ひとり、ひときわりっぱなジャスパーを疑おうなんて思いも寄らなかった。初めから彼は潔白だという思い込みがあったんだ。僕は最初から濃厚な容疑の対象と見ていたがね。だって、エドウィン・ドルードに最後に会っている二人のうちのひとりなんだよ。僕らが話を聞きにいったとき――ジャスパーにだ――彼に見覚えがあった。ドック地帯のいかがわしいアヘン窟の常客だったのさ。ほら、覚えてるだろう、僕らが一緒に手がけたちょっとした事件で、ああいう場所をのぞいてみる機会があったじゃないか。ということで、彼は二重生活を送っていた。ゆうべロンドンに戻った時点で、そこまではわかっていたんだ。ともかく、ロンドンでグルージャスとも、気の毒なランドレス君とその妹とも話をした。彼らから聞いたところ、ジャスパーは甥の婚約者に横恋慕していて、エドウィンの失踪以前も以後も、しつこく言い寄っては彼女を悩ませていたらしい。グルージャスの態度からすると、少なくとも彼はジャスパーを深い疑いの目で見ているようだった。でも、彼は弁護士だからね、きわめて慎重なんだ。確かな証拠は何もつかんでいないようだった。ほかにもいくつか、ふとうかがえる徴候から、あの叔父は若いドルードの死を嘆いてはいないんじゃないかと思えたね。

妙なものだ――謎の核心がまるごとそこにある。僕はひと晩じゅう起きていたよ、ワトスン。煙草を四オンスばかり消費してね。考えてみる必要があったんだ。ジャスパーが殺人をくわだてたとして、なぜ遂行しそこなったのか？　アヘンだよ、アヘン、ワトスン――君なら知っているはずだ、アヘン常用者はとかく失敗しがちだって。大それたくわだてなら、ほぼ間違いなく失敗する。行動する前に勇気を奮い起こそうとして、十中八九、感覚を麻痺させるだけのことになり、くわだては失敗に終わるんだ。けさグルージャスにもう一度会って、エドウィンが生きているのを秘密にしていたことをさんざん責めた。彼もしかたなくそれを認めて、エドウィンがダチェリーに変装してクロイスターラムにいると教えてくれたよ」

「だけど、どうして変装なんか？　なんでまた、ネヴィルが殺人犯だと疑われているのをほっといたんだ？」

「ジャスパーが犯人だという確かな証拠がなかったからだよ。だから、証拠を集めようとしていた。命を狙われたとき、彼自身は毒で麻痺していた。そこをダードルズに救われ、失踪にはグルージャスがひそかに協力してくれた。あの弁護士がさらに詳しく教えてくれたんだが、エドウィン・ドルードが肌身離さず持っていた指輪を、懐中時計とシャツ・ピンを奪った殺人志望者は見落としていたんだ。そこで、僕はジャスパーにその指輪のことをそれとなく洩らすだけでよかった。生石灰で始末するためにエドウィンの死体を放り込んでおいたつもりの墓に、彼は舞い戻ることになった。そこで、死者ではなくて生きているエドウィン・ドルードと出くわしたのは、君も見たとおりだ。でも実のところ、事件全体の鍵となったのはアヘンだよ――彼が常客だったアヘン窟をやってるばあさんに会いにいったんだがね、あの男、夢で殺人のうわごとを際限なくしゃべっていたらしい。現実にくわだてた殺人と幻覚との区別がつかないところまで行き着いてしまったんだな。いざ実行しようとする段にも、幻覚を見ているように行動して、だから失敗したんだ。

ミス・ランドレスがダチェリーだっていう君の説についてだがね、お堅い聖職者にして紳士であるクリスパークルのためには、彼の未来の妻がズボンをはいてクロイスターラムの飲み屋に出没していたんじゃなくて喜ばしいよ。ランドレスにはかわいそうなことをした――彼が死ぬことになって、僕は一生自分を許せない。彼を殺したやつは、まったく当然な運命をたどるだろうよ、間違いなく。

さてと、養蜂の話をしていたんだったな。ミツバチの巣箱の近くにソバを植えるって話を聞いたことがあるかい？　ソバの花の蜂蜜はすばらしいんだそうだよ」

正直な貴婦人

The Truthful Lady by J. Storer Clouston

J・ストーラー・クラウストン

J・ストーラー・クラウストンは、一八七〇年五月二十三日、イングランドのカンバーランドに生まれた。エディンバラのマーチストン・スクールと、オックスフォード大学マグダレン・カレッジで学び、「一八九五年にロンドンでインナーテンプル法曹学院の弁護士資格をとったが、弁護士の仕事はしなかった」という【原注1】。

彼は一八九八年に初めての著作 *VANDRAD THE VIKING* を出版したあと、翌年に代表的なコミック作品 *THE LUNATIC AT LARGE* を発表した【訳注1】。精神病院からの脱走者を扱ったこの小説には、いくつもの続編がある。二十世紀に入るころには妻のウィニフレッドとともに、父親の故郷であるスコットランドのオークニー諸島に移り住んだ。

第一次世界大戦中は、スコットランド保健局の農業セクションで副委員として働いた。オークニー諸島の歴史についての著作もあり、オークニー諸島古物研究家協会の創立メンバーでもある。一九一七年の小説 *THE SPY IN BLACK* は、一九三九年に『スパイ』（米国公開時のタイトルは『U-Boat 29』）として、コンラート・ファイト主演で映画化された。一九二八年には短編「偶然の一致」がドロシー・L・セイヤーズ編 *GREAT SHORT STORIES OF DETECTION, MYSTERY AND HORROR* の第一巻（一九二八年）に収録された。

大英帝国四等勲爵士ストーラー・クラウストンは、一九四四年六月二十三日にオークニー諸島オーファーで亡くなった。歴史家としての仕事のほか、その文学作品は戦争小説からスパイ小説、ＳＦ、ロマンスもの、風刺小説、ヴァイキングや戯曲ものまで、幅広いジャンルに及んでいる。

本作は、クラウストンの短編集 CARRINGTON'S CASES（一九二〇年）の一編として発表された。

【原注１】 en.wikipedia.org/wiki/J._Storer_Clouston
【訳注１】 一九二一年に英国で映画化された（サイレント・コメディ映画）。

ある晩、私たちはすばらしい晩餐のあと、キャリントンから面白い話を聞くことができた。仲間のひとりがキャリントンにこう尋ねたのだ。

「そういえばキャリントン、君はシャーロック・ホームズに会ったことがあるかい？」

いや、と彼は首を振った。

「会いたいと思っているのだが、あいにく彼が活躍したのは僕より前の時代でね。だが、ドクター・ワトスンには会ったことがある」

「ドクター・ワトスン？　ホームズの相棒のかい？」

キャリントンはうなずいた。

「そう、その彼だ。一度、僕のところに相談に来たことがあるのさ。だが、あれは彼が依頼された事件で、僕の事件ではないから、ここで話していいものかどうか」

そこで彼は言葉を切ったが、その瞳の輝きが、もう少し催促してくれと言っている。そこで、その先をせっつくと、あっけなく降伏した。

「彼の名刺が取り次がれてきたとき、それが誰なのかぴんとこなかった。だが、彼をひと目見たとたん、木でできているみたいなこんな妙な頭を持つドクター・ワトスンがこの世に二人といるだろうかと思い、彼の最初のひと言ではっきりした。

『私の友人、あの高名なシャーロック・ホームズのことは、あなたもご存知でしょうな』と彼は言ったんだ。『だとしたら、彼が調査した多くの事件で彼を手伝ったドクター・ワトスンのこともご存知に違いない。私がそのワトスンです』

その口調は、彼の作品の中の口調そのままで、姿も概ね多くの挿絵に描かれているとおりだった。もちろん、年齢はかなりいっていたがね。

もちろん、お目にかかれて非常にうれしいと僕は言ったよ。自分のような若輩者をあなたのような高名な方が訪ねてくれるとは光栄の至りで恐縮している、といったことをたて続けに言いつのった。彼はそれをうれしそうに聞き、最初のうちはなかなか気さくだったのだが、すぐにひどく真剣な様子になり、まるで山に雲がかったみたいに、それまでの気さくな顔はひどく堅苦しい表情にかき消されてしまった。

『キャリントンさん、あなたをお訪ねしたのは』と彼は話し出した。『このところ私が相談を受けているちょっとした問題について、ご意見を伺いたいと思ったからなのです』

『それは興味深い』と僕は答えた。『しかし、これまであなたが聞いてきた意見と比べたら、私の意見などたいしてお役には立たないと思いますが』

『私たちの誰も、シャーロック・ホームズほどの能力を持ち合わせてはいませんよ』彼は穏やかに答えた。

『それでも、努力する価値はあるし、私はそれでいいと思っています』

『で、その問題とは？』

『じつは、シャーロック・ホームズが引退すると、時折、彼のそれまでの依頼人が何人か私のところにきて、ちょっとした問題や厄介事を調査してほしいと頼んでくるようになりました。私とホームズとの関係は世間にもよく知られていますから、彼らが私を頼るのも無理はありません。

その点は、あなたにもご理解いただけると思います』

『ええ、よくわかります』僕は小さく相槌を打った。

『そして今回、わが友ホームズの元依頼人で私を訪ねてきたのは、非常に高貴なご身分の方、アルジャーノン・フィッツパトリック卿、すなわちマンスター公爵の下のご子息です。となれば、この件の扱いに尋常ならざる注意と慎重さが求められることは、あなたもおわかりになるでしょうな』

彼はこちらの理解が追いつくのを待つように言葉を切り、僕はいかにも感心した顔で彼を見返した。

『問題は』と彼は続けた。『極秘かつ非常に胸の痛むものです。じつは、今は亡き公爵の遺言書の紛失という、非常に深刻な問題なのですよ！』

『それはたいへんだ！』私は小さくつぶやいた。

『フィッツパトリック卿が実際にその目で見たその遺言書は――』

『ちょっと失礼』僕は思わず口をはさんだ。『それは、アルジャーノン・フィッツパトリック卿のことですか？』

『もちろんそうです』と彼は答えた。『フィッツパトリック卿と言ったじゃないですか！』

『ええ、それはわかります。しかし、どちらのでしょう？』

彼はかすかに不快な表情を浮かべた。

『わが友ホームズは、いつだって私の話を完璧に理解していましたよ』

『おそらく彼は、あなたの話し方に慣れていたのでしょう』そう言って、僕は彼をなだめた。たぶんこの老人は同じ人物をアルジャーノン卿と言ったりフィッツパトリック卿と言ったりしているのだろうと理解し、その先を聞くことにした。

『さっきも言ったように、フィッツパトリック卿が見たその遺言書には……』そこで彼は、はっとした顔で言葉を切り、ポケットから小さな紙袋を出すと、大きなピンク色の玉を取り出して口に入れ、熱心にしゃぶりはじめた。そして、ちらりと懐中時計を見ると、ふたたび話を続けた。『アルジャーノン・フィッツパトリック卿が見たその遺言書には、世界的に有名な名画七枚と、非常に高価なアグラのトパーズ十四個、さらには先祖伝来の家宝である初代公爵の戦斧を彼に遺すと書かれていたそうです。しかし公爵が亡くなり、遺産の確認をしようとしたら、その遺言書は消えていた。あるのは、それ以前に書かれた遺言書だけで、それによれば、先の美術品の数々はすべて、閣下の妹、レディ・ダイアナ・マウントファルコンに遺されているのでした。レディ・ダイアナが二通目の遺言書を盗んだと確信したフィッツパトリック卿は、私に二通目の遺言書をぜひ取り戻してほしいと依頼してきたのです』

ワトスン博士は深刻な顔で僕を見つめ、僕も同じぐらい真剣な顔をしてみせた。

『なるほど』と僕は言った。『率直に申し上げると、もしレディ・ダイアナが本当にその遺言書を盗んだのなら、今もまだ彼女がそれを保管しているとは考えにくいですね』

『そうか!』ワトスン博士は、いたく感心した様子で声を上げた。『それは思いつきませんでした!……まさに、わが友ホームズを彷彿させる洞察力だ。いったいどうやってその結論を導き出したのですか、ミスター・キャリントン?』

『いえ、これは結論ではなく』僕はあわてて言い添えた。『単なる意見にすぎません。とはいえ、真剣に検討する価値のある意見だとは思います』

『その点はすぐに調べてみます！　公爵にうかがえば、何かわかるかもしれない』

ドクター・ワトスンは帽子を手にすると、大急ぎで出て行ったが、このころには頬のふくらみもかなり小さくなっていた。

一時間ほどたったころ、ドクター・ワトスンの訪問がふたたび伝えられ、彼は顔の片側を風船のようにふくらませて入ってきた。どうやら、例の玉をまたひとつ口に入れたらしい。

『あなたの意見について確認してきましたよ、ミスター・キャリントン。あの遺言書はまだ存在しているはずだと、フィッツパトリック卿はおっしゃっています』

『どうしてです？』

ドクター・ワトスンは戸惑い顔で咳払いをした。

『閣下の言葉をそのまま繰り返すことは、いささかためらわれますな』と彼は言った。『わが友ホームズは罵詈雑言を口にする人物ではなかった。したがって、私もそのような言葉を耳にすることに慣れておりません。ですからもしよろしければ、閣下が口にした形容詞の部分は〝なんとか〟という言葉で補わせていただきたい』

それでもかまわないと僕は言い、彼は話を続けた――。

『フィッツパトリック卿いわく、彼の〝なんとか〟な姉は、〝なんとか〟なほど迷信深い、赤毛の〝なんとか〟で、どんなに〝なんとか〟な汚い手も使うが、自分の〝なんとか〟な魂を失うことは恐れているから、〝なんとか〟な嘘はつくことは絶対にしない。また彼女は、遺言書を破棄してなどいないし、今後も破棄するつもりはないと神にかけて誓っている。彼女は天罰を恐れる〝なんとか〟な臆病者だから、嘘だけは絶対につかないはずだ、とフィッツパトリック卿はおっしゃるのです。だとすれば、私としてはわが友ホームズならその遺言書はまだ存在し、どこかに隠されている、と推理すると思うのですよ、ミスター・キャリントン』

『それなら、レディ・ダイアナのその正直な性格に期待して、遺言書のありかを率直に尋ねるのが最善の策ではありませんか？』

このころにはドクター・ワトスンは明らかに、僕が探偵として非凡な才能をもつと思いはじめていた。

『あなたの推理力はどこか、わが友ホームズを思い出させる。あなたのご意見をすぐにフィッツパトリック卿にお伝えしてきます』

卿は彼の辻馬車代も負担しているらしく、ドクター・ワトスンは一時間もしないうちに戻ってきた。彼の頰がまたも大きくふくらんでいるので、僕は彼の友人をまね、ドクターはまた新しい玉を口にいれたのだろうと推理した。

『フィッツパトリック卿の話では』と彼は言った。『彼の〝なんとか〟な姉上は、その〝なんとか〟な遺言書のありかについては、ドクター・ワトスンも自分と同じくらいよく知っているはずだと言っているそうです。そしてこの意味不明な言葉以外、何ひとつ言おうとしないらしい』

『もちろん、あなたはご存知ありませんよね？』と僕は尋ねた。

この問いに、ドクター・ワトスンは少し狼狽したようだった。

『わが友ホームズだったら、絶対にそんなことは聞きませんよ！』いささかむっとした声で彼は言った。『彼の優秀な頭脳は、私が何を知らないかもよくわかっていた』

『ええ、あなたの能力については、私もだんだんわかってきたところです』僕は彼をなだめた。

『しかし、彼と同じぐらいすべてを飲み込むには、もう少し時間がかかりそうだ』

口の中の玉が舌の下にもぐりこんだらしく、彼はしばらくもごもご言っていたが、目がとろんとしているところを見ると、とりあえず怒りはやわらいだらしかった。

『それで、あなたの推理はどうなんですか、ミスター・キャリントン』ちゃんとしゃべれるようになるとすぐ、彼は聞いてきた。

『とりあえず事実を教えてもらえませんか、ドクター・ワトスン。事件について、まだ何も教えていただいていませんよ』

『あなたのやり方は、わが友ホームズのやり方にどんどん似てきていますね』ドクター・ワトスンは感心した様子で言った。『まずは事実を確認する。それが彼のやり方でした。今の質問をしたことで、あなたの判断に対する私の信頼は大いに高まりました』

僕の能力は賞賛に値すると彼が本気で思いはじめているのはわかったし、午後も遅くなっていたから、とにかく話を本筋に戻すことにした。

『わかっている事実を教えてもらえませんか？』僕はもう一度尋ねた。

彼は片手をポケットに突っ込むと、まずは紙袋を引っ張り出した。それを出すつもりではなかったようだが、袋を見たとたん、しなければならないことを思い出したらしく、突然懐中時計に目をやった。しかし、新しい玉を口に入れるにはまだ時間が早かったらしい。彼は紙袋をポケットに戻すと、今度は一冊の手帳を取り出した。

『重要なことはすべて記録するようにしているのです。わが友ホームズはいつでも寸法を測ることから始めていましたから、私もそうしているんです。公爵の食堂は奥行が三十二フィート、幅が十九フィート、壁紙は呼び鈴から一と十六分の三インチの場所が変色している。表の階段は――』眼鏡をかけようとして彼の言葉が途切れたすきに、僕は口をはさんだ。

『その遺言書がいつ作成されたのかわかりますか?』

彼は親指を舐め、手帳のページを繰りはじめた。

『それはわかりませんね。記録がありません』

『では、遺言書の証人の名前はどうです? 遺言書は自筆で書かれたものですか? アルジャーノン卿以外にその遺言書を見たことがある人は?』

『そんなに何もかも記録することなど、できませんよ』彼はかすかに咎めるように言った。『私は、わが友ホームズのやり方のすべてをまねているとは言っていません。しかし、今は亡き公爵の屋敷のすべての寸法、見つけることができたすべての足跡、そのうえ時計が止まった時間まできっちりと記録して――』

『ちょっと待ってください!』僕は声をあげた。『それは初耳だ。今、時計が止まった、とおっしゃいましたか?』

『そのとおり、私が止めたのです。わが友ホームズはつねに、時計が止まった時刻を記録していましたが、今回の場合、時計が止まった時刻を記録するには、私が自分で時計を止めないといけなかった』そこで彼は、あっと小さく声をあげ、もう一度懐中時計を取り出した。『ああ、時間だ。時計の話で思い出しましたよ』彼はさっきの紙袋を取り出すと、例の大きなピンクの玉をもうひとつ口に入れた。それが最後のひとつだったらしく、彼はその紙袋を僕の部屋のゴミ箱に捨てた。

このころには、これほどまで几帳面に服薬しなければいけないなんて、どんな病気を患っているのだろうと、聞きたくてたまらなくなっていた。ドクターはすこぶる健康に見えたからだ。『こんなことをうかがって失礼にならないといいのですが』僕は思い切って聞いてみた。『そのピンク色の丸薬は何の薬ですか？』

『薬じゃありませんよ。これはボンボンの形の消化抑制剤なんです』

『どこで手に入れられたんです？』

『いやあ、これがなかなか面白い話なのですよ。実際、わが友ホームズも、これには非常に興味をもつと思いますよ。今日の午後、昼食を終えた私があなたをお訪ねすべく出かけようとしたとき、ひとりのご婦人の訪問を受けたのです。彼女は、わが友の物語を非常に楽しんだそうで、彼の伝記作家にぜひお礼をしたいと言い、自分で発明、製造した特殊な形のボンボンを持ってきてくれたのです。特別に消化力の強い人向けのボンボンだそうで、彼女はそれを消化ボンボンと呼んでいました。とても感じのいい女性で、私やわが友ホームズのことをたいへん褒めてくれたので、私も彼女の頼みを断ることはできませんでした』

『彼女の頼み？』

『ええ、彼女は紙袋に入ったこのボンボンがなくなるまで、十五分ごとにひとつずつ食べてほしいと頼んできたのです。そうすれば私の才能に対する彼女の敬意がしっかり伝わるはずだと言っていました。しっかり伝わる、というのがどういうことかよくわかりませんでしたが、お望みのとおりにいたしましょうと約束しました』

話を聞くうち、僕はピンときた。

『もしかして、その貴婦人は赤毛ではありませんでしたか？』

『すばらしい！』彼は驚きの歓声をあげた。『まさに、わが友ホームズが絶好調だったころを思わせる推理力だ。ええ、そのとおり、彼女は赤毛でした。しかし、それをどう推理したんです？』

『で、その貴婦人は特別正直そうな女性に見えた——〝なんとか〟な嘘をついて、〝なんとか〟な魂を失ったりしそうにない、〝なんとか〟な女性に見えたんですね？』

彼のぼんやりした目が、まじまじと僕を見つめた。

『まるで魔法使いだ！　あなたの推理は、わが友ホームズの推理のさらに上をいっている！　たしかに彼女は、自分はこのボンボンを消化力が特別強い人だけに勧めている、自分はけっして真実からはずれたことは言わないと言っていました。〝なんとか〟な真実とまでは言っていませんでしたが、その他の点ではあなたの推理は完璧です！　いったいどうやって——』

このときはさすがに、彼の言葉をさえぎった。

『そのボンボンを口から出して、私に見せてください！』

彼はひどく驚いた顔をしていたが、さいわいにも例の高名な友人のおかげで、奇妙な命令には慣れっこだったらしい。例の玉は、なめているうちにすっかり白くなっていたが、色以外は何も変わっていなかった。僕はそれを事務所の定規で割り、中から消えた遺言書の最後の一片を取り出した。

『〝マンスター〟という署名がここにありますね』と僕は指差した。

ドクター・ワトスンが近所の薬局に猛烈な勢いで走っていく姿を、君たちにも見せたかったよ。結局、できることはすべてやったと思うが、例の正直な貴婦人は彼の消化力を完璧に計算していたらしい。残念ながら、彼の消化力はいかんなく発揮されたあとだったよ」

「それって本当の話かい？」疑り深いひとりが尋ねた。

「そいつは、次にドクター・ワトスンに会ったときに聞いてみるといいさ」キャリントンはそう答えたのだった。

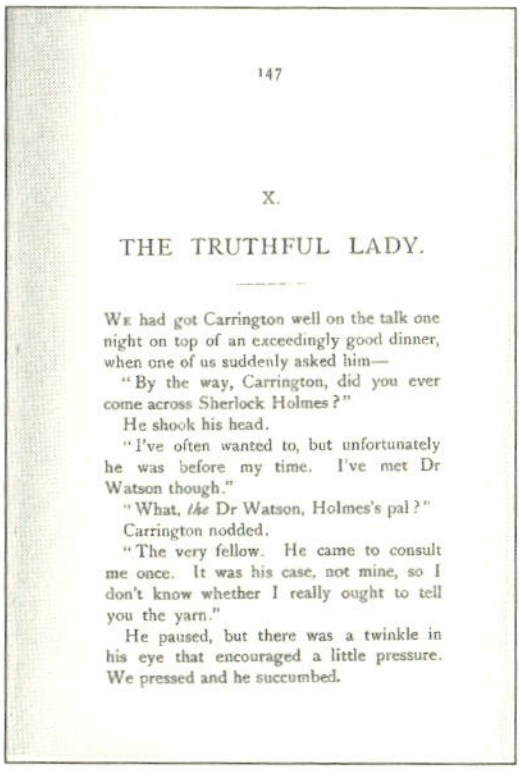
147

X.

THE TRUTHFUL LADY.

We had got Carrington well on the talk one night on top of an exceedingly good dinner, when one of us suddenly asked him—

"By the way, Carrington, did you ever come across Sherlock Holmes?"

He shook his head.

"I've often wanted to, but unfortunately he was before my time. I've met Dr Watson though."

"What, *the* Dr Watson, Holmes's pal?"

Carrington nodded.

"The very fellow. He came to consult me once. It was his case, not mine, so I don't know whether I really ought to tell you the yarn."

He paused, but there was a twinkle in his eye that encouraged a little pressure. We pressed and he succumbed.

第Ⅱ部　ユーモア作家編

「ふっふっ！　あなたも物好きなお人だ」

——〈唇のねじれた男〉

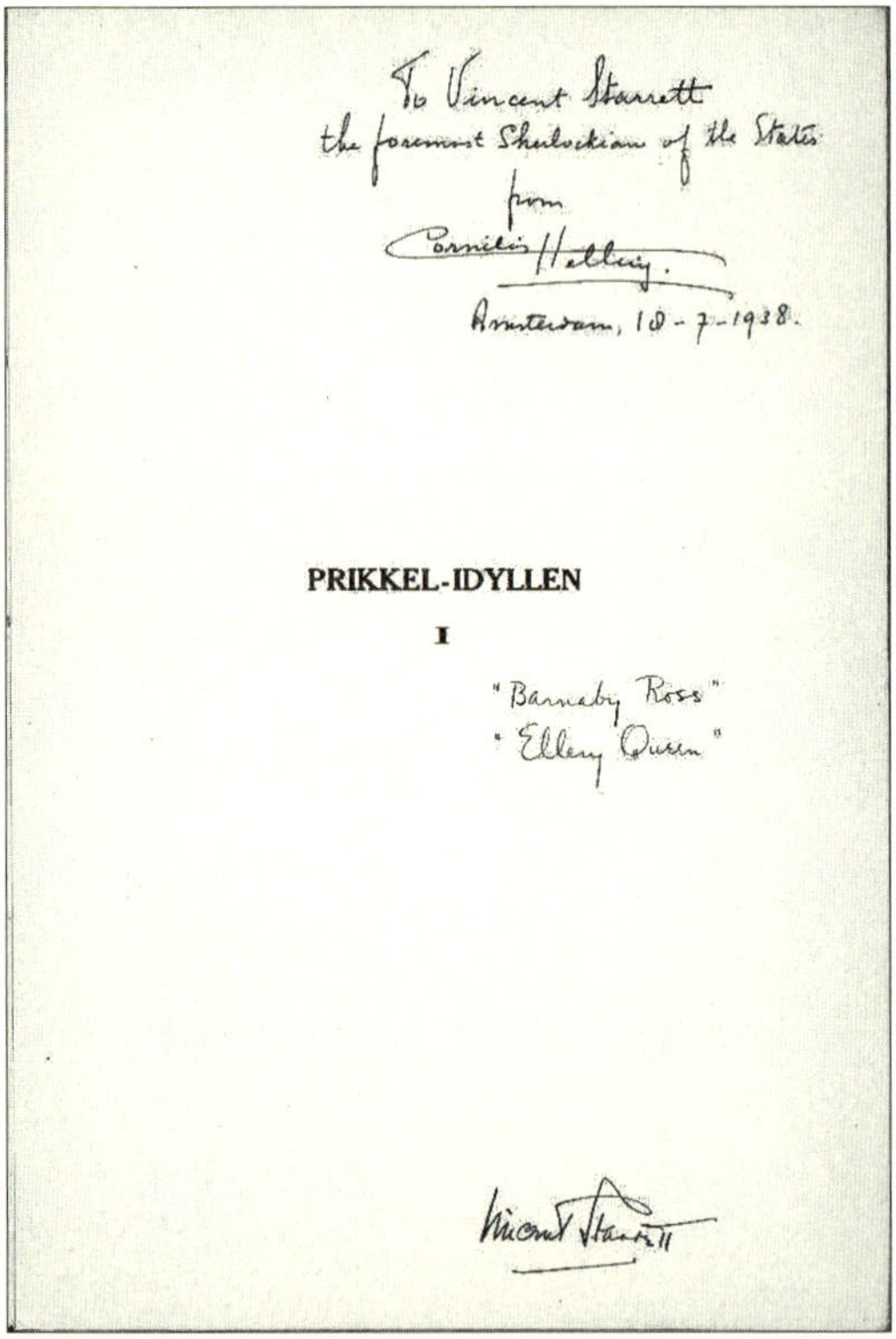

オランダ語の原書PRIKKEL-IDYLLEN I ― DE ALLERLAATSTE AVONTUREN VAN SIR SHERLOCK HOLMESの前扉。テキサス州立大学オースティン校ハリー・ランサム・センター蔵。元の所有者はヴィンセント・スターレットとフレデリック・ダネイ（エラリイ・クイーンのひとり）

サー・シャーロック・ホームズ最後の最後の冒険——刺激的な物語　その1

The Very Last Adventures of Sir Sherlock Holmes by Cornelis Veth

コルネリス・フェート（英訳：フィル・バージェム）

アンネ・コルネリス・フェートは一八八〇年三月三日、オランダのドルトレヒトに生まれた。祖父のヨハン・ヴィルヘルム・カイザーは有名な彫刻家にしてアムステルダム国立美術館の館長を務めた人物であり、おじのヤン・ピーテル・フェートは詩人、肖像画家、美術評論家だった。コルネリスは一時期煙草とコーヒーのセールスマンをしたあと、美術を学ぶため学校に復学した。美術評論と政治風刺絵、イラストおよびカリカチュアで評判を得て、複数の分野で何冊か本も出版した。オランダの専門誌に寄稿し、ビジュアルアーツの雑誌で編集者もした。

彼はまた、活字の世界でもユーモア作品を残している。一九一二年から一九一六年までのあいだに、"*Prikkel-Idyllen*"（刺激的な物語）というテーマでイラスト付きの小冊子シリーズを八冊出版した。その最初の一冊が、シャーロック・ホームズのパロディであった（二冊目はニック・カーターとウィルスン兄弟、バッファロー・ビル、アルセーヌ・ルパン、それにラフルズを含むパロディ）。この八冊のセットは一九二二年に第二版が出され、さらに九冊目の「物語」が加えられた改訂版が、一九二六年から一九三〇年にかけて、ハードカバー三巻本として出版された。

ホームズ研究家のヴィンセント・スターレットは、一九三八年に、この一九一二年版の第一冊（ホームズ・パロディの巻）を入手した。のちにそれを譲り受けたフレデリック・ダネイが、内容を高く評価して、一九四四年刊の『シャーロック・ホームズの災難』で紹介したのである。その現物は現在、テキサス州立大学オースティン校ハリー・ランサム・センターの〈エラリイ・クイーン・コレクション・オブ・ミステリー&ディテクティブ・フィクション〉に収められており、ディジタル・コレクションとして閲覧することができる。

コルネリス・フェートは一九六二年三月五日に、オランダのハーグで死去した。

本作はオリジナルのオランダ語版を英語に訳したものである。【訳注1】

【訳注1】オランダ語からの英訳は、本書の編者のひとり、フィル（フィリップ）・バージェムが担当した。本稿はその英語からの和訳である。なお、原著者によるオリジナル挿し絵もすべて収録した。タイトルページの前にあるクイーンの蔵書（オランダ語の原書）の前扉の写真には、"Barnaby Ross""Ellery Queen""Vincent Starrett"という署名を見ることができる。

目次

Ⅰ 活動写真館

以下にとりあげる出来事を公表するべきかどうか、私は長いあいだためらっていた。だがもう、私の友人である世界的に有名な私立探偵サー・シャーロック・ホームズも、バッファロー・ビルや前大統領ローズベルトに続いて、米国のバーナム・アンド・ベイリー・サーカスで上演されて大成功の犯罪事件パントマイムの主役を張るようになった。これから紹介

する事件はとびきり刺激的だと申しあげて、まず間違いないと思う。

ある冬の夜のことだ。サー・シャーロック・ホームズはご機嫌ななめだった。取り組むべき興味深い事件がないと、彼は決まって落ち込んでしまう。だが玄関の呼び鈴が鳴ると、ホームズはいきなり人が変わった。期待に目がらんらんと輝いている。応対を受けた客がすぐ部屋に通されてきた。

「サー・シャーロック、犯罪事件のお知らせにまいったわけではないのですが」

「では、いったい何の用なんだ?」ホームズが落胆もあらわな口調で尋ねる。

「それはですね。私はロンドン活動写真館の監督なんです。ご存じでしょう、一般大衆は泥棒だの人殺しだのがからむことに取り憑かれています。

私のライバルたちがニュー・ロンドン活動写真館ですごいことを始めていまして、いや、あれが天才的な仕事だってことは認めざるをえません。ウィルスン兄弟は役者たちの演技と特殊効果を使って、血なまぐさくて身の毛もよだつ事件を撮影し、それを映画として上映しようというんです。正直申しあげて、あなたではなくニック・

「いかがでしょうか?」

カーターに依頼しようと思ったんですが。あの人の事件のほうが——あけすけな言い方ですみません——ずっと血なまぐさいものですから。でも、アメリカを出るつもりはないというんです。そこで、あなたと、相棒のドクター・ワトスン・ドイルにお願いしたいんです。競争相手のためにウィルスン兄弟がやっているのと同じことを、私のためにしていただきたい。どんな事件にも一万ポンドお支払いします。新しめの、はらはらどきどきする、はったりのきいた事件がいいんですが。あんまり小難しくせずに、手堅く、さりげなくお願いします。いかがでしょうか？」

私たちは顔を見合わせた。私はホームズに、承諾すると合図した。

「いいでしょう」彼はあっさりと返事した。

翌日、次のようなポスターがあちこちの街角に出現した。

ロンドン活動写真館
サー・シャーロック・ホームズ!!
老いも若きも
その名を知らぬ者とてない
サー・シャーロック・ホームズ
世界一賢い探偵!!
最低のくずどもが

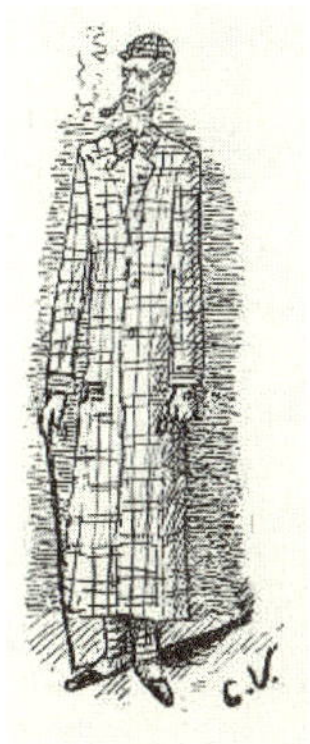

犯罪に手を染めるところ
サー・シャーロック・ホームズあり！
畏れ多いその名を聞けば
さしもの犯罪者も
顔面蒼白‼
この謎めいた紳士こそ
泥棒たちの巣窟ロンドンの恐怖！
犯罪あるところ
サー・シャーロック・ホームズあり

相棒の頼もしい友人
ドクター・ワトスン・ドイルも協力して、
やばいやつらに悪夢を見せる

退屈な日常に倦み
異様な犯罪の捜査に
慰めを見いだす

謎は深ければ深いほどおもしろい！

今シーズンの当館には新作が盛りだくさん

乞うご来場

はらはら、どきどき、目を離せません

ほかの犯罪映画の追随を許しません

入場料：一等席三ポンド六ペンス、二等席二ポンド六ペンス、三等席一ポンド六ペンス、一等桟敷席一ポンド、二等桟敷席九ペンス、三等桟敷席六ペンス――市税五パーセントが加算されます

みなさまへ：探偵ダンスがあります。協力はバレエダンサーの女性たち、そしてサー・

シャーロック・ホームズ!!

Ⅱ　血まみれの郵便小包事件

1　奇妙な犯罪

私の記憶するかぎり、バーミンガムから届いた血まみれの郵便小包くらい奇怪な不意打ちを、サー・シャーロック・ホームズがくらったことはない。

「ワトスン、ワトスン」朝食の席で彼は、元気のない声で言った。「あの箱にはどんな気の滅入るようなものが入っているんだろうね？　おもしろい悪事がなくなって久しいなあ。このごろ犯罪界で起きていることには、おしなべて欠けている要素がある。奇妙さという要素だよ。奇妙なところがない犯罪は、僕にはおもしろくもなんともない。

どんな郵便物が届いている？」

秘書役として先に目を通しておいた手紙の山を、私は彼のほうへ押しやった。

「特に大事なものはないな。直筆サイン入り写真がほしいという手紙が九通、サインだけでいいというのが十二通、ディナーへの招待状が十通、昼食会への招待状が五通、ミュージック・

ホームズは生首を仔細にあらためた

ホールへの出演依頼が八通」

「結婚の申し込みはないのかい？」ホームズは勢い込んで尋ねた。

「三通ある」

「じゃあ、その三通を読むことにしよう。さしあたってそれよりましなものがないから。それにしても、この小包は何なんだ？　十三足目の刺繍のスリッパか、九つ目の縁なし帽か？」

「まだ開封していないんだ。血がしたたっている。ちょっとまずいんじゃないか？」

「血だって？　それこそけっこうなしるしじゃないか！　そいつをよこせ！」

サー・シャーロックは望外に喜んでいるようだった。退屈が消し飛んだのだ。

「ワトスン」と、小包を指さして言う。「そこに奇妙な犯罪がひそんでいるような予感がするぞ」

彼が包みをはがしてみると、思いも寄らぬ恐ろしいものが目に入った。小包には人間の生首が入っていたのだ！

2　野心的な悪党

「ほう！」サー・シャーロックは声をあげた。「やっと事件にありついたぞ！」

その頭部をじっと見る。「手際よく切断されているな。いかにもな悪人づらだ。この頭の持ち主はきっと、どんな犯罪でもやってのけられるようなやつだぞ。ただし、この小包はそいつのしわざじゃなさそうだ。首はきれいに切断されて——しかるのちに梱包され、発送された。この生首の主にそんなことができたはずはない。したがって」と結論を出す。「やったのはほかの誰かだ」

「ちょっと待ってくれ！」と私。「手紙が同封されている」

サー・シャーロックがその紙をさっとひったくった。タイプライターで打った手紙は、次のようなものだった。

サー・シャーロック・ホームズ探偵閣下【原注1】
ロンドン、ベイカー街一一番地

謹啓
失礼をお許しください。お目にかかったこともないのに、お便りいたします。しばらく前からこの殺人を計画していたのですが、私の犯罪を捜査するにふさわしいのはあなた以外にいないと思ったのです。警察には必ずしもあなた以上の成果をあげることができないのではないか、また、こうでもしなければあなたがこの件に介入するとはかぎらないのではないかと考え、私があなたのご尽力に値するとお心にとめていただきたく、この小包をお送りすることにいたします。

ほとんどその名を知られぬドクター・ワトスン・ドイルにも、くれぐれもよろしくお伝えください。

敬具【原注2】

あなたの崇拝者より

【原注1】オランダ語原文は"Den WelEdelGestrengen Heer"で、オランダの大学で法学修士や大学レベルの工学者に対して使われる伝統的呼称。

【原注2】オランダ語原文は"Uw Dw"で、"Uw dienstwillge"（your obedient = 敬具）の略。


二十分後、サー・シャーロックと私は、リヴォルヴァー、煙草一パック、『バーミンガムで仕立屋が謎の発見』という記事が出ている新聞数紙を携えて、バーミンガムへ向かう列車の一等車に乗り込んでいた。生首はホームズの旅行用手提げかばんの中だ。サー・シャーロックは無言で次から次へと煙草を吸っていた。

3　発見

新聞には次のように書かれていた。

「『デインティーズ・テイラー・ショップの従業員が、今朝ディスプレイ・ウィンドウのシャッターを開けたところ、奇妙で不気味な発見をした。男性服の展示用マネキンの一体がいつもと違う位置に立っていたのだ。同僚を呼んだところ、

ディスプレイ・ウィンドウの死体

やはりおかしいという。胴体から頭部をとりはずしてみて、ぎょっとした。スーツを着ているのはマネキンではなく、首なし死体だったのだ！

ミスター・デインンティは一件を警察に急報した。

先日、マネキンが一体、修理のため箱詰めされて工場に送られていた。工場を調べたが、何も見つかっていない。謎めいたこの事件でさらに奇妙なのは、関係のありそうな殺人や失踪が報告されていないことである』

バーミンガムに到着した私たちが店に直行すると、ミスター・デインティが丁重に迎えて、ホームズの要望で従業員たちに引き合わせてくれた。自分の経営するまっとうな店で恐ろしいことが起きたことにひどく動揺しているミスター・デインティは、私たちが死体が置かれた部屋を調べようとすると、謝った。私たちが入っていくと、警官がひとり、ランタンを手にしてついてきた。

「ほう」サー・シャーロックは思わず声をあげた。「じつに奇妙な犯罪だ！」

そして、犯罪に負けず劣らずぞっとする、奇妙な光景が繰り広げられることになった。板張りの床の真ん中に、仕立てあがったばか

首と胴体が合わない……

「じつに奇妙な犯罪だ！」

りのスーツを着込んだ首なし死体が横たわっている。死体に暴力を受けた形跡はない。

サー・シャーロックは新たに葉を詰めたパイプに火をつけると、しばらくのあいだ、その場を行ったり来たりしていた。それから、とんでもない行為に出た。わけのわからない言葉を発したかと思うと、旅行かばんをさっと開け、生首を取り出したのだ。彼が首なし死体の切断部に生首をあてがうと、居合わせた全員がうろたえて叫び声をもらした。首と胴体が合わないではないか！

4　予期せぬ出来事

私たちが扱っている殺人事件は二つなのか？　ホームズは無言だった。生首と、胴体のほうの首の切断部を見比べている。そして、かばんから何かを取り出すと、死体の手に押しつけた。

もう一度生首を取り上げた彼は、私の腕をつかんだ。店を飛び出し、私を引っぱって馬車に乗り込む。

立ち寄った先は写真屋だった！　サー・シャーロックは旅行かばんをさげて店内に入り、十五分ほどして出てきた。それから電報局へ向かい、かなり長いあいだ局内にいた。次の行き先は宿だった。仕立屋に戻らないのかと驚いたが、私は黙っていた。目に見えてそわそわしている彼は、どうやら何かを待っているらしい。

十一時半に電報が届いた。それを開封したとき、どんなものかはいざ知らず、彼の疑念が確証されたらしい。それから私たちは警察署へ向かった。到着すると彼は、ブロードストリート警部に面会を求めた。警部の部屋に通され、私も彼に続く。すると、度肝を抜かれるようなことが起こった。サー・シャーロックがいきなり警部の喉首につかみかかったのだ！

「ドアを閉めろ、ワトスン！」と、あえぎ声で言う。私は従った。

ブロードストリート警部は椅子に倒れ込んだ。

「警部どの」ホームズの声はもうきわめて冷静だった。「この事件はでっちあげですね。おおやけには、今朝死んだ強盗のバークのしわざということにしましょう。ドクター・ワトスンが話をとりつくろってくれるでしょう。想像力をたっぷりもちあわせていますから。その見返りとして、百ポンド出してくださいますね。

もうドアを開けていいよ、ワトスン。明日までに百ポンドをパレス・ホテルで受け取れなかったら、見放しますよ。行こう、ワトスン」

いきなり警部の喉首につかみかかったのだ！

5　陰謀

「きわめて単純なことさ」その晩、ホームズは私に説明してくれた。「何年も前、僕はバーミンガムで〈女子寄宿学校の秘密〉事件を解決したことがあるんだが、それがきっかけで、ブロードストリートはひどく嫉妬深くなったんだ、わかるだろう？　あの事件で情けない人物扱いされたブロードストリートは、僕のことが許せなかった。ふとしたことから、死体を発見した例の従業員と知り合った。あの場で僕にもわかったよ。長年僕をつけ狙っている、シモンズだ。名前は変えていたが、鼻をかくしぐさでわかる。あの二人は、解決できない事件に僕を巻き込んで大騒ぎにさせたかった。そこでブロードストリートは、そのナントの死刑執行人と共謀した！」

「死刑執行人だって！」私は声をあげた。

「いや、正確には死刑執行人の助手だ。その日ギロチンで処刑された悪漢たちの死体のなかから、ひとりぶんの死体と生首を買って、それをシモンズがこっそりマネキンに仕立ててウィンドウに並べた。それぞれ別々の悪漢のものだった死体と生首を送るなどという間違いを連中が犯さなかったら、僕はこの事件にひどく手こずることになっていたんだろう。ブロードストリート本人が関わっているんだからね。頭と身体が別人のものだと気づいたとき、第一印象がよみがえってきた。首がきれいに切断されているから、ギロチンを思い浮かべたんだ。それですべてがわかったよ。二人殺して、被害者を半分隠すなんてやつがどこにいる？　そこで、生首の写真を撮って、写真と死体の指紋をパリのベルティヨンに電送した。彼は記録を確認して返事をくれた。生首は、最近ナントで処刑された凶悪犯ジャン・ボノムのものだった。指紋は、仲間のカルトゥーシェのだ。そして、問題の死刑執行人助手が現場に現れて、事件に関与したこともわかった。

「だけど、どこで服を着替えさせたり死体の取り違えが起きたりしたんだろう？」と私。

「まあ、ブロードストリートの自宅でだろうな」とホームズ。「シモンズは〝指示〟しそこなったんだ、棺に入っているのは自分の友人たちだってことを。明らかにする必要もないから、放っておくけどね。この事件は映画に向かないよ」

Ⅲ　風変わりな広告事件

1　禿げ頭組合

私たちに降りかかったうちでもとびきり奇妙なこの事件を書き記すのを、私はしばらく先送りにしていた。しかし、劇的で驚くべき要素が多々あるうえ、結末にも大きな意外性があったこの一件を、もう物語らずにはいられない。

私たちは夕食後に語らっていた。最近は犯罪が減ったし陳腐化したという話題だ。

「おもしろみがなくなったよ、ワトスン」と、サー・シャーロック。「つまらない犯罪ばかりになった――不用意で不手際で――公園の警備係でも解決できる程度のね。ああ、モリアーティがなつかしい！　葬り去るんじゃなかったよ、僕の唯一の好敵手だったのに」

彼はわびしい夢想に沈んだ。

そこへノックの音がした。「どうぞ！」と、私が答えた。

頭のきれいに禿げあがった紳士が入ってきた。

「ノップスと申します。住所はこの名刺に。探偵のサー・シャーロック・ホームズでいらっしゃいますね？」訪問客はポケットからしわくちゃの新聞を取り出した。

「火薬の発明者ではないな」友人は平然とつぶやいた。

「すべての発端がこれです」と、ミスター・ノップス。

ホームズが声に出して読んだ。

「禿げ頭組合員募集。米国ニューヨーク州の故ミールポント・ポーガン氏の遺志に基づく当組合に、欠員が一名生じた。りっぱな人格で強い酒をたしなまない禿げ頭の男性会員を募集。組合員はただ名目だけの奉仕に対して週四ポンドを支給される。資格に合致する応募者は、毎日午前九時から正午までの三時間、ウォータールー駅キオスクに無帽で立つこと」

「それじゃまるで、赤毛組合の募集広告じゃないか！」私は声をあげた。

「そのとおり」とホームズ。「類似点が多すぎる。またもや手に負えない模倣犯だ。

ありし日のモリアーティをしのばせる、さぞや冷酷非情、狡猾でいまわしい犯罪だろう！」ホームズは客のほうを振り向いた。「それで、何がありましたか？」

「何も。たいした仕事もせずに給料がもらえるならと思ったんですが。応募要領に指定された場所に行きましたが、空振りでした。翌日、『もう一度チャンスあり、明日またお

モリアーティ教授

いで乞う』とだけ書かれた手紙を受け取りました。もう一度待ってみましたが、またも無駄足です！　そこで、いったいどういうことなのか、うかがおうと思って参上いたしました」

「あなたがスパイされているということですよ」とホームズ。「あなただけ特別にもう一度来いと言われたですって？　はん！　どなたと同居なさっていますか、ミスター・ノップス？」

「二十歳と十三歳の、二人の姪とです。姉のほうが家事をしてくれてまして。メイド役ですな」

「新聞に広告を出したのはいったい何者なのか、調べてごらんになりましたか？」

「ええ。若い男でした」

「身元を確認できるような特徴は？」

「とんでもなく派手なクラヴァット（幅広のネクタイ）をしていました」

「ふむ。問題は、それだけで身元が確認できるかどうかです。ウォータールー駅で何か気づいたことがありませんか？」

「サー・シャーロック、それはもうおかしかったんですよ。妹のほうの姪を連れていったんですが、笑いころげっぱなしでしてね。広場じゅうにあふれ返る男のほとんどが、よぼよぼのじいさんなんです。まぶしい太陽のもと、禿げ頭がいっぱい！　無駄骨を折らされて怒ってさえいなければ、私だって笑ってしまったでしょうよ。それは最初のときです。次はひとりで行きました」

「妹さんのほうだけをお連れでしたか？」

「ええ、姉のほうは留守番をしていました。出かけるわけにいかなかったので」

「恋人でも来ることになっていたとか？」ホームズが冗談めかして尋ねる。

「そうなんですよ、サー・シャーロック。ミスター・ジャック・ジョンスン、住所は南西区モーダント街二五番地です」

「どうも」

依頼人は立ち上がって出ていこうとしたが、まだ何か言いたそうにぐずぐずしている。

「まだ何かおっしゃりたいことでも、ノップスさん？」

「ええ、じつは、サー・シャーロック。これをどうお考えでしょうか？」

彼は葉書を何枚か渡してよこした。一枚は、広告を見て集まった禿げ頭でいっぱいのウォータールー駅の絵葉書だった。ほかも同じ場所の絵葉書だったが、人だかりはしていない。帽子を手に、不機嫌な顔つきでミスター・ノップスがただひとり立っている……。

「サー・シャーロック」そのばかげた写真を見ている私たちに、客が言った。「私は笑いものにされたのです。思うに、写真屋が絵葉書をつくるためだけにあの広告を出したのではないでしょうか。そいつを訴えてやりたい。探し出してください！　費用は惜しみませんから」

ミスター・ノップスが帰っていくと、ホームズは彼の置いていった名刺を拾い上げた。「フリート街六四番地に住んでいるのか。電話帳で、隣には誰が住んでいるのか調べてくれないか」

ミスター・ノップスの家は片側を菓子店と接し、もう片側の隣人はミダス卿だった。

「何だって！」とサー・シャーロック・ホームズ。「美術品収集家のミダス卿か？」

「うん、そうだ」

「ほほう！」

2　推断の理論

「年上の姪を疑っているのかい?」彼が何も言わないので、私から尋ねてみた。ホームズは黙っている。口を開いたと思ったら、意外な言葉が出てきた。「何もかもあとまわしだ、ワトスン!」サー・シャーロックはヴァイオリンを取り上げて、気分転換にかかった。彼のような才人だからこそのメロディを、即興で演奏する。ショパンの葬送行進曲、『メリー・ウィドウ』のワルツ、シュトラウス作曲のオペラ『サロメ』の斬首シーン音楽。すべてがそれとわからないほどに絡み合っている……。

私はいつのまにか眠っていたらしい。目が覚めると、ホームズは大袋入り刻み煙草を前に、腰を落ち着けて煙草を吸っていた。じゃまをしたくなかったので、私はそのまま寝室に向かった。常軌を逸した広告の事件で彼は頭がいっぱい、かの私立探偵の並ぶ者なき頭の中では、推理のあとで行動へ移そうとしているところなのだろう。

3　司法局内の〝デマ〟

翌朝、いつもどおり朝刊に目を通していた私は、思わず声をあ

ファンタジーの世界

げた。「なんてこった！　ホームズ、これを見ろ！」

美術欄に、次のような記事が出ていたのだ。

『モンナ・ヴァンナ』盗まれる

至高の美しさで名高いラファエルの肖像画、『モンナ・ヴァンナ』。ロンドン在住のミダス

伯爵のコレクション中で最も貴重な作品が、姿を消した！

詳細は以下のとおり。

昨夜、ミダス卿の絵画コレクション警備を任されている守衛のひとりが、いつもラファエルの名画『モンナ・ヴァンナ』が掛かっている場所に額しかなくなっていることを発見。すぐに上司に注進し、上司が警察に通報した。徹底的な捜査が行われたが、まだ何の手がかりも見つかっていない。

『モンナ・ヴァンナ』はもう、東中央区フリート街六六番地の瀟洒な邸宅で涙を流してはいないのだ！　故郷を遠く離れて、キプリングやアルフレッド・オースティンら詩人に霊感を与え、涙を誘うバラッドを書かせる人たちがいる。彼女は愛する故郷からどれほど離れてしまったのか、うんぬん。

ホームズはかすかに微笑んだ。「僕のジャーナリストとしてのデビュー作はどうだい、ワトスン？　この告示には効き目があると思うよ。僕は新聞に数々のネタを提供してきたからね、彼ら

はまたもや、僕の偽記事を採用せざるをえなくなったのさ」

4　〝チビだがすばしこい《スモール・バット・アラート》〟部隊

私がまだ友人の抜け目のなさに感心しているところへ、呼び鈴が鳴った。ハドスン夫人は、降ってわいたような混乱にうろたえた。

「サー・シャーロック、あなたから呼ばれたっていう子供たちが、列をなして来ていますけど」

「そのとおりです、ミセス・ハドスン、どうか通してください」

家政婦が子供たちに足を拭くよう言いつけている声が聞こえたかと思うと、少年探偵ウィギンズを先頭に、子供たちがきちんと整列して階段を上ってきた。〝チビだがすばしこい《スモール・バット・アラート》〟部隊だ。

「やあ、ウィギンズ」とサー・シャーロックが声をかける。

「ご伝言を受け取って、メンバーを召集しました」と隊長。「はしかにかかった者二名、学校をサボれない者一名。その他は全員そろっています」

「よし。派手なネクタイをした写真屋を見つけてもらいたい。写

〝チビだがすばしこい《スモール・バット・アラート》〟部隊

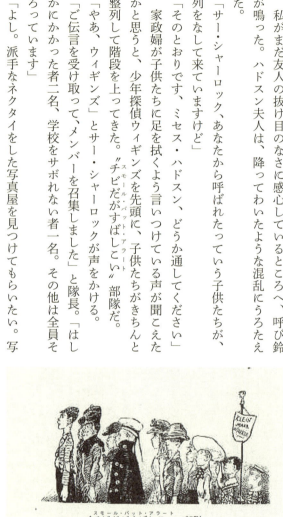

真屋なんかじゃないかもしれないし、いつでもネクタイが派手かどうかも不明。わかったか？」

ウィギンズがほくそ笑む。「おやおや！　おれたちに二度まで言う必要がありましたっけ？」

ホームズは、末頼もしい少年の頬を満足げにつついた。「のみこみが早いやつだ。ほら、一シリングやろう。まずは、南西区モーダント街二五番地のミスター・ジャック・ジョンスンが、きのうの朝、ガールフレンドのうちに行っていたかどうかを教えてもらおう。そのときにもう一シリングやるぞ。以上だ。行け！」

〝チビだがすばしこい《スモール・バット・アラート》〟部隊は、整然と出ていった。

「子供たちは貴重な戦力になるなあ」と、ホームズはしみじみ見送る……。

名探偵の名が、深い畏敬の念をこめて、口から口へと伝わっていく。

5　捜索

私たちはミスター・ノップスの住まいへ向かった。ホームズは家の前の地面から調査にとりかかり、たちまち熱中するあまり、私の存在ばかりか大勢の人だかりができたことも眼中になくなっていた。

名探偵の名が、深い畏敬の念をこめて、口から口へと伝わっていく。あえて口にする者が誰もいないなか、ひとり幼い女の子が「あの人、おかしなことしているわ」と叫んだが、すぐに黙らせられた。

やっと準備が整った。見たところ依頼人らしきものを含めて三つの顔が、窓からホームズのしているることを興味津々見守っていたが、もう視界から消えていた。呼び鈴を鳴らして、私たちは中に入れてもらった。

「ようこそ、サー・シャーロック」そう言って世帯主が、二人の姪を私たちに紹介する。若いほうの姪はすこぶる陽気だった。ついでに気づいたのだが、わが友の肖像が壁に飾られ、うれしいことに、私がこれまでに発表した全作品がきれいにそろって本棚の一画を占めていた。

ホームズは許しを得て、家じゅうをすみずみまでくまなく見せてもらったが、若いほうの姪にたったひとつ、ひどく奇妙な質問をしただけだった。

「おなかがすいていますか、お嬢さん?」

「それはもう」と、娘は答えた。「でも、もうすぐコーヒーをいただくことになってますから」

それ以外、友人は誰にも何も尋ねなかった。

6　事件のかげに女あり

「あの女は利口だよ、ワトスン、おそろしく利口だ」帰宅すると、ホームズはそう言った。「しかし、それよりももっと利口なやつがいるのさ！」

「自分のことかい？」

「とっくにわかっていることを聞かないでくれよ。僕はもう、ひとつの糸口をつかんでいる。

　十二時にコーヒーを飲もうというんだから、あの一家はそれまで何も食べていない。つまり、午前中は美術館に入ろうとして時間をつぶしてしまったんだ」

「どうしてあの子の身柄を確保しなかったんだ？」

「おいおい、ワトスン、僕は抜け目なくふるまいたかったんだよ。ほら、まだ何も起こっていないんだから！　それに、今晩あの家を調べたいと思ってね。だから、侵入することになるよ、ワトスン。君にはお手のものだろう？」

　そのせりふに応えるように、誰かが罵詈雑言を吐いた。

　驚いたことに、ミスター・ノップスと、そのあとから二人の姪が、私たちの目の前に現れたではないか！

「サー・シャーロック・ホームズ」ミスター・ノップスはいらいらしている。「下の姪が、あなたに重要なお話があるというのです。私には話そうといたしませんので」

「いいですとも。あっちの部屋へ行きましょう、お嬢さん」彼が私に目配せしてきたので、もう

「ようこそ、サー・シャーロック」

ひとりの娘から目を離すなということだと了解した。

たまたま私は、二つの部屋を隔てるドアのすぐそばにいた。洩れ聞こえる話し声に、私はいささか驚かされた。女の子が話している。切れ切れに言葉が聞き取れた。「……あなたの物語を読んで……あの人たちのせいじゃない……ふざけて……ばかばかしいショー……おじさんには言わずに……私ひとりだけ……コミッショネア……広告……お姉さんだけは今日気づいて……」

ホームズが室内を行きつ戻りつしている足音がする。それから、何ごとか言った。「……手に負えない子《アンファン・テリブル》だ……やめさせなくては……笑いものになる……なんとかしてやる」【原注3】

次に、また別の音が……短くピシャリと響いた。二人はまた居間に戻ってきた。ホームズはひどく怒っているようだ。子供の片耳がはっきりと赤くなっていた。

「ミスター・ノップス」サー・シャーロックが依頼人に向かって言った。「このかわいいお嬢さんに感謝なさるんですな。あなたを脅かしていた危険を未然に防いでくれましたよ。ずばり、無政府主義者の陰謀です！　捜査はこれで打ち切ります。請求書をお送りしますので……」

「これまた、ちっとも映画に向かないね、ワトスン」その晩、サー・シャーロック・ホームズは

「このかわいいお嬢さんに感謝なさるんですな」

ため息をついた。

【原注3】原文は"mouw aan passen""adjust the sleeve"というオランダ語の慣用句。直訳すると"adjust the sleeve"（袖を整える）。

Ⅳ　謎の雄猫事件

第一章　ヨーロッパの運命を握るサー・シャーロック・ホームズ

ようやく、サー・シャーロック・ホームズが私に、〈クッカーヴィル家の謎の雄猫事件〉の全容を公表する許可をくれた。私たちの長年にわたる活動のうちでも抜きん出て奇妙な経験だったので、私がどんなに満足しているかおわかりいただけるだろう。

外は激しい風雨の、ひどい空模様の日だった。だからこそ、室内で暖炉のそばにいるのがよけいに楽しい。

「こんな晩なのに出かけようなんてやつがいるとすれば」私はカーテンを引き開けて、自己満足にひたりつつ表の通りを眺めた。「よっぽど大事な用があるに違いない！　おや、あれは？　あの老紳士！　こっちに来るみたいだぞ！」

階下からののしるようなわめき声がして、家政婦が名刺をとりついできた。

クッカーヴィル卿
ガーター勲爵士、黄金の羊毛勲爵士団役員、
レジオンドヌール上級勲爵士、ライジング・サン騎士団団長、ほか
英国およびアイルランド首相

「閣下、どうぞ！」とホームズ。

「ビスマルク亡きあとのヨーロッパでいちばん権威ある政治家じきじきのおでましとは、重大かつ不可解な問題に違いないよ」

威厳たっぷりの老紳士が、部屋の入り口に姿を見せた。その貴族的な顔立ちが、恐怖と苦悩にゆがんでいる。これがヨーロッパの日々の運勢をその手に握る政治家なのか？

「おかけください、閣下」とホームズ。「お気を確かに。落ち着いてください。状況はよくなります！　この薬瓶をかいで。さてと、閣下、僕にどういうご用でしょうか？　つい昨年には、扱い

威厳たっぷりの老紳士が姿を見せた。

のきわめて難しい王室の問題に力をお貸しました。時間がありさえすれば、そのときのきわどい経緯をお聞かせするところですがね！」

ホームズの言葉に元気づけられたらしい首相が、話を始めた。

「サー・シャーロック、クッカーヴィル家の猫のことはお聞き及びでしょうか？」

「閣下、迷信のたぐいはごかんべんください！」

「いや、私の話は少なくとも、風変わりという意味ではあなたの好みにぴったりでしょうよ」

ホームズは両手の指を突き合わせて、目を閉じた。

「わが一族では」と、クッカーヴィル卿が語りだす。「黒猫の出現が不吉な前兆とみなされます！」

「ちょっと待ってください！　どういう論拠があって？」

「一族の言い伝えで、それをこれから……」

「後生ですから、閣下、かんべんしてください。事実からそれないようにしましょう」

「サー・シャーロック！　私が申しあげた信条は、わが一族で代々父から息子へと受け継がれるものなのですぞ！　私だけでなくクッカーヴィル館の住人ひとりひとりもそれを尊重していると、固く信じております。話を進める前に、しかるべくそれを念頭に置いていただけますかな？」クッカーヴィル卿はどことなく気分を害したようだった。

ホームズは厳粛なおももちをくずさずに頭を下げた。

「さて、いま私は、ヨーロッパが戦争に進むか平和を守るかという選択肢を手中にしている。今日は月曜日。木曜日に国会で、いわば世界中の先進諸国がかたずをのんで聞くことになる演説をすることになっている。ほかのことに気を取られて、不安や動揺をかかえているわけにはいかないのだ」

「ごもっともです、閣下」

「そう、私の置かれた状況はわかってもらえるな。あちこちの街角で、『〝黒い雄猫〟の出現待たれる!』という大きなポスターを見かけるのだが……

私のあとをついてくるんですよ、お二方! 私を脅して、木曜日の演説を妨害しようとしているんだ。私を狙った陰謀が……」

ホームズが客の話をさえぎった。「ある大国の陰謀ですね」すべてを見通した彼は、声をひそめた。「用心のため、D国とでも呼ぶことにしましょうか」

第二章　一大事

クッカーヴィル卿は、力になるというホームズの約束にひと安心して帰っていった。

「妙だな」ホームズは再びパイプに火をつけた。「あれほど身分の高い男が、あんなにごわごわの下着を着ているなんて」

「どうやって推理したんだ?」

「きわめて単純なことだよ。座り心地が悪そうだったし、袖口をごそごそいじくっていたからね。

気がかりな状態にあって、始終縫い目が気にさわるんだな。今夜のホイスト勝負に集中できるといいんだが」

「あの人はいつもホイストをやってるのかい？」

「ワトスン、君にはがっかりだ！ 観察しろよ！ 君は鼻でものを見ているんじゃないだろうな。親指と人さし指の先が平らにつぶれていたのに気づかなかったのか？ おっと、よく書きものをするせいかもしれないって？ 違うね！ 第一に、ああいうお偉いさんは自分で書くことがあまりないものだし、第二に、あれはペンを握ったときにできるようなくぼみじゃなくて、カードをつまんでついた平らな跡だ。さて、煙草を吸いながら考えるとしよう」

翌日、ともかく午前中は特に何ごともなく過ぎた。サー・シャーロックは自分の書斎にひきこもったきりで、黒い雄猫事件を私が当初考えていたよりも重く見ているのかもしれないと思えてきた。

早くも暗くなってきた午後三時、突然、一台の馬車が玄関先に止まった。

問題を考察中のホームズの出した煙がもうもうとたちこめる室内に、ご婦人が駆け込んできた。

「お二方、どうか、この血の凍るような謎を解いてください！」

恐怖に顔をゆがめたそのご婦人は、さっとひざまずいた。

「お二方、どうか、この血の凍るような謎を解いてください！　もう耐えられません！　私はクッカーヴィル卿の娘です。このような手紙が何通も届きまして」

そう言って婦人は手紙を渡してよこした。どの手紙にも、たったひとことだけ「〝黒い雄猫〟の出現待たれる！」と書いてあった。

気まずい沈黙に支配されるなか、ホームズは両の親指をめまぐるしく回転させていた。

「サー・シャーロック」とレディ・クッカーヴィル。「私にもお手伝いができるかもしれません。あなたの冒険譚はよく読ませていただいております。家族の一員というのは典型的な犯人ですし、私、婦人参政権論者として有名なおばの、レディ・バスカーハーストが怪しいと思うんです」

ホームズは話に割って入ると、丁重に理を説いた。

「レディ・クッカーヴィル、探偵はあなたですか、それとも僕ですか？」

「あなたです、けれども……」

「僕に任せてください。あなたのおばさま、レディ・バスカーハーストは、魅力的なやさしいご婦人ではありませんか」

「サー・シャーロック、それはそうですけれど！　私、あなたの冒険譚をちゃんと読みました。いちばん抜け目のない悪党っていうと、必ずどんな人物ですか？　やさしい、楽しい人に決まってます！」

「ばかげたことをおっしゃる、お嬢さま！　おとなしくうちへ帰って、お考えを慎まれることです。ただの手紙ごときで、シャーロック・ホームズをヨーロッパ戦争のまっただ中へ投入しようなんて、無理ですよ！」

　娘は出ていった。

第三章　サー・シャーロック・ホームズと早変わり芸人

「僕のやり方は知っているだろう、ワトスン」と、友人が言った。「今度はまた新たに変装して、レディ・クッカーヴィルのメイドのひとりに求愛することにしよう。国難だからな。そう、ワトスン、君を大いに驚かせてやるさ！」

　心底驚いたことに、すぐそばで何か音がしたと思ったら、馬小屋のにおいのする生意気そうな若者が目の前に立っているではないか。

「ここで何をしている？」私は怒鳴りつけた。「出ていけ！　ノックもせずに人の住まいに、よくもずうずうしく入り込んだな」

　馬番の男が吹き出した。

「ふざけただけだよ、ドクター！」【原注4】聞き慣れたホームズの声だった。

　私はキツネにつままれたような気がした。

「まあまあ、気を取り直せよ」

「僕は何をしたらいいんだ？」私は心配になった。

「レディ・バスカーハーストのことをできるだけ調べてみてくれ」

「じゃあ！　その線もまだ追うんだな？」

「ワトスン」ホームズは顔を曇らせた。「牛だって野ウサギを捕まえることもあるんだよ」

私は午後いっぱい外出していた。帰宅すると、私たちに話があるという老婦人が待っていると家政婦に教えられたので、私は階段を上がっていった。誰だろう？　ふとひらめいた。姪にむやみやたらと疑われたレディ・バスカーハーストが、助けを求めにきたんだ！

そのレディ・バスカーハーストは、評判に恥じない女性だった！　椅子に足を組んで座り、葉巻をくゆらせながら《タイムズ》を読んでいる。解放された女性だ！　さすが婦人参政権論者！

老婦人が振り向いて、私のほうへ葉巻のケースを差し出した。

「おもむきのある味わいだよ、ワトスン！」と、きしるような声。だが、すぐに続いて聞き覚えのある笑い声がした——サー・シャーロック・ホームズだ！

「何かわかったかい？」そう言って、彼は変装を解いた。

「たいして。あの娘に質問しようとしたら、大声で叫ば

サー・シャーロックは、たびたび姿を変えた。

れてしまって。奥さまは留守だった。ワイン商のふりをしていたんだが、あの家じゃ酒を飲まないんだ」

「うんうん、そんなに短時間でよくそれだけ不覚をとれるもんだなあ。だけど、僕はそれでちっともかまわないさ！」

彼は自室に引っ込むと、私がこれまでに見たことのない、がらりと違う変装をして現れた。彼はその日のうちにたびたび姿を変えた！ 古着商、退役軍人、船員、などなど。

私がゆったりと座って読書していると、突然窓が破られた。飛び上がってリヴォルヴァーをひっつかんだら、男がひょいと入ってきた。

「手遅れだ、ワトスン！」ホームズだった。いつも一分の隙もないきちんとした服装の探偵と見抜ける者など、いそうにない、むさくるしい変装だ。「その気になれば、君を二回はやっつけられたぞ。あの雨樋は修繕しなくちゃ。危うく首を折るところだった。ところで、何者に見える？ すごいと思わないかい？ そうだとも！ 本気で映画のことを考えなくては！

だけどもう、ひとり何役も演じるのはおしまいだ。今夜はクッカーヴィル館に行くぞ。明日はかの有名な演説の日だから、〝黒い雄猫〟は今夜現れるだろう。十万人の無辜の命がかかっている」

何者に見える？

クッカーヴィル館に到着した私たちが、従僕に案内されて居間へ行くと、レディ・クッカーヴィルが迎えてくれた。「おいでくださってありがとうございます」そう言って、彼女は私たちに一通の手紙を差し出した。またも、「〝黒い雄猫〟の出現待たれる！」という手紙だった。

ホームズが励ましの声をかけた。

レディ・クッカーヴィルはまた、お気に入りの話題をもちだしてきた。

「サー・シャーロック……私の疑念は深まる一方です。婦人参政権論者は閣僚たちに対して、ありとあらゆる脅しをかけてきました。とりわけ父に対して」

ホームズは肩をすくめた。「用心のためＤ国と呼ぶ、さる大国が……」

「しっ！」貴婦人が彼を制止する。「父です！」

まさしく、クッカーヴィル卿が入ってきた。この二日ばかりでなんという変わりようだろう！　以前の自分自身の影になってしまったようだ。

「元気をお出しください、閣下！」とホームズ。「使用人たちはもう休んでいるのではありませんか？　では、捜索にかかりましょう」

ヨーロッパ政界の指導者とその娘がともに、真っ青になった。

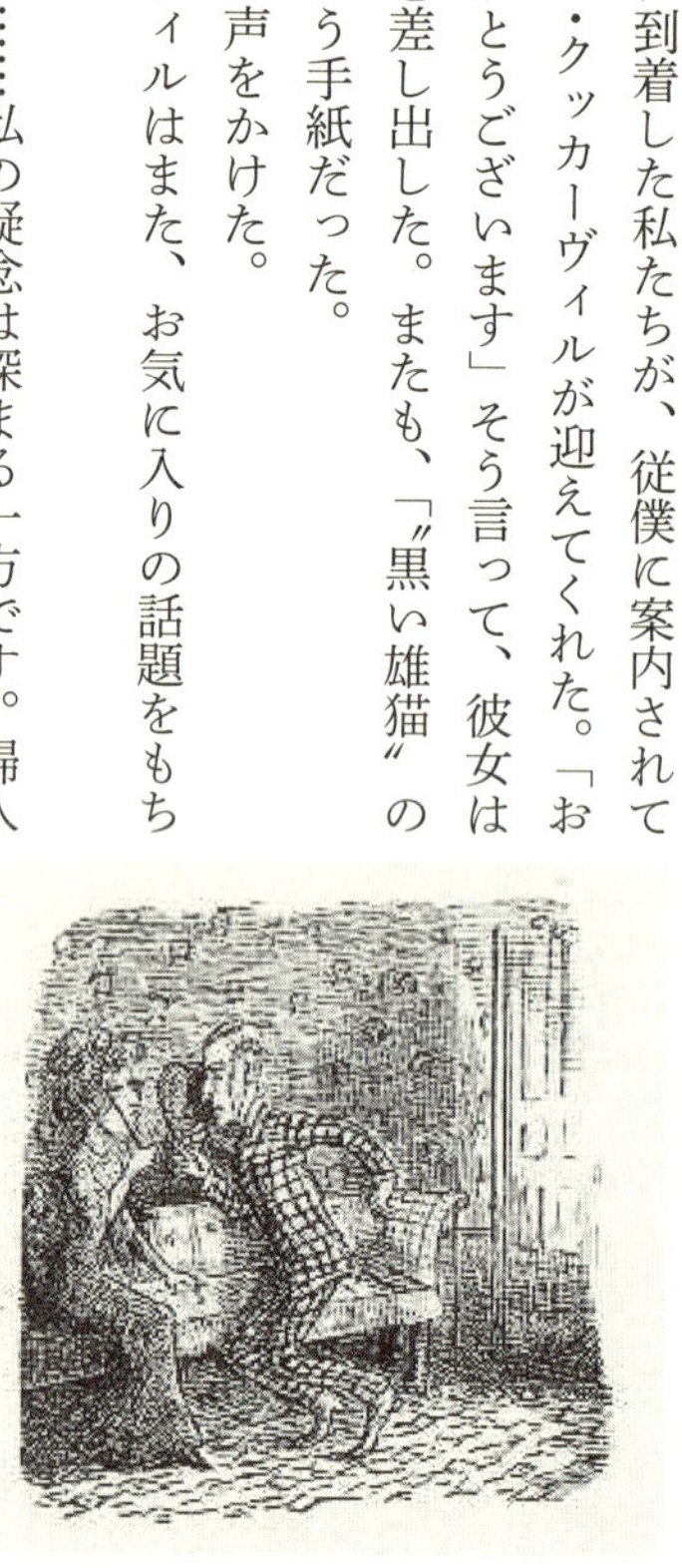

「用心のためＤ国と呼ぶ、さる大国が……」

【原注4】原文は"Daar heb ik je bij je neus gehad"というオランダ語の慣用句。直訳すると「君の目と鼻の先にいたのに」。

第六章【原注5】 意外な発見

柱時計の音が真夜中を告げた。「亡霊たちの時間だわ！」娘が口ごもった。

「伝統的な」父が付け加える。

「みなさん、そばを離れないでください！」とホームズ。

「ばらばらにならないように」

クッカーヴィル卿はあとに残っていたそうな様子だったが、ホームズが異を唱えた。「閣下はこの場にとどまりたいと？　いいえ、そうはいきません！」

そこで、全員そろって進んでいった。ダーク・ランタンを持ち慣れないクッカーヴィル卿が、緊張のあまり後ろ向きに掲げた。それをホームズが取り上げる。

巡回してみたが、何ごともなかった。ひと回りしたところでホームズが明かりを消した。何も見えないし、何

捜索

も聞こえない。静寂と闇に包まれている不安。クッカーヴィル卿が勇気を奮い起こそうと、咳払いをした。みんなそろって咳払いした。私たちは廊下を、庭へ出るドア近くまで来ていた。

調子づいて大胆になった閣下が、突然口を開いた。「さあ、サー・シャーロック、またまた偉大なお力の見せどころですな?」

ところがそこで、庭に出るドアののぞき穴に現れたのだ、目が!

「ね、猫だ、クッカーヴィル家の雄猫だ!」首相がどもりながらそう言った。

【原注5】「第六章」は原書どおり。第四章と第五章はどうなったのか、謎だ。ちなみに、一九二六年版では訂正されている。

第七章　モリアーティ教授の生還

サー・シャーロック・ホームズがドアに向かっていき、さっと開けた。

「お入りください、モリアーティ教授！」

死んだはずの大学教授が、友人に近づいてくる。

「ほう！」と、どなりつけるような声を出した。「おせっかい焼きのサー・シャーロック・ホームズじゃないか！」

探偵は品よく笑ってみせた。

「ほうせんか《タッチ・ミー・ノット》みたいなおすまし屋のホームズ！」

サー・シャーロックは肩をふるわせて笑った。

「どこにでもしゃしゃり出てきおって」と教授。「だが、もうこれまでだ。悪いが、私が撃ち殺してくれる。人の好みはさまざまと言ってな、思い知れ！」

「あなたのしていることは不法侵入ですよ」ホームズは冷静に言った。

「ホームズ！　撃つぞ！」

「暴力も威嚇も抜きの、他愛のない盗みを話題にすることもできるでしょうに」探偵は相変わらず冷静だ。

　モリアーティは相手をにらみつけた。すると、思いがけないことに、彼はくるりと向きを変えて逃げていった。

敵対者たち

サー・シャーロックがあとを追い、私も続こうとした。

「いや、だめだ！」彼が私に叫ぶ。「そこにいてくれ、ワトスン！」

私は質問攻めにあった。もちろん、何もわからないと答えるしかない。すぐにホームズが戻ってきた。どんなに不安な者をも安心させるべく、考え抜いたような態度だった。

しばらくして、私たちは首相とその娘とともに居間へ戻った。じきにおわかりいただけるだろうが、ホームズの報告を聞いて、私は頭が混乱した。

「クッカーヴィル卿、これはきわめて取り扱いの難しい事件です。警察にも新聞にも関わらせるわけにはいかない。残念ですが、犯人たちを起訴することもできません。よろしいですね。『用心のためD国と呼ぶことする、さる大国が』……ですから。ただ、平和は守られました。それでじゅうぶんではありませんか」

「じゅうぶんと言ってあまりある」首相は、熱のこもる口調で言った。「何と言って感謝したらいいかわからないよ、サー・シャーロック」

ホームズはその慎み深い賛辞を受け流した。

「きわめて単純な事件でした。政治的な陰謀が仕掛けられているのではないかと、早くから察していましたからね。それにしても、誰もが死んだと思い込んでいたモリアーティが事件の黒幕だったとは、思いも寄らなかった。僕が真相をつかんだ経緯は、こういうことです。

出発点になるのは、あの奇怪な内容の手紙しかありませんでした。書いたのは誰か？　わずかな手がかりしかありません。罫線のない白紙に書かれ、封筒もありふれたものだった。どんな文房具屋にもあるような。筆跡も、特徴らしい特徴がまるでない、ありふれたものでした。消印からわかることもなし。ただひとつ、はっきりわかることがありました。手紙の書き手であり差出人でもある人物は、何もかも自分ひとりでやったということです。一部分なりとも人任せにできなかったのです。この手の陰謀では、共犯者がいると危険だからです！　そして、陰謀を練り上げた人物は、手練れの策士です。とすると、文字の書き方を鑑定すれば、書き手がわかるかもしれない。ご存じないかもしれませんが、文字の書きはじめ方は人によってはっきり違うんですよ。手紙の文字は、角度をつけて書きはじめられています。きれいな長い爪をしている大使館の事務官や公務員ではなくて、短くて汚れた爪の持ち主が書いたものです。知性と教養のある人物の爪が、短くて汚れていることは、まれです。芸術家か化学者くらいのものでしょう。僕の知るかぎりでは、外交に活躍した芸術家はルーベンスが最後でしたし、化学者ではモリアーティただひとり。モリアーティが生きているのかもしれないと思えてきました。彼が滝壺の深淵にのみ込まれていったのは事実ですが、僕だってそうです。僕はこうして生きています。彼だって助かっていたのかもしれない。いささか巧みすぎる犯罪計画が、彼のしわざではないかと思わせる。封筒に付着していた物質を調べてみると、捜査を誤った方向に導こうとして付けたものだとわかりました。そこで僕は確信したのです。それでも念のため、さまざまな変装を活用していくつもの郵便ポストをひそかに見張り、彼を見つけました。彼はD国の密命を受けて、あなたの黒い雄猫に対する恐怖心を利用する計画を練っていたのです。まず、あなたを不安に陥れ、次には心底おびえさせようとしました。あの猫には僕もぞっとしましたがね」

「それにしてもどうやって？」と首相。

「それは僕の企業秘密でして」ホームズはにっこり笑った。「いずれにせよ、明日は心安らかに演説に臨んでください」

また下宿に戻ってくると、ホームズは私に言った。「どうしてそう押し黙っているんだい、ワトスン？」私の顔をしげしげと見る。「ははあ！　デュースだってわかったんだな！」そう叫んで、憂鬱そうに部屋を行ったり来たりした。

「座って、上等なハヴァナ煙草でも味わおうじゃないか、ワトスン。クッカーヴィル卿が街角のポスターの話をもちだしたとき、すぐわかったんだよ、新聞だか劇場だかどこだか知らないが、〝黒い雄猫〟ってのが、首相の怖がっているものとはまったく無関係だと。だけど、才覚のある犯罪者ならこの状況をどうにかできるんじゃないかと、悔しくもなってね。君がいつか、僕はなろうと思えばすごい犯罪者にもなれるって、ほめてくれたことがあったじゃないか。

首相の態度があんまり尊大なものだから、つい、懸念していることを実現させてやろうって思いついて、ありもしない陰謀をでっちあげたんだ。

モリアーティを殺してしまったことが返す返すも悔やまれるよ。あれが終わりの始まりだった。僕らは互いに補完し合っていたんだ。彼が犯罪担当、僕が推理担当で。今の僕は、ふと気づくと対等に戦える相手がいなくなっていたチェスの選手権保持者のようなものだ。だから、僕は僕自身を相手にすることにした。

待ちかねているロンドン活動写真館の監督に、提供できるものが何もなかったしね。

そう、僕の冒険譚が芝居になったとき、モリアーティ役で大当たりしたデュースの名が写真館入り口のひさしにでかでかと出ていた。だから、モリアーティを生き返らせたいと思った僕は、もちろん彼のところへ行った。デュースは、一も二もなく引き受けてくれたよ。ろくに検閲もしない今の自由党政権を忌み嫌っているし、広告媒体に費用がかからなかった時代をなつかしがっているからね。

彼はやっぱり、自分の役をじょうずに演じてくれた。だけど、雄猫をどうするか、僕はあえて最後の瞬間まで決めずにいたんだ。僕はりっぱな犯罪者にはなれそうもないよ、ワトスン。あの老紳士が気の毒になってね。彼は自分がかちえなければならないものを、ちゃんとわかっていた。

ただね、この事件ももう映画には向かなくなってしまった。活動写真館の監督には、僕ら抜きでやってもらうしかないね、ワトスン。それでいいのかもしれない。ウィルスン兄弟とニック・カーターがすっかり市場を奪ってしまったんだから。

どの時代にも、その時代にふさわしい探偵ってものがいるんじゃないだろうか」

第Ⅲ部　愛好家《デヴォディー》編

「ひたすら献身的《デヴォテッド》に世話をしてくれているだけに……」

――〈サセックスの吸血鬼〉

盗まれたドアマット事件

The Adventure of the Stolen Doormat by Allen Upward

アレン・アップワード

ジョージ・アレン・アップワードは、一八六三年九月にイングランドのウースターシャーでウェールズ人の一家に生まれた。ダブリン王立大学（現在のユニヴァーシティ・カレッジ・ダブリン）で法律を学び、アイルランド自治法を支持する詩を匿名で書きはじめた。これは彼が生涯を通じて支持する民族主義運動のひとつであった。その後さまざまな国へ旅行し、著述のテーマを手に入れた。一八九七年に起きたクレタ島の内乱・封鎖に興味をもったことでギリシャの当局者と知り合い、ギリシャ民族主義運動にかかわるようになった。また、ケニアで英国外務省のために判事の仕事をし、帰国後はウェールズで労働党の指導者たちを応援。自身も総選挙に出馬したが落選した。一九一四年、いくつかの詩がエズラ・パウンド編

の*DES IMAGISTES: AN ANTHOLOGY*に収録された。【訳注1】

アップワードは民族主義運動のほか、フリードリッヒ・ニーチェやH・G・ウェルズの作品に影響された。*The Science Fiction Encyclopedia*【原注1】にはこう記されている。「ノーベル賞をとりたいという野心が、アップワードを大衆向けの作品出版に向けさせたと考えられる。一九〇一年までの作品は、一般向けの流通を念頭に置いていないようなものだった。彼は一九〇八年の作品*The New Word: An Open Letter Addressed to the Swedish Academy in Stockholm on the Meaning of the Word Idealist*の中で、「科学的」な教義への盲目的信奉を表すのに〝サイエントロジー（scientology）〟という語をつくり出した」【訳注2】

彼の著作はSFやスパイものから政治、詩、哲学、宗教、超自然、そして主流文学まで幅広いジャンルにわたっており、《ザ・ニューエイジ》誌【訳注3】にしょっちゅう寄稿していた。のちにエズラ・パウンドは、アップワードは大衆向けの軽いフィクションやロマンスもので成功してしまったので、作家としてまともに取り上げられないという意味のことを書いた。アップワードは一九二六年十一月、イングランドのドーセットシャーで銃による自殺をした。後年エズラ・パウンドが語ったところでは、バーナード・ショーのノーベル賞受賞で失望したことが理由らしい。

本作の初出は、アップワード自身の著書*THE WONDERFUL CAREER OF EBENEZER LOBB*（一九〇〇年）。

【原注1】www.sf-encyclopedia.com/entry/upward_allen
【訳注1】エズラ・パウンドは米詩人。T・S・エリオットと並んで二十世紀初頭の詩におけるモダニズム運動の中心的人物。
【訳注2】アップワードは「サイエントロジー」という語を初めて使った人物とされるが、残念ながらこのときは用語の詳しい定義をしなかった。こんにちロン・ハバードの創始した新興宗教の名として知られている「サイエントロジー」は、日本においても商標登録されているが、アップワードの本における意味合いとは違うものと思われる。
【訳注3】英国の文芸誌。H・G・ウェルズとバーナード・ショー対G・K・チェスタートンの誌上論争などでも知られる。

「事実は小説よりも奇なり」
――バイロン『ドンジュアン』

だまされやすい大衆を長いあいだ手玉にとってすっかり人気者になった、いかさま師の正体をあばく――そんな難しい役目が、今私に与えられている。

古代ローマのある詩人は、死者を悪く言うなかれとのたまった。だが、『名誉毀損法要覧』を著わした現代作家が、生者を悪く言うことには一定の不都合があると指摘してもいる。一方に「死者についてはいいことだけを言っておけ《デ・モルトゥイス・ニル・ニシ・ボヌム》」なる格言、もう一方には

「死ねばその人間の行ないもともに死ぬ《アクチオ・ペルソナリス・モリトゥル・クム・ペルソナ》」なる格言。両者がともに通用するのなら、ラテン文学も、英国人後継者のものなどよりずっと無難に見て見ぬふりをしてもらえるのではなかろうか。

そういうわけで、あの今は亡き犯罪専門家の生前には、この手記の公表を差し控えていた。

だが、スイスを旅行中に不遇の災難に遭った彼が、もういなくなってしまったことだから、悲嘆に暮れる縁者たちを不快にさせるリスクをも顧みず、いやな仕事をやり遂げてしまうことにしたのである。

ある朝のこと、鳩屋敷《ダヴコート》で朝食をとっている私のもとへ、涙にぬれ髪を振り乱したスーザンが叫び声とともに駆け込んできた。

「たいへんでございます、ドアマットがなくなっています！」

そのドアマットがこの犯罪記録の名士のもとにやってきたわけについては、わが親愛なるペネロピーおばさんからの大切な贈り物とだけ言っておこう。ゴム製で、WELCOMEと大文字ででかでかと記されている。日中は玄関外の階段のてっぺんに敷いてあるが、毎晩、戸締まりの前に玄関内にしまうのが私の習慣で、朝になってそれを定位置に戻すのはスーザンの仕事だった。

スーザンは女らしい女だ。不幸の重圧にくじけても大目に見てもらえるだろう。しかし、そういう弱さは男に似合わない。いたずらに嘆き悲しんで貴重な時間を無駄にしている場合ではないので、私は即刻行動を起こすことにした。

「電報用紙を持ってきてくれ。ベイカー街の犯罪専門家に電報を打とう。きっとこの邪悪な事件を解決して、失われた私の所有物を取り戻してくれるだろう」

「かしこまりました。警官に知らせましょうか？」とスーザン。

スーザンは、キャンバーウェル・グローヴ【訳注4】勤務の巡査とさほど知らぬ仲でもない。そのことをわけあって私はとっくに勘づいていた。私はごまかされやすい人間ではない。わが家の正門の先でしょっちゅう舗道をうろついている巡査がいて、私が出入りするたび、やけになれなれしく挨拶をしてくるのだから、すぐにわかった。この機会をとらえた私が厳しく探るような目を向けると、スーザンはたじろいだ。

「警察に伝えたところで、害はないだろう。ただし、この犯罪の捜査をするという口実で鳩屋敷を警官たちに踏み荒らさせたりはしない――わかるな？」

わかったというしるしに、彼女の頬が真っ赤に染まる。

電報を打ってから一時間としないうちに、次のような返信が来た。

次のトラムで参上す。警察に頼るな。

H―L―M―S

彼はその言葉どおりにやってきた。電報到着の五分後には、どこへ行くにもどんなに暑かろうと決まって着用する、アルスター外套に旅行用帽子という姿で、私の前に座っていた。それが彼の制服であり、そういう格好をしていないと、みんながひと目であの挿し絵の男だとわかってくれないだろうというのだ。

この有名な犯罪専門家は、同行してきた間抜けづらのしがない男を、ドクター・W——だと紹介した。私は彼を冷ややかに迎えた。

「失礼ながら」と私は主役に話しかけた。「おひとりでいらっしゃるものと思っていましたので、ミスター・H——s。わが家を悲しみのどん底に突き落とし、キャンバーウェルを大混乱に陥れた悲惨きわまりない犯罪のことを、誰彼おかまいなしにもらすわけにはいきません」

医者は顔を赤らめたが、友人がその肩をもった。

「分別に欠けると思われるのは承知ですが、有名な雑誌に掲載する僕の捜査の物語を書いてもらうためには、彼を一緒に連れ回さなくてはならないのです」と言うと、私を脇に引っぱっていき、声をひそめて言い添えた。「不憫なんですよ。僕につきあっていくつもの事件を一部始終見てきて、その手法をさんざん目にしているというのに、いまだに無邪気で子供みたいにだまされやすくて、新たな事件に立ち会うたびに心から驚いてしまうんですから。仕事の役には立ちませんが、僕の活動を報告することによって彼には金が、僕には評判が手に入るわけですから、できるだけ我慢しています」

彼は話しながらちらちらと部屋を見回し、テーブルに置いてあった写真アルバムのページをもてあそんだ。

「はあ、そういうことでしたら、もちろん何も申しませんが、ご友人には留守番をしてもらって、帰ってからすっかり話を聞かせてあげたほうがずっと都合がいいような気がしますがね。それはさておき、今回の事件のことですが。きわめて単純なものです」

彼は身ぶりで私を止めた。

「ミスター・ロブ！　それは僕が友人のW――に説明しなくちゃならないときのせりふですよ！　きわめて単純に見えながら、このうえなくやっかいな事件。この僕に、モルモン教徒だのアンダマン島の先住民だのがしでかした殺人事件のように、まさに奇怪な犯罪を扱わせてごらんなさい。部屋から一歩も出ないで解決してみせましょう。それが、ごくごくありふれた一件ということでは、僕はまったく途方に暮れています」

「まあ、この事件が今までのところどうなっているか、説明させてください。スーザンが――」

彼がまた私の話をさえぎった。

「スーザン？　それは誰のことですか？」

「スーザンは雑用係のメイドですが」

「ほう！」彼はくるりとドクターを振り返った。「メモしてくれ、W――。いいかい？」

「彼女はうちに勤めて十一年と二カ月になります。ずっと忠実で、正直で、ていねいな働きぶりでした。きれい好きでもあります。早起きだし、礼拝にもきちんと出ています」

犯罪専門家は疑わしげに首を振った。

「そんなことはどれも無意味です。彼女に恋人はいますか？」

私はうなだれた。怪しいところなどない娘のまわりで、捜査網が閉じようとしている。私が用心してやらないと、彼女が困ったことになる。

「いいえ」私はぎこちなく答えた。「ともかく、せいぜい巡回中の警官が――」

ミスター・H——sは両手をぱっと上げた。

「やっぱり警察か！　行く先々で毎回出くわすな！　最後にその警官の姿を見たのは？」

「スーザンが今朝会って、盗難事件のことを知らせたとのことです。目下、犯人たちを追跡中です」

犯罪専門家は椅子にふんぞり返って、最大限の軽蔑の笑みを浮かべた。

「その警官は手がかりをつかみました」私は話を続けた。「今朝がた、放浪のロマが二人、キャンバーウェル・グローヴに入っていくのを見た者がいまして。その後二人は、ペッカム・ロードを歩いていったとか。警官はそのあとを追っていきました」

「これはあきれた。ミスター・ロブ、並みの警官ごときのぼんくら頭に、こんな途方もない事件を見抜けるとでもお思いですか。ロマがどうとかいう話は、目くらましに決まっています。まあ、警察がじゃまにならないところにいてくれるのは喜ばしい。彼らに悩まされずに僕なりの調査を進められるというものです。なくなったのはどんなマットですか？」

私が答えるより先に、ドクター・W——があわてて身を乗り出し、友人に何ごとか耳打ちした。

「おっと、そうだ、うっかりしていた！」ミスター・H——sは私に向かって言った。「僕の友人が思い出させてくれたんですが、いつも前座に披露している実演を忘れていました。まずは僕の推理力の実例をご覧に入れなければ。では、とっくにわかっていることを申しあげましょう。あなたには働かずに暮らせるだけの資産がおありで、定職には就かず、文学、特に詩の研究に打ち込んでいらっしゃる。福音主義的な考え方の持ち主で、絶対禁酒主義者、けんかっぱやい性分。英国教会の牧師とかつては親しくしていたが、今は疎遠になっている」

私は仰天した。ふたたび息ができるようになったとたんに、声をあげた。

「さては、あなたは魔術師ですね！　それとも聖者か！　けんかっぱやい性分というのだけは事実に反しますし、それを蒸し返されるとけんかになるでしょうけれど、それ以外は、まるで生まれたときから私のことをご存じだったかのようだ」

手帳を取り出してせっせと書き込んでいたドクター・W――が顔を上げ、友人に向けてうっとりと微笑んだ。その友人が振り向く。

「さて、今のを全部説明できるかね？　W――」

ドクターは首を横に振った。

「やれやれ、君はちっとも利口にならないんだな」がっかりしたような口調でつぶやくと、今度は私のほうを向いた。

「僕が説明しましょう。昼間から在宅ということから、定職には就いていらっしゃらないと推察しました。したがって、あなたには不労所得があるということになる。文学研究とその方向性は、机の上にある分厚い原稿から明らかになりました。『シェイクスピア句読法の本質』というタイトルですね。壁に聖句が掲げてありますが、そこからあなたが福音主義者だという考えに至ります。『幸いなるかな、温順なる者』という聖句ですから、あなたの欠点に気づいて直してほしがっている友人からもらったもの、という結論に達します。［不愉快だった。その聖句をくれたのは私の姉だ。今はもう姉に返してしまった］。絶対禁酒主義者だと判断したのは、友人と僕がこちらにうかがって三十分はたつのに、あなたが僕らに酒を勧めないからです。かつては牧師と親しくしていたというのは、アルバムにあるこの写真が証明してくれます。写真の下に、『贈呈――教区司祭より』と書いてありますから。そして、その言葉を鉛筆の線で消した下に、『陰険なやつめ』と書いてあるところから、あなたがたの親交は途絶えたのだとわかります」

それを聞いて私は思わず笑いそうになった。

「いやはや、ミスター・H――s、こう申しては失礼ですが、何もかもばかばかしいほど単純なので、それをさぐり出したからといってあなたのご慧眼を信じていいのか心配になりますね。ただ、それとなく喉が渇いているとおっしゃりたいのだとしたら、いいですとも――」

私は席を立って、サイドボードへ向かった。

飲み終わったとたん、犯罪専門家は立ち上がり、医者の友人につき従われて犯罪現場へ出発した。私もついていこうとしたが、手を振って追い返された。

「あなたがいらっしゃると、気が散るだけです。僕は外で非常に細かい調査をするつもりなので、放っておいてほしいんです。そのほうが惜しみなく頭を働かせられるし、推理力を存分に発揮できますから」

二人が玄関のドアを開けて外へ出ていく音がした。好奇心にさいなまれた私は窓辺に寄って、彼らがどんなことをしているのかうかがおうとした。かの有名な探偵の脚がちらりと見えただけだった。階段に這いつくばり、凡人の目は逃れたとしても、文芸作品にまでなった彼の磨かれた知性にかかれば込み入った悲劇の全貌をつまびらかに明かすことになる微細な徴候を、しらみつぶしにさがしていこうとしているらしい。手帳を手にしたW――は、間の抜けた顔つきで庭の小道に立ち、子供っぽい尊敬のまなざしで見ている。ときどき、友人が投げかけてくる言葉を書きつけるのだが、低い声でしゃべっているので私の耳にはとどかなかった。

とうとう待ちきれなくなった。玄関ホールまで出ていって、何が見つかったのか確かめようと決心したそのとき、私の願いを見越したかのように、ミスター・H——sが静かに入ってきた。お決まりのようにW——があとに続き、後ろ手にドアを閉める。

名探偵は目に憂慮の色を浮かべ、涙を流さんばかりだった。見ているだけでうんざりする医者のほうも、へつらうかのように表情をまねている。

「さて、何かわかりましたか?」私は胸がどきどきしていた。

「何もかも!」厳粛な声の答えが返ってきた。「しかし、最悪のことを覚悟してください。大胆かつ恥知らずにも盗みを働いたのは、あなたのごく親しい友人のひとりです。彼はゆうべこの家で食事をして、十二時ごろにほろ酔いかげんで帰っていきました。短めのコートにゲートルを着用し、安もののブライア・パイプでパイオニア煙草を吸う人物。身長は五フィート十一インチ、年齢は三十八、靴のサイズは九号、証券取引で不安定な生計を立てています」

「ジョンスンか!」私は悲痛な声をあげ、茫然自失で椅子に倒れ込んだ。

私の大声を聞きつけたスーザンが、台所から駆けつけてきた。すぐうしろに警官が、口もとをあわてて袖でぬぐいながらついてくる。

ベイカー街の諮問探偵は、言いようのないほど軽蔑をこめた目で彼を見やった。

「ここで何をしているんだ?」問いただす声に警戒心が隠しきれない。

「ミスター・ロブのマットの件でまいりました」警官は口ごもりながら言う。「大丈夫です。ニュー・クロス【訳注5】の向こう側でロマたちをつかまえました」

犯罪専門家は尊大に片手を振った。

「警察の考えることはこれだから」と、せせら笑う。「じゃあ、ミスター・ロブのマットはいったいどこにある？」

「私が取り返してきました」

私はぱっと立ち上がると、玄関に飛んでいってドアに突進した。いつもの場所にくっきり際立つ、なつかしいWELCOMEの律儀な文字。無邪気な子供のように私に微笑みかけてくる。

マットは一時間も前からそこに敷いてあったのだ！

私はミスター・H――sに失望した。雑誌に掲載される活動報告では、彼の言葉はジェントルマンにも哲学者にも遜色ないのに。残念ながら、私は実体験を経て、はるかによくない印象をいだくようになってしまった。

追記――この一件を聞き及び、ベイカー街へ乗り込んで「H――sのやつに落とし前をつけてやる」というジョンスンを止めるのは、とんでもなくたいへんだった。

【訳注4】テムズ南岸のサザーク区にある通り。一九〇〇年ごろまでは富裕階級の住む地域だった。
【訳注5】キャンバーウェル・グローヴから十マイルほど東にあるルイシャム自治区の地域。

ワトスン博士の結婚祝い

Dr. Watson's Wedding Present by J. Alston Cooper

J・オールストン・クーパー

J・オールストン・クーパーの経歴は、謎に包まれている。ミステリ・アンソロジーTHE SECOND MYSTERY MEGAPACK（二〇一四年刊）の中でも、出版者ジョン・ベタンコートが「J・オールストン・クーパーは二十世紀初頭の作家・評論家だが……残念なことに彼のことは何もわかっていない」と書いている。【訳注1】

本作は《ブックマン》誌（ニューヨーク版）一九〇三年二月号に掲載された。【訳注2】

【訳注1】ホームズ・パロディ研究家ビル・ペシェルも、二〇一五年刊のパロディ集の中で、本作はクーパー（名義）の唯一の著作で、「彼については何もわかっていない」と書いている。

【訳注2】この掲載誌では、編集者のコラムで「ホームズはワトスンの結婚祝いを贈っただろうか」という読者からの疑問が取り上げられ、話題になっていた。それに応えるかたちで掲載されたのが、本作。詳しくは巻末の訳者あとがきを参照されたい。

1　ベイカー街にて

ベイカー街の下宿。ホームズ、長椅子《ディヴァン》にだらりともたれて、細長いパイプをくゆらせている。ワトスンが入ってくる。

ワトスン　おはよう、ホームズ！　君に会いたいと思いながら、ここ六週間ばかりやけに忙しくてね。

ホームズ　やあ、ワトスン。君の結婚祝いには何をあげたらいいだろうね。ぼくは原則として結婚に賛成しないんだが、ミス・モースタンはすばらしい女性だし、君たち二人を引き合わせたのは僕なんだから。

ワトスン　驚いたな！　僕が結婚するって、誰から聞いたんだい？　どうしてわかったんだ？まだ誰にも言ってないのに！

ホームズ　ふっ。わかるさ。新進気鋭の若いドクターが、友人に会う暇もないほど忙しいというのに、特定の若き女性のところには週に四度も訪ねて行ってるんだ。しかも、ようやくその友人に会いに来たかと思えば、真新しい服を着込んでいる。そんなことは前代未聞――いかにも怪しいじゃないか。右肩に女性の長い髪の毛がついているし、〝見わたすかぎり我が天下〟とでもいうように得意満面。それだけでもう充分だろう？　わかりきったことだ。結婚祝いをあげなくちゃならないということさえなければ、おめでとうと言いたいところだ。お祝いのせいで、僕の評判が暗礁に乗り上げそうな気がする。大衆は僕がすごいことをするものと期待しているだろうから、がっかりさせるわけにはいかないしね。ところで、君のこれからの予定を聞かせてくれたまえ。

（椅子にもたれかかって、パイプをくわえる。）

ワトスン　君の言うとおりだな、ホームズ。僕はすぐにでもミス・モースタンを妻にしたい。新居をかまえるのはロンドン郊外《ビヨンド・ザ・シティ》の、四つの標識《ザ・サイン・オブ・ザ・フォー》があるところ、ほら、あの十字路のあたりにする。緋色の書斎《ア・スタディ・イン・スカーレット》で、赤いランプ《ラウンド・ザ・レッド・ランプ》を囲んで座り、すばらしいシャーロック・ホームズの冒険を話題にして、二人で語り合う《デュエット》んだ。

ホームズ　そうだろうとも。じゃあ、僕からの祝いはバスカヴィル家の犬のぬいぐるみにするかな。

ワトスン　かんべんしてくれ！　なんてことを！　うら寂しい原野の闇を突いて迫りくる、顎がぎらぎらした巨大な猟犬の体軀が、今も目に浮かぶんだ。あの晩のことや、闇夜に長く尾を引いて響いたものすごい吠え声を思い出すと、ぞっとする。それだけはよしてくれ。夢見がよくないよ。

ホームズ　ワトスン、これは重大な問題なんだよ。シャーロック・ホームズたるもの、ほかの男と変わらないことをするわけにはいかない――ボンド街に出かけて店員に十ポンド札を渡し、「友人への結婚祝いを見つくろってほしい」なんて言うわけにはいかないんだ。有名になると不利益もついてくる。大衆は君の家に群がって、『各種煙草の灰の識別について』を書いた男が、あなたにあげたものを見せてください」とか言うだろう。そして君は、「さあ、ご覧ください！」と言うんだ。――え、何だい？

ワトスン　どうして何かくれようとするのかな、と思って。

ホームズ　おいおい、ワトスン、君は僕のいちばん親しい友人なのに、ときどきほんとに友だち甲斐のないことを言うね。

2　ドクター・ワトスンの語り

私はしかるべく結婚し、ガードルストーン商会《ファーム・オブ・ガードルストーン》のマイカ・クラークが住む家の隣にある、こぢんまりした住まいに二人で入居した。ホームズは約束を果たして祝いの品を贈ってくれたが、それを見れば誰もが、もつれた糸かせの糸をたびたび解きほぐしてきた名探偵を思い浮かべるのだった。直径が一・五メートルはあろうかという、赤と黒の巨大な、梳毛糸《ウーステッド》の毛糸玉だ。短い手紙が添えられていた。

ワトスンへ

二人にこの毛糸玉を贈る。興味深い事件にも似て、大量の毛糸をほどいていって初めて謎の核心に到達するというわけだ。不規則な間隔で手がかりが出てくるから、それをもとにきちんと論理的に考えれば、最後に現れるものを推理できる。

これほどの長さに毛糸をつないだのは初めてだよ。祝いの品は梳毛糸《ウーステッド》だが、僕が負かされ《ワーステッド》ることはない。毛糸玉が最後までほどけるよりもずっと早く、僕が贈り物をしたことなんか大衆は忘れてしまうから、「なんだ、つまらん！」と言われることはないだろう。つまり、賢人たる僕の評判は安泰というわけだ。

君の虫のいい望みが残らず叶うことを心から願いつつ

シャーロック・ホームズ

追伸　この毛糸は全部、編みながらほどいていくこと。一部はもうかぎ針編みになってしまっているがね。

S・H

妻が編みはじめた。最初に毛玉から出てきたのは、『幸せな結婚生活を送るには』という本だった。第二の手がかりはネズミ捕り――「結婚生活とはネズミ捕りのようなもの。籠の外にいる者は入りたがり、中にいる者は出ていきたがる」というやつだ。第三の手がかりは――妻はまだ見つけていない。

おそらくホームズの言う「大衆」は、この驚異の毛糸の端にあるものを言い当てたいのではないだろうか。そうでないとしても、私が教えてあげよう――見つけたらの話だが。

【訳注】ワトスンのせりふと語りに出てくるカタカナ表記が、コナン・ドイルの作品名であることはおわかりと思うが、念のため、その邦題と、文中のホームズ物語ゆかりの言葉を挙げておく。

ビヨンド・ザ・シティ……『都市郊外にて』
ザ・サイン・オブ・ザ・フォー……『四つの署名』
ア・スタディ・イン・スカーレット……『緋色の研究』
ラウンド・ザ・レッド・ランプ……『赤いランプをめぐって』
シャーロック・ホームズの冒険……そのまま
デュエット……『二重奏』
バスカヴィル家の犬……そのまま
『各種煙草の灰の識別について』……これはホームズ自身の論文
ガードルストーン商会……そのまま
マイカ・クラーク……そのまま

ダイヤの首飾り事件

The Adventure of the Diamond Necklace by George F. Forrest

ジョージ・F・フォレスト

ジョージ・F・フォレストもまた、本作が初めて収録されたMISFITS: A BOOK OF PARODIES（一九〇五年）の著者としてしか、知られていない。世界中のシャーロッキアンにとって、それがフォレストのすべてというわけである。【訳注1】

【訳注1】Misfits はフォレストが有名作家の作品を茶化した戯作集で、ドイルのほかラドヤード・キプリングやフランシス・ベーコン、シェイクスピア、H・ライダー・ハガードなどがその対象となった。一九〇五年当時のフォレストは無名であったが、版元のフランク・ハーヴィー社もまた、英国オックスフォード

の小さな出版社兼書店であった（一八九五年から一九一二年にかけて、オックスフォードのブロード街に存在）。本作はその後、何度もアンソロジーに再録されている。その詳細については、巻末の訳者あとがきを参照されたい。

〝グロテスクな〟犯罪の研究《ア・スタディ》として、『シャーロック・ホームズの冒険』の著者に捧ぐ

ドアを押し開けると、うっとりするような旋律に迎えられた。ウォーロック・ボーンズが夢見心地でアコーディオンを奏でていたのだ【訳注2】。目鼻立ちのくっきりした彼の顔は、おそろしく汚れたブライア・パイプから立ちのぼる濃い煙の渦にさえぎられて、ほとんど見えない。ボーンズは私に気づくと、最後にひとつむせび泣くような音をたて、歓迎の笑みを浮かべて立ち上がった。

「やあ、おはよう、ゴズウェル【訳注3】」陽気な調子だ。「それにしても、どうして君はズボンをベッドで寝押しするんだい？」

そう――まさにそのとおりだった。並はずれた観察眼の持ち主、身をすくめている全犯罪者にとっての脅威、この世に知られている最も偉大なる思索家に、私の生活の秘密が容赦なくあばかれてしまった。ああ、そのとおりなのだ。

「いったいどうしてわかったんだ？」私は茫然自失のうちに聞いた。彼は私のうろたえぶりに顔

をほころばせている。

「特別に研究してきたんでね、ズボンを。――それにベッドもね。僕はめったなことじゃだまされないのさ。まあ、その知識はしばらく脇に置いておくとして、三カ月前に何日か君と一緒に過ごしたのを忘れたのかい？　そのとき、君が寝押しするのを見たんだ」

この探偵の眼力の鋭さには、まったく驚かされつづけだ。この不思議に単純な彼の手法を、私はとても習得できずにいる。ただ驚嘆し敬服するのみだ――それはどんなに感謝してもし足りないありがたい特権だが。私は床にひざまずき、熱い崇敬の喜びに彼の左膝を両腕でかきいだくと、その知的な顔立ちを好奇心をあらわにして見上げた。

彼は袖をまくり上げて細い腕をむきだしにすると、信じられないほどすばやく、シアン化水素の水溶液を半パイント注射した。そのひと仕事を終えると、時計に目をやった。

「これから二十三分ないし二十四分のうちに、ひとりの男が僕を訪ねてくるだろう。妻と二人の子供がいて、義歯を三本入れている。うち一本はもう取り替えどきだな。四十七歳くらいの羽振りのいい株式仲買人で、イェーガー社のウール衣料を着用している。単語当てコンテストの熱心な応募者でもある」【訳注4】

「どうしてそんなことまでわかるんだい？」私は咳き込むようにして口をはさみ、じれったそうに彼の脛骨《けいこつ》をそっとたたいた。

ボーンズは例の謎めいた笑みを浮かべる。

「その男がやってくるのは、先週木曜日にリッチモンドの自宅から盗まれた宝飾品のことを相談するためだ。盗まれたなかには、とびきり高価なダイヤの首飾りもあった」

「どうしてなんだ」私はじれったさに声をあげた。「頼むから説明してくれよ」

「おいおいゴズウェル、君はどうしようもなく鈍いんだな。僕の手法をまったく学んでいないんじゃないか？　その男は僕と個人的なつきあいがある。きのうシティで会って、今日の午前中に盗難の話を聞いてくれと頼まれたのさ。それだけだ《ヴォワラ・トゥ》。推理だよ、ゴズウェル、簡単な推理にすぎない」

「でも宝飾品は？　警察は追っているのかい？」

「追うどころじゃない。まったく、警察ってのはどうしようもなくへまなやつばかりだよ。まるっきり罪も害もない人たちを、すでに二十七人逮捕している。公爵未亡人までだよ。ショックからまだ立ち直れないでいらっしゃるよ。そして、僕が大きく誤っていなければ、今日の午後には僕の友人の妻を逮捕するだろう。盗難があったころ奥さんはモスクワにいたんだが、そんなことはもちろん、彼ら愛すべき間抜けどもにとってはどうでもいいんだな」

「宝飾品のありかについて、君は手がかりをつかんでいるのかい？」

「ああ、確かな手がかりをね。それどころか、今このときにでも手に入れることができる。これは非常に単純な事件、僕が手がけたうちで最も単純な事件にして、それなりに変わった事件だ。並みの観察者にはいささか難物だろう。盗みの動機がいささかわかりにくい。ありふれた獲得欲というよりは、激しい自己宣伝愛に駆られて盗んだと思われるのでね」

「ちょっと理解できないなあ」私には少々意外だった。「泥棒として世間に自分の功績を宣伝したいがためだ、泥棒をするなんて」

「そうなんだよ、ゴズウェル。いつもの常識的なところを見せてくれたね。だけど君には想像力がない。探偵にはなれないな。君の立場はせいぜい、いくぶん愚鈍な熱中ぶりではあっても精力的な、警察といったところだ。この事件全体に、警察はあからさまに困惑している。僕にとっては明々白々なのにね」

「それは理解できる」私はつぶやきながら、彼の向こうずねをうやうやしくポンとたたいた。

「諸般の事情により、泥棒本人を引っぱり出すのは気が進まない」とボーンズ。「ただし宝飾品については、たった今言ったとおり、いつでも手に入れられるんだ。いいかい！」

彼は私の腕を振りほどき、部屋の隅にある、いかにもそれらしい金庫に向かった。金庫から大ぶりの宝石箱を取り出して開けると、現れたのはとびきりみごとなダイヤがひとそろい。格調高い首飾りの輪の中に、冬の陽光がまたたき、きらめいている。私は思わず息をのんだ。彼の前に、感嘆のあまり言葉もなくひれ伏した。

「でも――でもいったいどうやって」――やっとのことでそう言いかけて、やめた。私の混乱ぶりを彼が明らかにおもしろがっていたからだ。

「僕が盗んだのさ」とウォーロック・ボーンズは言った。

【訳注2】ウォーロック（warlock）は男の魔法使い、黒魔術師という意味だが、語源的には裏切り者、悪党、

ならず者という意味もある。

【訳注3】ゴズウェル（Goswell）は当然、ボズウェル（『サミュエル・ジョンソン伝』の作者）のもじりであろう。「僕のボズウェルがいてくれないとお手上げだよ」というのは、〈ボヘミアの醜聞〉における、ホームズの有名なせりふのひとつである。

【訳注4】単語当てコンテストは、一八九一年に《ピアスンズ・ウィークリー》誌が始めた、新機軸のギャンブル。同誌に毎週ひとつの文が掲載され、その最後の単語が空白となっている。挑戦者はその単語を予想して、申込クーポンと一シリング硬貨（当時は二〇分の一ポンドで、現在に換算して一二〇〇円くらい）を送ると、集められた金は単語を当てた人で山分けされるという仕組み。ひとりで何枚でも応募できる。最初の二カ月ほどは四ポンドほどしか集まらなかったが、そのうち毎週倍になっていき、ついには六万通の応募が集まった。このときは四三通しか正解がなく、正解ひとつにつき七〇ポンド（現在にして一七〇万円以上、当時の労働階級の年収の半分）が支払われた。ひとりで三クーポン、つまり三シリングを送った人は、二一〇ポンドの大金を手に入れたのであった。ところが、加熱した次の週は一三万七〇〇〇通が参加したのに、正解は八七一通。正解ひとつについての受取額は約八ポンドに減ってしまい、ギャンブル性が新聞の話題にもなり、ついには大蔵省が同誌を告訴する事件にまで発展した。一八九〇年七月創刊の《ピアスンズ・ウィークリー》は、この単語当てコンテストの人気のおかげで、発行部数を二〇万部から一二五万部にまで増やした。創刊者であるアーサー・ピアスンは、ジョージ・ニューンズのもとで《ティット・ビッツ》誌を編集していた人物だが、一八九〇年にニューンズ社を辞めて独立していた。ニューンズ社がかの《ストランド》誌を創刊したのが一八九一年一月。同年七月に、ホームズ物語初の短編が掲載されたのであった。

現代のシャーロック・ホームズ

Sherlock Holmes Up-To-Date by Robin Dunbar

ロビン・ダンバー

ロビン・アーネスト・ダンバーは一八六八年三月十三日、インディアナ州サウスベンドの弁護士一家の末息子として生まれた。一八九〇年にミシガン州立大学で学位を取ったあと、ノートルダム大学法学大学院で学び、一八九一年に卒業した。弁護士としての専門は遺言検認と財産管理であった。彼はアメリカの同友会《エルクス・ロッジ》の地元支部長となり、国際的同友会《オッド・フェローズ》などにも所属した。一八九六年に結婚して五人の子どもをもうけている。

ダンバーはアメリカ社会党の党大会にインディアナ州の代議員として出席し【訳注1】、そこで社会改良と社会主義の本を専門とする出版者、チャールズ・ホープ・カーに出会った。その結果一九〇九年に出版されたのが、本作を収録した三〇ページのパンフレット、*THE DETECTIVE BUSINESS* である（一九八七年に *Magico Magazine* から再刊）。このパロディでは探偵の仕事一般、特にホームズの存在をあまり好意的にとらえていない。

ダンバーはまた、一九一三年に"*Arthur Sonten*"というタイトルで三幕もののコメディ劇を書いているほか、社会主義の論文も数多く発表している。

彼は一九一八年に家族とともにロサンジェルスに移住し、そこで終生、社会主義者の弁護士として過ごし、一九四六年二月二十一日に亡くなった。

【訳注1】一九〇八年五月にシカゴで行われた党大会。四六の州および準州を代表して三二六人が出席した。

「ふむ！　ではさっそく、この重大事件の謎の解明につながる、有力な手がかりを手に入れなくては」と大探偵は言った。

それまで彼は、〈ギャンブラー・マイクの旅人追い剝ぎホテル〉で難解な謎を解こうと熱心に取り組んでいたが、はかばかしい成果があがらず、賭博場をいささか儲けさせただけだった。しかも、彼のような頭のいい男が粗悪な酒をどれだけ飲めるか探るという深遠な実験に、貴重な時間をさんざん費やしてきたところだった。それが今、そうした重要問題を放棄して、世間に注目される重大事件の解決に取り組むべく、用意を始めたところだった。

いざ手がかりを！

いきさつはこういうことだ。ちょうどそのとき、別の重大事件が起きていた。ライフ谷の鉱山労働者組合が賃上げを求めて、ストライキをしていたのである。そこでは各人が一日十二時間の労働で一・二三ドルの賃金を得ているのだが、そんなに気前よく払ってもらっても足りないというのだ。二十三セントの賃上げと二十三分の労働時間短縮を要求してストライキをするとは、犯罪にも等しいずうずうしさではないか。かれらの一致団結、固く結束した態度からして、自分たちの始めた卑劣な行動を首尾よくやり遂げるだろうことは、木彫りのインディアン人形の目にも明らかだ。聡明かつ大胆不敵な我らがヒーローが、こっぴどく思い知らせないかぎり！

では、どんな手を打てばいいのか？　かくなる一大事にどう対処すればいいのか。そういう問題が、さらに高率の賃金を払うことになれば痛手をこうむる人々の心を、かき乱した。

入念な協議の末に、雇い主たちは唯一の論理的結論に達した。偉大なる探偵、シャーロック・ホームズを呼ぼう！　と。彼なら過去に、こういう新奇な事例においてみごとな手並みを披露している。今回も犯罪者たちの有罪を証明してくれることだろう。これは世紀の大事件なのだ。

この結論をすぐさま行動に移した鉱山所有者たちは、かの探偵の中の探偵に電報を打ち、ギャンブラー・マイクの賭博場から自分たちの事件現場へ呼び出したのだった。歴史の真相たるこの物語の冒頭の言葉は、そのときに彼が発したものだ。

「私に助手をつけるようお勧めします。これは複雑で危険な一件ですからね。被害者たち、資金、複数の殺人がそろって初めて、抜け目のない陰謀者たちのとんでもない行為を封じることができるのです。被害者は市長に提供してもらい、資金はあなたがたと納税者からよこしてもらう。殺人は私にお任せください」

雇い主たちのあいだにざわめきが起こった。みずからが殺人業務に手を染めているので、資金はともかく殺人ならなんとかなると考える者もいた。だが雇い主たちの代表が、わき起こる不満の声を静めた。

「われわれは、誰からもひとことの抗議も出ずに見過ごしにされるような、よくある気楽な殺人行為しかしない。殺すのは雇い人、顧客、通行人、子供といったところだ。だがこの人は、仕事としてではなく、芸術として殺す！　だからこそ、われわれには決してその気にさせられない一般大衆の注意を喚起することができるのだ。われわれの事件で重要なのは、みごとな殺し方をして大衆の目を引くことだが、その点でわれわれはずぶのしろうとだ。われわれの場合はあまりにたくさん殺しているから、珍しくも何ともなくなっている。だからこそ、この大探偵の出番だろう。彼なら、本当にぞっとするような殺人事件を起こすことができる！　それこそが必要なんだ！　恐怖をかきたててストライキを止めさせ、組合を粉砕するんだ。彼なら、われわれの知り合いや探偵たちの誰よりもみごとにやってのけてくれるだろう」

それで決まりだった。ヒーローはその場で雇われた。彼はハリー・ロッテンリーという男を助手に選び、労働者を装って組合に潜入させた。ロッテンリーは一計を案じ、それによって組合の陰謀者たちを裏切る。彼の報告はきわめて重大だった！　雇用主と鉱山労働者の双方にとって致命的な意味をもつことだらけだったのだ。組合が崩壊していなければ、労働者たちは目的を充分に遂げてストライキに勝利していたことだろう。それが雇用主たちを何にも増して震撼させた。彼らの財政に直接被害が及ぶところだったのだから。

抜け目のないロッテンリーは羊を盗み【訳注2】、日曜学校で教え、満員のホテルを爆破し、そのほか犯罪とみなされるに有用な任務を忠実に遂行した。

ほどなくして、雇用主たちに報告する用意ができた。

「みなさん、わが上司であるシャーロック・ホームズは別格として、私をこの世で最も有能な探偵と認めていただけるでしょう。私が現行犯《レッドハンディド》逮捕をねらった陰謀者たちの犯罪は、まぎれもなく賃上げと労働時間短縮を狙ったたくらみですが、それだけでは告訴することができません。あなたがたの階級においては決定的な犯罪であるのに、下層階級では今のところ犯罪とみなされていないのです。私たちは彼らに前市長の死の理由を告発しなければなりません。私は組合の指示でやったと言えます。みなさんは、組合幹部たちを有罪とするに足るほかの証拠を捏造してください。それで組合は崩壊し、私は世界一の名探偵と呼ばれるようになる！　そのうえ、あなたがたは労働組合員の卑劣な陰謀に反して、賃金は低く、労働時間は長いままにしておける。願ったり叶ったりの結末です」

「どんどん進めてくれ」と、雇い主たちの代表が言った。「準備ができしだい」

逮捕は迅速だったが、ねらった連中を州外へ出すには誘拐もどきのことをしなくてはならなかった。だがもちろん、賊を捕らえる名人ホームズは、そのくらいのことでたじろいだりはしない。

その後、判事、役人、市長、この国の大統領が列席して裁判が始まった。「彼らを絞首刑にしたら、百万ドルで引退しよう」とホームズが言った。「もし絞首刑にならなければ、その金ばかりか、もっとたっぷりと労働者たちが手に入れることになる。だから、凧よりも高々と吊るしてもらいたいね」と、ホームズは知識人としての階級意識の強さを示すのだった。

【訳注2】十九世紀末のアメリカでは、羊や牛を盗んで捕まれば縛り首になった。したがって、「羊を盗む」は「大きな危険を冒す」という意味ももっている。

十一個のカフスボタン事件

The Adventure of the Eleven Cuff-Buttons by James Francis Thierry

ジェイムズ・フランシス・チェリ

　ジェイムズ・フランシス・チェリは一八八七年二月十二日、オハイオ州カントンに生まれた。一九一三年の結婚証明書によると、最初の職業は会計係であった。一九一七年の第一次世界大戦徴兵登録カードには、職業クリーヴランド市役所の記録係、扶養すべき妻と子供あり、と書かれてある。一九二〇年まで印刷会社の簿記係として働き、離婚したあと宿泊施設で暮らしたが、翌月再婚している。一九二三年にパスポートの職業欄に記入した職業は作家であり、ブルックリンに住むようになっていた一九三〇年の国勢調査と、一九四〇年の国勢調査でも、そう書いている。一九四二年の徴兵登録カードでは、雇用主はニューヨーク作家支援プロジェクトだった。彼は一九四五年までにオハイオ州カントンにふたたび移住し、また職業を簿記係とするようになった。オハイオ州ウォレンヴィルで一九五三年十二月二十一日に死去。

彼の最初にしておそらく最後の単行本である本作は、一九一八年にニューヨークで発行された。

【訳注】ホームズ・パロディ研究家ビル・ペシェルによれば、チェリは詩人として執筆活動を始め、一九一一年と一九二七年に詩集を出しているが、最初の詩集は行方不明。本作刊行の年にオハイオ州から国会議員選挙に出馬、落選したが、その後も政治関係の記事を雑誌に書き、小冊子を出版したという。

第一章

そう、まずはこれまでの事情を書いておこう。

著名なるわが友、世界一の私立探偵であるヘムロック・ホームズ。彼はあの生還後、〈第二のしみ〉の一件を解決して世界大戦を回避させたものの、ロンドンの生活に嫌気がさしていたため、はるばるアメリカ合衆国へと足を伸ばした。彼に説き伏せられた私も、その素晴らしい国へ一緒に行き、三年のあいだニューヨーク市に滞在した。その地でホームズは多くの驚くべき能力を披露し、ニューヨーク市警が解決できなかった数多くの謎の解明を手助けし、ニューヨーク市の警察もロンドンのそれとまったく同様、大馬鹿者ばかりだと証明したのであった。

そのニューヨーク滞在中、ホームズも私もアメリカ俗語を身につけ、使うようになった。したがって、このささやかな本がたまたまロンドン社会の「上流階級」の目にとまったときのために、文中にそうした俗語が紛れている可能性があることを、お詫びしておきたい。

一九一〇年五月のエドワード七世崩御の際、ホームズは英国王室の王冠紛失事件を解決するため、スコットランド・ヤード当局に呼び戻された。王冠はエドがおだぶつになった《キック・ザ・バケット》その日に、何者かが持ち去ったのだった。もちろん私は、彼と一緒に手がかりを追うはめになった。〝みだらな《ナースティ》〟醜聞をもみ消すため、判断力に狂いのないわが友ヘムロック・ホームズは、二日とかからずに犯人を突き止めたのだが、それは警官たち《コップス》が指一本触れられないほど地位の高い人物だった。実は公爵のひとりで、ジョージ五世に次ぐエドワード王の王位継承権保持者だったのだが、結局彼は王冠を返した。王冠は公爵の屋敷の車庫《ガラージ》の隅にあった、古く傷んだ旅行かばんの中で見つかった。彼にはベイカー街のホームズの部屋で供述書を書かせたのだが、バーナバス・レットストレイド警部と私がその場に立ち会い、全員が厳かな誓いを立てた。アルフレッド・オースティン（一八三五～一九一三、英の桂冠詩人）の詩集の表紙に手を当て、一九一〇年に王冠を盗んだのが誰なのかをけっして、絶対に洩らさないと誓ったのである。私が口を割ることなど、いっさいあり得ない《ワイルド・ホース・シャル・ノット・ドラッグ・フロム・ミー》。読者の肩越しにドイツのスパイがのぞいているかもしれないと思えば、なおさらだ。

ホームズと私は、その事件のあとしばらく、このちっぽけな島にとどまることにした。そして、ベイカー街二二一Bのおなじみの部屋に滞在しているうち、何かと事件の多かった一九一二年のあの日の朝がやってきた。アーサー・コナン・ドイルの夢物語における私たちのさまざまな捜査経験で一度も遭遇したことのない、とんでもなく込み入って厄介な謎めいた事件が起こったことを、知らされたのである。それは〈四つの署名〉や〈緋色の研究〉事件にもまさり、〈青いガーネット〉事件もすっかりかすんでしまうほど、ぶったまげた《ドッグゴーンド》出来事であった。

正確に言えば、それは一九一二年四月八日、復活祭の翌日、月曜日の朝の、九時二十分ちょうどのことだった。降りしきる雨の粒が私たちの部屋の二階の窓に当たり、ときおり雷鳴がとどろき、稲妻が走り、空が表情を変えた。

ホームズはモリス式安楽椅子（背もたれが調節できる肘掛け椅子）に、腰掛けるというより、のけぞるように座っていた。昔ながらのラベンダー色の部屋着をはおり、数カ月前にジョージ五世からクリスマスプレゼントに賜わった赤いトルコスリッパを履いている。コカインの小さな古い瓶を脇のテーブルに置き、手には溶液を満たしたばかりのコカイン用注射器。私はとり散らかったテーブルの向かい側に座り、丸薬をつくる作業をしていた。つまり、紙巻き煙草《コフィン・ネイル》を作っていた。私がたばこの葉をライスペーパーに載せていると、ホームズは左袖の袖口を引っ張り上げ、入れ墨を施してはいるが筋肉質の手首をあらわにし、朝食から五回目の注射を打とうとした。と、そのとき、バタバタというすごい物音がして玄関前が騒がしくなった。玄関扉を開けてバタンと閉める音がし、誰かが階段を三段ずつ駆け上がってくる。私たちの部屋のドアが蹴り開けられ、長身で禿げ頭、右目に片眼鏡、片手に山高帽、濡れて雨水がつたう傘をもう片方の手に持った、四十歳くらいの男が目の前に立っていた。

「あの！　カフスボタンが――カフスボタンがなくなったんです！　とにかくカフスボタンがひと組。伯爵は怒りでどうにかなりそうで。お金は問題じゃないそうで！」

突然現れた人物は大声でわめいた。その男が部屋に飛び込んできた勢いであっけにとられ、私は煙草の葉を全部床にこぼしてしまった。しかしホームズはいつもの彼らしく、目もくれずに落ち着き払ってコカイン注射を続け、満足げな溜息をつくと、腰かけたままめいっぱい両手足を伸ばして両腕を頭のうしろにあて、あくびをした。

「ヘッジ・グザリッジから来た友人は、とんでもなくお急ぎのようだ。だからボタンが全部留まっていないのですね？（おかしくなっているという意味）」ホームズは物憂げだった。「包み隠しがないのはいいことです。誰もがそうではないわけですから。だがとにかく座って、くつろいでください。ワトスンはあちらで『作業』がありますので。よろしければ、ここにコカイン注射器があります。マントルピースの上には赤い冬リンゴが一皿ありますし。あなたが独身で、サリー州のヘッジ・グザリッジに住み、かなり書き物をすること、シマウマ友愛会の会員であること、今朝かなり急いでひげを剃ったという明白な事実以外、あなたのことはまったく存じませんが」

もちろん、それは私が驚いて見せる合図であることはわかっていた。

「すばらしい！　おみごと！」

しかし、客は私よりずっと驚いていた。彼は椅子にへたり込み、幽霊でも見るかのようにホームズを見つめて言った。

「なんでまた！　そんなこと全部、どうやって突き止めたんです？」

わが著名なる友人は、昔からの悪賢そうな笑みを浮かべながら、いやいやと手を振った。

「気の毒なくらい鈍いお人ですな。あなたの目の前にくっついている、その小さな丸縁のガラスが片眼鏡だというくらい、わかりきったことですよ。僕にはすぐわかりました。独身なのは、なんとなくくたびれた雰囲気で上着のボタンが二つ取れているから。ヘッジ・グザリング在住はその地名の書かれた切符がチョッキのポケットからのぞいているからです。かなりの書き物をするというのは、右手の親指から中指にかけてインクの染みがついているという、火を見るより明らかな理由によるし、シマウマ友愛会は、ポケットに会の頭文字が入った懐中時計の飾りが見えているからです。最後に、あなたが今朝非常に急いでひげを剃ったとわかるのは、最近できたカミソリの大きな切り傷がいくつかあごの周辺にあるからです。物の道理がわかれば至極簡単！」ホームズは私に向かってウィンクした。「では、あなたのお話を聞かせてください。少しずつ。ひとつひとつ、話を前後しないように――」

客はまたもや驚いたが、ホームズに名刺を渡して話しはじめた。

「私はユースタス・ソーニークロフトといい、第九代プディンガム伯爵ジョージ・アーサー・パーシバル・チョーンシー・ダンダーホーの個人秘書です。伯爵はサリー州のヘッジ・グザリッジに近いノーマンストウ・タワーにお住まいで、おそらくご存知のとおり、伯爵の一番の宝物は――といっても二個ずつ六組ありますが――意匠を凝らし、ダイヤをちりばめた金のカフスボタンで、ジョージ一世が一七一四年の国王即位に際して、伯爵のご先祖、第二代プディンガム伯爵レジナルド・バートラム・ダンダーホーに下賜されたものです。

史実によると、ジョージ一世は六組のカフスボタンに二四〇〇ポンドを支払いました。その価値は現在かなり上がっています。ダイヤモンドのひとつひとつが人の親指の先ほどの大きさなのです。どんなに価値のあるものか、すぐおわかりでしょう。二世紀前に伯爵が王から賜ったという情に訴える価値は、言うまでもなく」

「ええ、わかりますとも。プディンガムのカフスボタンについては聞いたことがあります」ホームズはそう言うと、手を伸ばして私が巻いたばかりの煙草をつかみ、平然と口にくわえて火をつけた。「故ジョージ一世のセンスはピッツバーグの百万長者並みですね（成金的という意味）。とはいえ、続きをどうぞ」

ソーニークロフトは、ホームズにすすめられたリンゴをかじりながら話を続けた。

「えぇと、今年の復活祭の翌日《イースター・マンデー》の朝、伯爵がルイージ・ヴェルミチェッリというイタリア人従者とともに、お召し替えをされていたときのことです。伯爵はピンクと緑のシルク・シャツがベッドの脇のマホガニーのひじ掛け椅子にかかっているのを見て、ご先祖のカフスボタンが袖口からなくなっているのに気づき、ぞっとされたのです。

寝室に入るとき、ハンカチで少しばかり磨いてきれいにしたのを、はっきりと覚えているそうです。前の晩にシャツを脱いだときにカフスがついていたのは間違いありませんから、カフスボタンがなぜ消えたのかは説明がつきません。伯爵は毎晩大きくて獰猛なブルドッグに城の外を護衛させていて、夜間にその犬の声がまったくしなかったから、強盗が入ったはずはないと確信されています。

使用人で疑わしい者はというと、何年も勤めてきた者ばかりであり、しかも全員が高い評価で推薦されていますので、伯爵はその中の誰かに先祖伝来の家宝を盗んだ疑いをかけようとは思っておられません」

「そうなると、残るのは非常に興味深い二つの仮説ですな。カフスボタンがひとりでにどこかへ飛んで行ったか、伯爵が酔っ払ったときにご自分で隠したかです」ホームズは左耳をさすりながら考え込むように口をはさんだ。

秘書はまたちょっと驚いたが、話を続けた。

「カフスボタンがなくなったと知って伯爵が直ちに電話すると、城から半マイル離れたところにいるヘッジ・グザリッジの村の警官たちが、二十分もたたないうちにやってきました。ところが彼らは、使用人が無実かどうかは確かでないと言ったあげく、十四人の使用人全員を城の大廊下に並ばせ、紳士的とは程遠いやり方で身体検査をしたんです。思い出しても腹が立つ、あの野蛮な警官ども。この私を、ユースタス・ソーニークロフトまでも疑うとは！

それでも警察は、貴重なカフスボタンの影も形も見つけることができませんでした。そこで伯爵は、あなたに依頼してこの卑劣で不埒な行いの責を負う悪党を捕まえてもらうため、私を急遽、次の列車でロンドンへ送り出したというわけです。伯爵は事件のことで頭がいっぱいで、私に朝食を食べ終える時間さえくださらず、無理やり八時十四分の列車でヘッジ・グザリッジを出発させました。私はベーコンの薄切り炒めと飲みかけのコーヒーが入ったカップを食卓に残してきたのですよ。だからごらんのとおり、赤リンゴをむさぼるようにかぶりついている。雨のサリー州を列車でさっと通り抜けてきたので、よけいに食欲が増したのだと思います。

そういうわけで、お話はこれで全部です。ここに依頼料のソヴリン金貨百枚があります。失ったカフスボタンを取り戻してくださった場合は、さらに一万ポンド払ってもいいと、伯爵はお考えです」

そう言うとソーニークロフトは、金貨の詰まったセーム革の袋をテーブルの向こうから投げた。

「ほう！　ヤンキーの金だと五百ドルですな！」ホームズは大声で喜び両手をすり合わせた。「ワトスン、この現ナマ《マズマ》を受け取って、この御仁《ニブズ》に領収書を。僕らは二人ともコインが欲しいからな。君は認める勇気がないだけだ。では、ワーミーロフト（虫食いの屋根裏）――いや、ソーニークロフトさん、プディンガム伯爵に僕と頭の固いこちらの助手は、いただいただけの仕事はするし、もし先祖伝来のカフスボタンを見つけられなければ、サリー州の半分の人間に探させると、お伝えください」

禿げ頭の訪問者は帽子と傘を手に取り、ドアを開けて去ろうとした。

「おや、今度は土砂降りの雨か！　でも、たとえ土砂であってもかきわけてノーマンストウ・タワーに戻らねば。でないと伯爵から大目玉だ！　きっと、私のすぐあとの列車で来てくださいよ、ホームズさん。ロンドン発一時二十二分です。伯爵がお待ちですし、ヘッジ・グザリッジ駅に四頭立て馬車が待機しています。では！」

そう言うと、伯爵の秘書は部屋から出て後ろ手にドアを閉めた。

彼が階段を降り、玄関扉から出る音が聞こえると、ホームズは身体を起こしてぶるっと震わすと、ひょろ長い両腕を伸ばしてあくびをした。

「さてと、ここに金貨が百ポンド分ある。こいつを元に獲物をかり出せるかどうかは、僕たちしだいだ。ところで、もう十時だ。一時二十二分の列車に乗るには、一時には部屋を出ないと。だから昼食は十二時半に軽くとろう――よければ普通に食べてもいいよ。お好きなように。なつかしい『ニック・カーター』ものが二時間半読めるぞ」

ヘムロック・ホームズは黄色い背表紙の三文小説を何冊か部屋の隅の本棚から取り出し、モリス式安楽椅子を窓辺に寄せて読みはじめた。

「ホームズ！　プディンガムの伯爵のカフスボタンのことはまったく気にならないのかい？　カフスが消えたことの説明はでっちあげるつもりか？」私は心配になった。

「ワトスン、またか。相変わらずの間抜けだな！　何度言わなくちゃわからないんだ？　事実より先走って推理するのは根本的な間違いだ！　城につくまではどっしり構えていろ。それに、カフスボタンをくすねたのが誰か、気にすべきなのは僕だ《イシュ・ケビブル》」

長年の経験から、彼と議論するのは無意味だとわかっているので、私はそれから昼までずっと木にできたこぶのごとく、ただ腰かけていた。なぜこんな言われようをしながら、我慢しつづけているのだろう、立ち上がって皮肉へのお返しに一発強烈にお見舞いするのが務めだと自分はいつになったらわかるのだろう、と思いながら。

第二章

ホームズと私がその昼の十二時半に軽い昼食の席に着き、旧知の信頼できる人物、大家のハドソン夫人がフライド・ポークチョップを私の皿に並べてくれているとき、玄関扉をドンドンとしきりにたたく音がした。雨はいつの間にかやんでいたが、空はまだ曇りがちで、不快だった。ひと息おいて私たちの部屋のドアがぐいと開き、またひとり訪問者が——三十歳くらいの若い男性が、私たちのプライベートな時間に割り込んできた。

「ああ、失礼しますよ、お二人とも。私はランスロット・ダンダーホー卿、プディンガム伯爵の弟です。兄の秘書ソーニークロフトが、今朝こちらに来ましたね。彼が戻ったあと、さらに二組の歴史に残るカフスボタンが盗まれていたので、一時二十二分の列車に間違いなく乗られるようお迎えに上がったしだいです」

「ふむ、いささか強引ではありませんか？　ランスロット卿」ホームズは椅子に腰かけるよう手で示した。「失礼ながらお話のあいだに僕とワトスン君は軽くお昼をいただきます。二組目と三組目のボタンをくすねた不届き者に何か心当たりは？」

「いいえ、ホームズさん。本当にないんです」ランスロット卿は腰をおろしながら答えた。「こんな心穏やかでいられない出来事について考えなければならないなんて、おわかりでしょうが、まったく私の不得手な分野でして」

伯爵の弟は続く二十五分間、ホームズと私が食事をするあいだ中ずっと、ふさぎ込んで床を見つめていた。

私たちが食べ終えて紙巻き煙草に火をつけると、ホームズはランスロット卿にも一本渡して声をかけた。

「ちょうど一時。出かける時間ですな！」

「お任せを」

すでに雨はやんでおり、私たちは急いでスーツケースにいくらか荷物を入れると、三人で一緒に家を出た。

じきに駅に到着し、サリー州方面の列車に乗った。南ロンドンの郊外を素早く通り越し、田舎の風景に沿って進んでいく。四月の太陽がやっとのことで雲のあいだからのぞき、景色を照らしはじめても、身分高き同伴者からはそれ以上何も聞き出せなかった。

「エッジジャーリ！」だかなんだか、わけのわからない言葉を車掌が叫び、私たちの客室のドアを開けた。すると列車が速度を落とし、ノルマン人の征服時代か、はたまた紀元前から建っていたかのようにくたびれた古い家々と薄汚れた店が二、三軒かたまって建つ、ちっぽけな駅に停車した。

「あー、車掌が少々発音を間違えたようだが、とにかくここがヘッジ・グザリッジに違いない」

ホームズは列車からホームの腐った板に足を降ろしながら言った。敏捷な彼の足下でホームが危なっかしく沈んだ。

ランスロット卿と私があとに続くと、背の低い、落ち着かない様子の男が、顔を赤くして古臭い駅舎からこちらへ駆け出してきた。歳は三十代半ばだろうか。

「あぁ、ランシー！　今日という悲惨な日は、私たちか弱きダンダーホー一族に不運が重なるときだったようだ！　おまえの留守中に例のカフスボタンがさらに二組盗まれた。これで五組がなくなってしまった！　こちらはかの有名なホームズさんですな？」

　プディンガム伯爵は急いで私のボスと握手した。

「そのとおりです、閣下。そしてこちらのドクター・ワトスンもお役に立ちましょう。ご承知のとおり彼は古くからの相棒で、適切な言葉で事件を書いてくれる彼なしに犯人捜査にあたることは考えられません。『わかったかな、スティーヴ？』……ということで、さあ、カフスボタンのことはご心配なく。僕らがちゃんと見つけます」（『わかったかな？』はアメリカ人伝道者ビリー・サンデー（一八六二～一九三五）の説教時の口癖と言われる）

「頼みますよ、ホームズさん」伯爵がそう言うと、私たちは全員、駅の裏で待機していた四頭立て馬車に乗りこんだ。ランスロット卿はこれまで以上に憂鬱そうにふさぎ込んでいた。

「オーラフ、帰るぞ！　出せ！」伯爵が声をかけると、小柄で太った御者が、先祖から受け継いだ立派な馬車を発進させた。

「できっだけ急いでお城い向かいまっさ」御者は馬を鞭打ちながら、いかにもノルウェー人らしい発音で答えたが、ものの五分もしないうちに、四隅に丸い塔がある大きな石造りの城に着いた。どう見ても築五百年くらいは経っており、五階建てだった。広々とした庭園や広場に囲まれ、裏には小さな森がある。まさに本で読んだような、灰色の壁に大量に緑のつたが垂れ下がる城だった。

「さあ、着いたぞ、諸君」伯爵は声をかけて馬車を降りた。同時に、明るい緑色のお仕着せを着た従僕二人が馬車を降りる私たちを支えた。「カフスの六組目、すなわち最後のひと組がまだ無事かどうか、確かめよう」

伯爵は、自分がはめているカフスを少し手で触ってから言った。

「ああ、まだあるな。しかしなんだってロイド・ジョージは、全英国貴族から高い税金をむしり取るのだろう。おかげで何もかもがひどい方向に向かっている。次は何をむしりとられるか、わかったもんじゃない！」（ロイド・ジョージは大蔵大臣時代の一九一〇年に累進課税など富裕層から税金を取り立てる予算を成立させた）

プディンガム伯爵の立派な馬車を降りて、五階建ての城の正面玄関へと続く幅の広い石段に向かう途中、石段の足元の砂利道でホームズがかなり大きな石につまずき、私が受け止めなければその鼻から着地するところだった。

「何か不吉な予兆なのだろうか」伯爵が眉をひそめた。「だが、事件解決の妨げにならないものと、信じることにしよう」

「ご心配なく！　僕にけがはありませんので」とホームズ。

私たちは一緒に石段を上がった。

ブロンズ製の荘厳な扉が開き、ロンドンの（いや、パリかもしれない）最新のドレスを着たご婦人が私たちを迎えた。

「ノーマンストウ・タワーへようこそ、ホームズさん、それにワトスン博士も。夫の伯爵も私たちみんなも、失われたダイヤのボタンを取り戻してくだされば、こんなにうれしいことはありません」

「僕らもです」伯爵が正式に私たちを紹介したあと、ホームズは言った。「最善を尽くします」

伯爵夫人アナベルのそばに立っていた執事は、夫人が廊下の片側の客間に入っていくと同時に、私たちに目配せした。

「ではハリガン、みなさんにワインを注いでくれ」ホームズとランスロット卿と私が彼について部屋に入ると、伯爵が命じた。

図書室は非常に見事なしつらえの調度だったが、ノーマンストウ・タワーの主人は、その贅沢な室内で読書より酒をたしなむことのほうが多そうだった。広いマホガニーのテーブルの上には、三つの盆に少なくとも十個以上のグラス、その横の小さめのテーブルにはウィスキーのデキャンタ、炭酸水のサイフォン、そしてワインのクォート瓶五本が載っていた。

執事が上等のブルゴーニュワインで四つのグラスを満たし、私たちがそれを飲み干すと、伯爵が口を開いた。

「ハリガン、トゥーター叔父とミスター・ヒックス、ミスター・バッド、それにソーニークロフトは、どこにいる?」

「みなさん上のビリヤード室で、ここの穏やかな流れのような生活に汚点を残したあるまじき出来事を、忘れようとしていらっしゃいます」ハリガンはそう答え、またこっちに目配せした。

「ああ、私だって忘れられるものならしたい。だがどうして忘れられよう?　ジョージ五世は、あの貴重なカフスボタンをそろえて留めていなければ、けっして私を迎えてはくださらない」

そう言うと、伯爵は二階への階段を上がっていった。「上に行って彼らに加わろう、ホームズさん。いつもの捜査をする前——拡大鏡をのぞき込んであたりを調べまわったり煙草の灰を分析したりする前にね！　あなたのちょっとした手品はすべて承知ですよ」

「あのですねプディー、いや閣下、昔ながらの芸当を始める前にしばらくぶらつくのは、かまいません。この探偵稼業は、どのみちひたすらきついし。しかし長年のあいだずっと警察の型どおりの捜査を批判してきたもので、同じ日にここで連続して盗難があったことを考えると、いったいなぜ村の警察がここで見張っていないのか、お聞かせいただかねば」

「ああ、警察なら昼にヘッジ・グザリッジへ戻りましたよ」伯爵は肩をすくめた。「これ以上何か手を打つより、六組すべてのカフスボタンが盗まれるまで待つと言ってね。そうすればもっとたどるべき手掛かりが増えるからだろう」

「聞いたかい、ワトスン？」ホームズは優雅な階段を四階へと上がりながら、私に話しかけた。「ここの警察は大西洋《ビッグ・ポンド》の向こう側で出会った並みのアメリカ警官と、同程度のおつむしかないようだ」

四階に着いて大きな部屋に入ると、そこにはビリヤード・テーブルとプール・テーブルがひとつずつあり、それぞれに二人がついて玉を突いていた。

「トゥーター叔父、みなさん、ヘムロック・ホームズさんを紹介するので、少しのあいだ手を止めてくれ。私のダイヤモンドつきカフスボタンを盗んだ下劣な悪党《キャビッジ》を突き止めるべく、この他人のことに首を突っ込むので有名なホームズさんを、法外な金で雇った。もし彼にできなければ、誰にも無理だろう。ホームズさん、こちらは妻の叔父で、インドのハイデラバードから来たJ・エドマンド・トゥーター。それから、カナダのサスカトゥーンから来た友人のウィリアム・Q・ヒックス、そしてオーストラリアのメルボルンから来たウィリアム・X・バッドだ」伯爵は私たちに三人と握手させた。「私の秘書のユースタス・ソーニークロフトには、もう会っていますね」

「やあ、ホームズさん」彼はにこやかにあいさつした。「私はプール・ゲームでお相手しますよ。ビリヤード・ゲームは、私の限られた知能には複雑すぎますので」（ここで言うビリヤードはイングリッシュ・ビリヤード（スヌーカー）と思われる）

「いいでしょう」ホームズはにやりと笑った。

伯爵が壁の通話管に近寄って呼びかける。

「おおい、ハリガン。上へハヴァナ葉巻をひと箱急いでくれ――わかったか?」

一分もたたないうちに、両脇に葉巻の箱を抱えたハリガンが、さっそうと階段を駆け上がってきた。

「閣下、二箱のほうがよろしかったかと」とハリガン。

「確かにそうだな。みなさんにお渡しして。では思う存分たしなんでくれ、諸君。『その日のことはその日にて足れり』と聖書にもある。私の袖口にまだこのいまいましいカフスボタンの最後のひと組がある限り――」伯爵は上着を脱いで、先祖伝来の家宝の全貌を披露した。カフスボタンは機関車のヘッドライトのようにきらりと光っている。「明日になり城の土台が裂けようとも、ほかのカフスを探してみせる！」

そうしてヘムロック・ホームズと六人の裕福な怠け者たちは、月曜日の午後いっぱいを玉突きに費やした。その間私は、片隅の椅子に腰かけて上等な葉巻を何本か吸い、この場で一番のたわけ者は誰かを突き止めようとしながら、罪なき傍観者の役割を果たしていた。抜け目ないホームズにかなりの金をとられたのん気なプディンガム伯爵なのか、そんなくだらない時間つぶしに素晴らしい才能を無駄使いするホームズ自身なのか、と思いながら。

六時になると、オーク材の壁板のダイニングルームに移り、伯爵家のフランス人シェフ、ルイ・ラ・ヴィオレットが腕を奮ったすばらしい夕食をふるまわれた。そのあとは図書室で夜を過ごし、伯爵の最も良質な当たり年のワインを飲みつつ、トゥーター、ヒックス、バッドの三人から、遠く離れた世界の王国のおよそ本当とは思えない冒険談を聞いた。その間にホームズはハリガンからこっそり情報を聞き出し、伯爵がヨークシャーにもつ土地はかなりの大きさの町がひとつ二つ含まれる数千エーカーのもので、二百万ポンドの資産評価を受けたとわかった。

十時半過ぎ、ホームズと私は自分たちの部屋に下がった。三階にある広々した客用寝室のひとつで、二人ともじきに眠りについた。

第三章

ドン、ドン、ドン！　バン！　ガタン、バン！　階下から大きな物音がした。

私はベッドの上でさっと身を起こし、真っ暗闇の中で叫んだ。

「大変だ！　警察を！　泥棒だ！　ホームズ、起きろ！　捕まえるんだ！」

ベッドから跳び出した私が頭から椅子に突っ込み、さらに騒ぎたてたにもかかわらず、頑固な古なじみは眠り続けた。もう一度大声で呼び、肩をゆすると、ホームズは半分目を開けてこう言った。

「おや、どうした、ワトスン？　悪い夢でも見たかい？　だからゆうべ、ミンス・パイを食べすぎだと言っただろうに！」

「頼むよ、ホームズ。下の物音が聞こえなかったのか？　きっと誰かが押し入って、伯爵のダイヤモンド付きカフスボタンの最後のひと組を盗もうとしているんだ」

ホームズは物憂げにあくびすると、身体を丸め、また眠ろうとベッドに落ち着いた。

「いやあ、どうしようもないよワトスン。僕は日中働くように雇われた。夜じゃない。お楽しみは明日におあずけだ」

そして——信じられないことに、ホームズはそれ以上何も言わなくなってしまったのだった。月明かりで懐中時計を見ると、午前二時三十分。私は自分たちの寝室から泥棒の姿が見えるかもしれないと思い、時代遅れの重たいカーテンを開けて三十フィート下の静かな風景にじっと目を凝らした。だが、怪しいものは何も見えず、見えたのは木々や草、それに苔で覆われた道路沿いの石壁だけだった。伯爵のブルドッグはどこにも見当たらない。

私は窓際に膝をつき、肘を窓枠において、しばらく待機することにした。騒ぎの元凶が外に出てくるかどうか見るために。

どうやら私は、その体勢のまま眠ってしまったらしい。次に私が覚えているのは、すっかり着替えたホームズがにんまり笑いながら私の上にかがんでいるところで、陽が煌煌と差していた。「おい、起きないのかい、ドク？　八時だぞ」その声に私はおずおずと起き上がり、着替えをした。

隣の洗面所で顔を洗ったあと、私たちは壁の薬棚で見つけたウィスキーを一本頂戴し、階段で一階まで降りた。あたりに誰もいないとわかると、私たちは別々に部屋を探検して回り、ゆうべの騒ぎの形跡を探した。

「ワトスン、ここじゃあ目覚まし時計を使わないのかな。誰も起きてこないじゃないか」ホームズはそう言いながら、ドアがわずかに開いた部屋に近づいた。

「失礼。……おや、何だ⁉」彼は部屋に入るなり大きな声を出した。「閣下はかなり体調が悪い状態で部屋に下がったに違いないぞ！　ほら、そこ！」

プディンガム家のすべてを継いだ伯爵は、自分の寝室の床に倒れていた。仰向けで目を閉じ、ひっくり返った椅子に片脚を乗せている。近づくにつれ、その額に紫色の大きなあざがあるのが見えて、恐ろしくなった。重い火かき棒が彼のそばの床に落ちている。右袖のカフスボタンは消えていたが、東の窓から差し込む朝日の光が、左袖にあるもう片方のきらめく宝玉に輝いていた。

ホームズはまったく心配する様子もなく、ポケットから紙巻き煙草を取り出して火を点けた。その間、目は部屋をざっと見渡していた。私は伯爵のそばに両膝をついて胸の上に耳を置いた。恐ろしいことに、かすかな心臓音さえ聞こえない。私は真っ青になってホームズを見上げた。

「ホームズ、伯爵は死んでいる！　盗難に続いて殺人だ！」

「そうかな？」ホームズはいつもの冷ややかな口調で聞き返し、煙草の煙をもうもうと吐き出してあくびした。「さて、まずどうしようか――拡大鏡か、それとも巻き尺か？」

「ホームズ」私は彼の態度に我慢できず、厳しい口調になった。「六時間前にあの物音を聞いた段階でここに来ていたら、犯人を捕まえられたかもしれないのに！　もう手遅れだ」

私は振り返って伯爵の額のあざを調べた。

「落ち着きたまえ、ワトスン。僕は伯爵の護衛じゃないし、関心があるのは不確実なことでなく、事実だ。彼が死んでいるのは確かか？　それともまたひどい間違いを犯しているのでは？　じきに目を覚まして自分は死んでいないと言ったら、かなりまずいぞ！」

医者としての能力に対する侮辱に憤慨し、私は気分を害した。

「ほう、伯爵が死んでいないと思うなら、鼓動が聞こえるか調べてみろ――君にはわかるんだろ？」

ホームズがどう見ても死んでいる身体の上にかがんだとき、誰かが外の廊下を歩いてきた。

「急げ、ワトスン。そのクローゼットに忍び込んで、事態がどう発展するか観察するんだ！」ホームズは小声で言いながら私の腕をつかみ、クローゼットにぐいと押し込んだ。扉はわずかに開けたままだ。

少したつと、プディンガム伯爵夫人アナベルが部屋に現れた。夫が床に横たわっているのを見ると、隣の州にまで聞こえたのではないかというほどの悲鳴を上げてばったり倒れ、気絶した。

ホームズはクローゼットから飛び出し、間一髪で彼女を抱えて、伯爵の死体の上に倒れるのを防いだ。身体を起こして椅子に座らせ、みんなが夫人の悲鳴に引き寄せられて別の部屋から向かってくるのが聞こえるあいだに、小声でこう言った。

「つまり、夫人は関わっていなかったということだ。あの悲鳴は本物だし、僕たちが聞いていたことも知らなかった」

すでに数人の使用人が集まり、全員が驚きの顔で戸口をふさいでいたので、ホームズは威厳ある口調でたずねた。「伯爵の従者は？　ご主人をベッドに寝かせたほうがいい」

使用人のひとりが進み出た。

「私が従者です。閣下は亡くなられたので？」

「まあ、ワトスン博士はそう言っている。しかし、とにかく伯爵をベッドに寝かせるように。床に寝かせるより体裁がよかろう」

従者のヴェルミチェッリは、ランスロット卿の従者でペーター・ヴァン・ダムと名乗るもうひとりの男の手を借り、伯爵の死体もしくは身体をベッドに載せた。

ランスロット、トゥーター叔父、バッド、ヒックス、ソーニークロフトは、部屋に集まってきて何があったか見たとたん、みんなのひそひそ声の中で興奮の叫びを上げた。しかしホームズはそんな光景にはすっかり慣れているので、その場を掌握し、伯爵の部屋の片隅の小さなテーブルの上の電話に歩み寄った。

「村の警官を頼む――誰でもいい――ヘッジ・グザリッジの。早く！」彼は電話越しに呼びかけた。「警官か?」——少し間があいた。「こちらはノーマンストウ・タワーだ。どうやらプディンガム伯爵が最後のダイヤモンド・カフスを盗もうとした何者かに殺されたらしい。……私はロンドンから来たヘムロック・ホームズ。すぐにそこの全員をよこして城を封鎖し、誰も出入りさせないようにしろ! ……誰が怪しいかだって? そんなことどうでもいい。僕が怪しいと思っているのは、きのうの昼に城を無防備な状態にした君たち警官に脳みそがあるかどうかだ! ……とにかく、ここへ来るだけで一日かけないようにな。では!」

　ホームズはガチャンと受話器を戻すと、椅子に腰かけてぐるりと向きを変え、あっけにとられている連中のほうを向いた。

「何を見ている? 何人かそっちに集まって、混乱から秩序を取り戻してくれ。そこでぽかんとしている君は、伯爵夫人のメイドか?」ホームズは三人の女性使用人のひとりに声をかけた。「あそこの椅子にいる、君のご主人の世話をしてくれ。夫人が気を取り戻しつつあるのが見えないか? ここに料理人がいたら、厨房に戻って朝食をこしらえたほうがいい。ワトスン、君はこのリヴォルヴァーを持って——」彼は自分のポケットを探って六連発を取り出すと、私によこした。「城の裏口に回って、あの亀みたいにのろまな警官たちが到着するまで見張りに立つんだ。誰も出入りさせるな。僕は正面を見張る。『わかったかな、スティーヴ?』」

　するとホームズは気力《ペップ》も新たにすっくと立ち上がり、ぐずぐずしている伯爵の友人や使用人たちを大胆にも廊下へ押し出した。伯爵夫人はそのあいだにスペイン人メイドの手を借りて、二階の自室に上がった。

「ホームズさん、かなり強引なんじゃないか？」ほかの人間と一緒に押されたビリー・バッドが、主人のごとくふるまうホームズに抗議した。

「とにかく落ち着いて、バッドさん」ホームズは伯爵の私室のドアを閉めて施錠すると、鍵をポケットに入れた。「この場を仕切るのは僕だ。あなたではない。僕は結果を出しに来た。だからそれを実行する——いいですか？」

「昔のコカインがまた効いてきたかな」私はぼそっとつぶやいた。

その後、私は銃を携えて城の裏口に向かい、同じくホームズはほかの面々を威圧したあと、自身も正面玄関の持ち場についた。装塡済みのもう一挺のリヴォルヴァーを持って。

廊下のつきあたりにある、立派な鉄格子つきのドアのすぐ内側で、私は見張りに立った。それを使用人たちが裏側の部屋の窓から覗いていたが、十五分ほど退屈な時間がたったころ、ホームズの大声が城の正面から聞こえた。

「ワトスン、警官たちが来たぞ！」

まもなく間の抜けた顔の男が現れ、交代に来たと告げた。リヴォルヴァーをポケットにしまって控えの間のホームズのところに戻ると、彼はランスロット卿たちと一緒だった。

「みなさん、四方にひとりずつ、四人の警官で城を包囲させましたので、朝食の席に着きましょう。もう九時です」

ホームズはダイニングルームに移動した。

「了解、指揮官どの」ランスロット卿がホームズを見てにっこり笑った。ジョージ・アーサー、つまり伯爵が動けないか、息をしていないあいだ、家の主人は私だからして、君のすることには何でも協力しよう」

「万一あなたをカフスボタンを盗んだかどで逮捕しなければならなくなっても、ですか？」ホームズは一同がお預けになっていた朝食の席に着くと同時に、にやりと笑って言い返した。

ランスロット卿はこの言葉にうっと息を詰まらせ、ホームズを凝視した。

「ホームズさん、よくもそんな突拍子もないことが！　ご冗談を」

第四章

常に笑みを絶やさない執事のハリガンとは、前日顔を合わせていたが、彼はさきほどの悲劇にもまったく気持ちをくじかれていない様子で、七人の男が朝食を口にする間待機し、無言でテーブルの周囲を移動していた。別室には死人をおいたままだ。

その場で彼らを観察していると、城の五人の常連客はみな、ホームズに見られるとかなり気まずそうにし、目をそらした。これは明らかに、先ほどの伯爵の弟への言葉のせいだった。

ハリガンが私に二杯目のコーヒーを持ってきて、テーブルの端に置こうとしたときだ。ドアが開き、プディンガム伯爵が入ってきた。顔面蒼白で、片手を額に当てている。

私の背筋に寒気が走った。ハリガンはコーヒーカップを床に落とし、砕けて中身が飛び散る中、大声をあげた。

「まさか！　幽霊だ！」

ハリガンは言葉もなく座りこみ、ホームズ以外のみんなが驚いていた。

ビリー・バッドは驚きのあまり桃の種を飲み込んでしまい、しばらくのあいだ、むせては吐き出そうとしていた。

「ジョージ！　死んだと思っていたが？」伯爵がテーブルの上座にある自分の椅子に向かって歩いていくまでに、ランスロット卿がなんとか息を詰まらせつつ口を開いた。

「なんだと？　死ぬものか。しかし、そろいもそろって間抜けどもだと言わざるを得ない。泥棒に襲われた人間をあんなふうに放置するとは！」伯爵はそう言うと、ハリガンに朝食を持ってこいと合図した。

ホームズはいつもの癪に障る笑みを浮かべていた。「ほらドク、いつも言ってるだろ？　一人前になるまで検屍官報酬を計算しちゃいけないって！」

伯爵はハリガンに命じて従僕のひとりを呼び、上の階にいる伯爵夫人に、自分が息を吹き返したと伝えるよう命じた。そのあとの朝食は今までになく盛り上がった。

「知らない人のために言っておこう。私の心臓は非常に特殊でね」伯爵はひと息おいて、みずから打ち明けた。「時折、少しのあいだ完全に止まることがあるのだ。夕べ部屋に戻ってから覚えているのは、服を着たまま、図書室でグラスに二、三杯一気に飲み干したことだ。真夜中に誰かがドアを開けたので目を覚ますと、そいつがこちらにやってきて、戸口の壁のそばに置いてあったシャツの右袖からカフスボタンを引きちぎった。私はベッドから起き上がり、すきを見てやつを打ちのめそうと身構えたが、賊が暖炉からひったくった鉄の火かき棒で叩かれ、気を失ってしまった。さっき頭痛で目を覚まして、カフスボタンがひとつだけ残っているのに気がつくまでのことは、何も知らない。ホームズさんが今回とこれまでの事件を起こした罰当たりな不届きものを捕まえることができたら、尽きることのない感謝と二万ポンド――つまりきのうソーニークロフトに差し出させた倍額を、褒美に進ぜよう」

「それはいいお話ですね」ホームズはぱっと立ち上がった。すでに伯爵も私たちみんなも、食べ終えつつあった。「ワトスン、君の小さな赤い手帳に正確に書き込んでくれ」――彼は暖炉の上の装飾が施された時計をちらりと見た――「一九一二年四月九日、午前九時二十分、強盗追跡開始。余談ながら、カフスの紛失事件を初めて知らされてからきっかり二十四時間だ」

「任せたよ、ホームズ君。君はすべて心得ているだろう。思う存分できるよう、白紙委任《カルテ・ブランシュ》ということにしよう」

私たちは、城の一階の正面から見て右側の控えの間に居場所を移した。

「閣下、まず初めに、城にいる全員をひとりひとり取り調べます。親族、友人、使用人全員。例外はなしです。伯爵ご自身の話は伺いました。では次に――」

そこへ、ホームズが城の正面を護衛させていた警官が入ってきた。

「どうもすんません。オームズさん、バーナバス・レットストレイド警部がお越しでして。万事順調かを確かめにロンドンから到着されました」

「どうしてそういうことになるんだ。あいつが来るなんて！」ホームズが困った顔でそう言い放ったとき、これまで数々の胸躍る体験を共にしてきた古き友人の大きな図体が、戸口にぬっと現れた。「まあ入りたまえ。相変わらず困った人だ」ホームズはそう言うと、部屋の隅を手で示した。「君やドク・ワトスンのようなおめでたいやつの相手をしながら仕事をするのはもうたくさんなんだがね。特に綿密で集中力を要する頭脳労働に手をつけているときは」

レットストレイド警部は大きな顔に間の抜けた笑顔を浮かべ、ツイードの帽子を脱いで暖炉のそばにいる私たちに加わった。

「バーナビーが邪魔をしたとき言おうとしていたんだが、盗まれたカフスボタンに最初に気づいたのはルイージ・ヴェルミチェッリ、伯爵のイタリア人従者だ。彼をここに」

伯爵の合図により秘書のソーニークロフトが廊下に出ると、ややおびえた従者を連れてきた。

「名前は？」とホームズ。

「ルイージ・ヴィットーリオ・ヴェルミチェッリ」

「生まれは？」

「ブレッシア。イタリアの北部です」

「年齢は？　それと、伯爵に仕える前はどこで？」

「三十二歳です。ヴェニスの、有名な銀行家の従者をしていました」

「逮捕歴は？」

「え？　まあ――あります」イタリア人従者はどぎまぎしていた。「ヴェニスを去る直前に一度、中毒で逮捕されたことがありますが、十日間収監されただけです」

「それで給水車から落ちた――いや、水の都を離れたわけだな？」とホームズ。「で、ゆうべカフスボタンがついた伯爵のシャツを脱がせたときは、しらふだったのかな？　つまり、ボタンがそこについているとわかる程度には」

「ええ、そうです。カフスボタンは夜のあいだに盗まれたに違いありません」

「日曜日の夜、強盗が入ってきたような音は聞こえたかな？」

「いいえ。何も。いつものように犬が吠えるのさえ聞こえませんでした。カフスボタンは城の内部の誰かが盗んだのだと思います」

「ほう！　面白くなってきた」とホームズ。「あやしいのは誰かな？　特に怪しいのは」

「そうですね、第二従僕のドナルド・マクタビシュです。ゆうべ彼が何か光るものを手にしているのを見ました。私が来るのを見て急いでそれを隠したんです」

「なるほど。話は以上だ。ルイージ、行ってよろしい」

従者は日に焼けた顔に勝ち誇った表情を浮かべてあたりをちらと見渡し、悪魔のような顔をして部屋を出た。

「ソーニークロフト、次はランスロット卿の従者を。それと、われわれは座ったほうがいい。こんなに大勢の人を取り調べるには、かなり時間がかかるだろうから」

ソーニークロフトがもったいぶった感じで廊下に出て、次の獲物を引っ張ってくるあいだ、伯爵と私たちは控えの間で椅子を確保した。警官がいるため使用人は全員おびえていて、複雑な表情で所在なさげにしていた。まもなく別の従者が目の前にやってきた。

「氏名、年齢、前職、それに逮捕歴の有無を」とホームズ。取り調べの速度を上げたとみえる。二人目の使用人を質問するあいだ、彼がやや神経質になっているのはなぜだろうと思っていると、彼が右手の人差し指で使用人を指さす一方、左手で昔ながらのコカイン注射器をそっとポケットに戻すのに気がついた。明らかにホームズは、誰にも気づかれずにこっそり腕に追加の注射を打っていた。彼の調子があと数時間はいいだろうと確信した。

「ペーター・アドリアン・ヴァン・ダム、二十九歳。オランダのアムステルダムにあるプレトリアス兄弟ダイヤモンド輸入会社にいました。僕じゃないです」従者はホームズの質問と同じくらい早口で答えた。

「君の顔が赤くなっていないのはわかる」ホームズがうなずく。「ダイヤに詳しいこともね。伯爵のダイヤ付きカフスボタンを盗むやつについて、どう思う？」

「言わせてもらえば、あまり趣味がよくありませんね。あまりに大きくて露骨です。懸賞試合には向かないでしょう」

「ぶしつけなやつだ！ そんなことを言うならくびにしてやる」と伯爵。

「抑えて、閣下。あとでこの人が必要になるかもしれませんよ。早まったことはなさらずに。ソーニークロフト、率直なペーターを送り出して第一従僕を中に」伯爵に渡された使用人名簿を見ながら、ホームズが指揮した。

「氏名、年齢、前職と、あれば犯罪歴を」ホームズは目の前の男の肥えた顔と知性の乏しそうな顔に気づくと、もどかしげでぶっきらぼうな口ぶりになった。

「え？　あー、うんと、名前はヘグバート・バンベリーです。歳は四十二。昔はブリッジャーズウォルド公爵のところで働いていましたが、落ちぶれて、今はただの伯爵のところに。あとはどんな質問でしたっけ？」

「犯罪歴がないか」

「ああ、こりゃなんて質問だぁ！　ホームズさん。ほんとにおれが、閣下のカフスボタンをくすねるほど落ちぶれたとでも？」

「カフスボタンを盗んだかどうかを尋ねたのではない。君かどうかは、じきわかる。僕が知りたいのは、これまでに何かの逮捕歴があるかどうかだ」

ホームズに目の前で眉をひそめられ、肥満体の従僕は居心地悪そうにそわそわして答えた。

「うー、あぁ、あります。十年くらい前に刑務所に入れられました。ブリッジャーズウォルド公爵のところで働いていたとき、使用人仲間のダイヤ付きのペンを盗んで。でもそれは返しました。確かに。オームズさん」

「自白を強要された、というところかな」ホームズがもの言いたげに伯爵に目をやると、伯爵は眉間に激しいしわを寄せてバンベリーを見ていた。「ところで、ここでカフスボタンを盗んだ人間に心当たりは？」

バンベリーの顔がぱっと明るくなった。

「あります。なんといってもテレサ・オリヴァノが怪しいでしょう。伯爵夫人のスペイン人メイドです」

「それは言いがかりだと私が説明できる」トゥーターがホームズに向かって言った。「このバンベリーというやつは、最近テレサに求婚して断られたんだ」そして従僕に向かって告げた。「さっさと出て行け。偽の容疑は胸にしまっておくんだな」

第五章

禿げ頭の秘書は、目論見をくじかれたエグバートを退室させ、ホームズの求めに応じて第二従僕のドナルド・マクタビシュを呼んだ。

「さてドナルド、年齢は関係なさそうだし、君の名前ももうわかっている。ここにいるスコットランド・ヤードから来た太めの友人バーナバス・レットストレイド警部のご機嫌をとるのに、初めの三人の使用人にはお決まりの質問をしただけだ。警部はのろまで鈍い尊厳あるロンドン警察界の代表なのでね」そういうとホームズは、私に目配せして続けた。「ところでマック、服役したことは？」

第一従僕と同じくらい居心地の悪そうな第二従僕は、落ち着かない様子で両足の位置を変えて答えた。

「あの、服役っていうんでしょうか、ホームズさん。三年前、スコットランドのバルモラル城にいたとき、ポケットに瓶を一本入れていたため、村の判事の前に連れて行かれ、三日間牢屋にいたことはあります」

「スコットランドでは瓶を持ち歩くのは犯罪ではないが？」ホームズはにやりと笑った。

「ええ。でも瓶に半分入っていたのが、スコットランド製の〝スモーク〟（ウィスキーのこと）でして、僕はそのとき屋根裏の干し草置き場で意識を失った状態で発見されたんだそうです」マクタビシュは伏し目がちに告白した。

「誰がカフスボタンを盗んだと思う？」

　バルモラル出身の男の顔が晴れた。

「仕事仲間のエグバート・バンベリーじゃないかと。あの人がきのうの午後、伯爵夫人のメイドのミス・オリヴァノに求婚しに行くとき、何か光るものを手にしているのが見えました」

「ダイヤの指輪ではなく、ダイヤ付きのカフスボタンを渡そうとしたと？」

「さあ、どうでしょう？　ダイヤを取り出して指輪につけようとしたのかもしれません」

「君は独創的だな、ドナルド。罪を擦り付けるのもかなりうまい。初めに取り調べをしたイタリア人従者は、伯爵の家宝を盗んだのは君だと言っていたぞ。さあ、行ってとことん戦ってこい。ソーニークロフト、執事を通していいぞ」

　にこやかな執事が目の前に立つと同時に、伯爵が言った。「それはそうと、かなり喉が渇いたな。ハリガン、ホームズ君の質問に答える前に、ワインを一杯くれ」

　伯爵が近くのテーブルにあったボトルの酒を飲んで生気を回復すると、ホームズは取り調べを始めた。

「フルネームを」（「フル」には酔っ払ったという意味もあり）

「フルネームはないんです。バーテンダー・アンド・バトラー組合に入っていながら、私は酒をまったく飲みませんので」ハリガンは目配せした。

「いいかい、うぬぼれ屋さん、あんたの氏名は?」

「ジョゼフ・パトリック・ハリガンです。あのカフスボタンを盗んだのは私だと言うようなやつは、やっつけてやる!」

「あなたが盗んだとは誰も言っていませんよ。生まれはどちらで、あなたのような賢い男がどんななりゆきで知性に欠けたこの異色の面々に交じって働くように?」

「私は懐かしきニューヨーク市の第九地区生まれです。バワリーの安食堂で給仕の経験を積んでから、ブロードウェイの豪華なロブスター・レストランに勤めました。存命する最高のソムリエと評価され、それで伯爵が私の技能なしにはやっていけないと何度もおっしゃってくださって」

「伯爵に雇われたのは、ブドウの果汁の赤みを見るのがうまいからかな?」ホームズは伯爵に微笑んで目くばせした。

「素晴らしい洞察力ですね、ホームズさん」とハリガン。「私の評判が大西洋を越え、ブロードウェイで私を知っていた方がロンドンの友人を訪ねて私のことが伯爵の耳に入り、伯爵が私の渡航費用や、当時の店で受け取っていた二倍の給料を電報で申し出てくださったんです。そんなことで私はすぐに荷造りし、ここで古くからのプディンガムのワインセラーを一手に任されております」

ハリガンは咳払いし、胸を張って私に目くばせした。

「それではジョー、なくなった惜しむべきカフスボタンについて知っていることは?　何かあればだが」

「まったく何も存じません、としか言いようがありません。誰が盗んだか疑うとしたら、はっきり申し上げて、ここの人間なら誰でもやりかねないでしょう。フランス人シェフのルイ・ラ・ヴィオレットとドイツ人の庭師ハイニー・ブルーメンロートと私自身だけは除いて。ご存知のとおり、私には何ひとつうしろめたいことはございません。原則として、私は全員を等しく疑います。それを踏まえてさらに申し上げますと、第一従僕のバンベリーには、カフスボタンを盗んだと疑う理由が特にあります。先週私の部屋からネクタイを失敬しようとしていたので、すんでのところで彼を捕まえて、何度か蹴りをお見舞いしてやったからです!」

「嘆かわしいことだな、ハリガン。職場の仲間に何を取られるか心配しなければならないのは。さて、質問はこれでおしまいだ。ソーニークロフト、料理長のムッシュー・ラ・ヴィオレットをお呼びしてくれ」とホームズ。

「ハリガン、ワインをもう一杯」ハリガンが部屋を出る前に伯爵がつけ加えた。

ハリガンが仕事に戻ると、ワインで生気を取り戻した伯爵がホームズに話しかけた。

「さあ不愉快な話を続けよう。スープをつくり、パンケーキをひっくり返し、卵を割るのが仕事のルイが、どんなアリバイを話すか聞こうじゃないか」

伯爵は、ぼんやりしているレットストレイド警部のあばらをつついた。考え深げに天井を見つめていた警部は、びっくりしてうしろにのけぞった。

ちょうどそのとき、ソーニークロフトがシェフと一緒に戻ってきた。小柄な肥満体、短気そうな男で、無気力なレットストレイドに見つめられて視線を返す黒い瞳は、火花のようだった。黒髪と黒い口髭はナポレオン三世風だ。

「ああ、ムッシュー・ラ・ヴィオレット、城での最近の嘆かわしい出来事についてお聞きしたいのですが。ダイヤ入りのカフスボタンの盗難がありましたね?」ホームズは彼と顔を合わせると同時に質問した。

「カフスボタンを知っているかだって? ふん!」フランス人シェフは声を荒げた。顔は怒りで真っ赤になり、怒髪天を衝かんばかりの形相になる。「おれがそのありかを知っているとでも言いたいのか? おい、あんたが紳士だったら、決闘を申し込むところだ!」

「まあまあ、少し落ち着いて、ルイ」ホームズは安心させるように言った。「僕はあてこするつもりなんてありませんよ。情報が欲しいだけです」

ラ・ヴィオレットはホームズにありったけの軽蔑のまなざしを向けてから、答えた。

「ほう、あんたが世間でちやほやされているほど抜け目のない探偵なら、使用人の雁首を並べて盗んだかどうか尋ねるような、ありきたりのやりかたをしなくたって、いまいましいカフスボタンをちょろまかしたやつを確かめられるんじゃないか? 使用人なら誰だって可能性がある。ハリガンとブルーメンロートと、おれだけは除くがな。あとはみんな、話もろくにできないあほうばっかりだ! さあ、おれにいやらしいあてこすりなんかせず、取り調べを続けて情報を手に入れな」

ホームズはやれやれと肩をすくめ、伯爵に目をやった。

バーナバス・レットストレイドは、このとき明らかに自分が何かする番だと思ったようで、実際にそうした。それも思っていた以上のことだった。

「あー、あのですな」と切り出すと、さも大ごとのようにシェフのカフスを指さした。「この人が今しているのは、なくなった例のカフスボタンでは？　そっくりだと思うが」

誰もがヴィオレットのカフスを凝視した。伯爵が彼の袖口をひと目見て椅子にのけぞって笑うと、ヴィオレットは怒りで爆発寸前になった。

「これ、警部。なくなったプディンガムのカフスボタンとはだいぶ違うぞ。確かにダイヤモンドだが、似ているのはそこだけだ。盗まれたほうは少なくとも十二倍は大きい。以上」

そう言うと、伯爵はまた笑った。

だがルイ・ラ・ヴィオレットは笑うどころか怒り狂っており、ひどい間違いを犯して彼を責めたロンドンの肥満警部に向かって、突進した。

「太りすぎのブタ野郎め！　よくも破廉恥な嘘を！」ヴィオレットは声も限りにわめいた。「おまえなんか細切れにしてやる！　この脂の塊が！」

激怒したフランス人がレットストレイドにこぶしを食らわせると、驚いた警部は椅子から転がり落ちて床に伸び、その上に椅子がひっくり返った。

「ヴィオレット、もう城で殺人未遂はなしだ！」ホームズが怒れるシェフをうしろからおさえ、これ以上レットストレイドに襲いかからないようにした。「ここは抑えて。とにかく、彼とは長い付き合いだから知っているが、レットストレイドはただのばかなんだ。いつもさっきみたいに話を悪い方向に進展させる。まともに相手にしないことだ」

ヴィオレットはホームズの手を振りほどくと、伯爵に向かって叫んだ。

「それでも気にしないわけにはいかん。おれは侮辱されたんだ。仕返しだ。ここでの仕事はやめて、愛しいパリに戻る！　言われっぱなしでたまるもんか」

「ルイ、そんな！」伯爵の声が大きくなった。「そんなことは考えるな！　私はおまえと執事のハリガンなしではやっていけない。……まったく、なんてことを」伯爵がそう言うと、警部はゆっくり床から起き上がってほこりをはたいた。「警部、やってくれたな。シェフを怒らせた――しかも国じゅうを探してもこれ以上はいないシェフを！　ルイが鎮まるまで、君の健康のために外へ出ていたほうがいい。これ以上君がいてもいっそう彼をいらだたせるだけだ。ルイ、残ってくれるなら給料を二倍にしよう。私のせいではないがね」

「わかりました。閣下」ヴィオレットは、いくらかためらってから同意した。「踏みにじられたプライドも、百パーセントの増額の給金も懐に入れて、いっそうお仕えします。しかし、ここにいるひとりひとりにはっきりさせておきます」彼は周囲の人間を見回して付け加えた。「あの厄介なプディンガム伯爵家のカフスボタンを贈り物にいただくつもりはございません！　おわかりですかな《コンプラーン・ヴー・セラ》？　ロンドンはベイカー街の、そしてニューヨークはブロードウェイの、ヘムロック・ホームズさん」

「ええ、わかりますとも、ルイ」ホームズはもどかしげに腕時計を見てから、返事をした。「もう十時五分だ。ダイヤモンドのカフスはまだ見つからない。どうぞそこをどいて、激しやすい自尊心をひけらかさず誰かほかの人を入れてください。続きがあるので」

フランス人シェフはふんと鼻を鳴らすと、そっくり返って図書室から出て行った。わが友人は、これで七人目となる証人、ロシア人の副料理長を呼び出した。

第六章

「で、名前は？」精彩を欠いたうつろな目の男が私たちの前に立つと、ホームズがぴしゃりと言った。

「イワン・ガレチコフ。コーカサス北部のチホレツク生まれで、伯爵の厨房で副料理長をしています。伯爵のカフスボタンを盗んだのは誰かわかります。わかりますとも！」

「ほう、本当なら面白い。イワン、それで誰がそのふとどき者だと？」

「浅黒野郎のヴェルミチェッリ、伯爵の従者でさ。ああ、どんなに憎ったらしいやつか。口先がうまくてとらえどころがないし、私に対する優越感といったら。自分は伯爵のシルクのシャツを脱ぐお手伝いをするのに、私は厨房で食材をかき混ぜているだけだといって！」

「ふむ、それは彼を盗みで訴える有効な根拠とは言い難い。そう思わないかね？」ホームズは笑っていた。

「ええ。ほかにもちゃんとした理由があります。寝室で伯爵のお世話をしているのはヴェルミチェッリだし、閣下が日曜日の夜部屋に下がられたときダイヤのカフスボタンを最後に見たのも、あいつです。だから、きっとあいつです。ロンドンの探偵さんじゃなくてもわかりますよ。どうして真っ先にあれの部屋を探さなかったんですか？」

ガレチコフは勝ち誇ったように周囲を見た。

「どうやらロシア皇帝の家臣は、ほかの人間のように光るものを手に歩き回っている者を見たわけではなさそうだ。次のうつけ者を」とホームズ。

ロシア人のかき混ぜ係が出ていくと、かなり魅力的で黒い瞳の、太陽の国スペイン出身のお嬢さん《セニョリータ》が目の前に立っていた。

「お嬢さん、お名前は？」ホームズはいささかやりにくそうだった。これまで一緒に数々の冒険をした経験から、私は彼が独身を心に決め、女性好きではないことに気づいていたからだ。

「テレサ・オリヴァノ、セヴィリア出身、伯爵夫人のメイドです」彼女は女嫌いのわが友に、うっとりするような笑顔を見せた。

「あー、盗まれたカフスボタンについて、何か知っていることは？　もちろん、あなたがかかわったとほのめかしているわけではありません」

彼女はまたしても微笑んで答えた。

「きっと第二部屋係メイドのアデレード・メーアケンローが身に着けているか、部屋に隠しているのが発見されるでしょう。彼女が第一部屋係メイドのナタリー・ニショービッチに、何か『ダイヤ』についてひそひそ話しているのを、偶然耳にしました。二人がいる部屋に入ったらすぐ話をやめて、ものすごくきまり悪そうにしたんです」

「それだけ?」とホームズ。

「だって、それで十分ですわ。アデレードはよくいる性悪女ですから、あの人がダイヤのカフスボタンを盗んだに違いないと思います。信じたくなければ信じなくてけっこうよ!」スペイン女性は、ぷいとそっぽをむいて部屋を出て行った。

「みんな誰かしらを責めている。おかしなことになってきたぞ」ホームズは嫌な顔で私をにらんだが、これはまったくのとばっちりだ。私は何もしていないのだから。

「次の獲物、第一部屋係メイドを」

ソーニークロフトはホームズの審問法廷において、執行吏の役割を果たし、ロシア人のガレチコフと同じ類の知性の乏しさが顔に表れた女性を連れてきた。

「名前は?」

「ナタリー・ニショービッチ。九年前王様が急死するまで、ベルグラードにあるセルヴィアのアレクサンダー王の宮殿で働いていました」

「ではナタリー、ダイヤのカフスボタンがどこかに落ちているのを見ましたか?」

「いいえ。でも思うに、今ここを出て行ったうぬぼれ屋のスペイン女、テレサ・オリヴァノのしわざだと思います」

「ふむ、テレサがダイヤモンドについて話しているのが偶然聞こえたのか、それともなんとなくそう思うのかな?」ホームズが尋ねると、トゥーター叔父が険しい顔でナタリーを見た。

「なんとなく思うだけです。あの人はまったく好きになれません」

「はい、よろしい。次」とホームズ。「全員が貴族や王族のもとの経験者のようだ。伯爵、多彩な人材を世界から集められましたな。お次は中国人か、はたまたパタゴニア人か」

しかしそうではなかった。ベルギー人少女で、質問のあいだ、黒っぽい色の瞳はホームズの顔をまともに見ることさえできなかった。

「名前と前職、それに盗まれたカフスボタンの行方についての意見を」

「アデレード・メーアケンローです。ベルギー女王が亡くなられるまで仕えていました。伯爵のダイヤモンドを盗んだのは、ランスロット卿の従者ペーター・ヴァン・ダムだと思います。あの人は昔、アムステルダムのダイヤモンド会社で働いていました。だからダイヤをどうすればいいか一番よくわかっているでしょう」

「君が疑っているのも、ほかの人と似たような根拠だな。アディ、もういい。次」

「まあ、だからって私にきつく当たらなくても」アディがぼやきながら出ていくと、今度はニコニコした血色のいい御者がやってきた。きのう私たちを駅から乗せてきた男だ。

「氏名、経歴、ダイヤの盗難について知っていることを」とホームズ。

「えー、おいら名前はオーラフ・イェンセン。ノルウェーのオーレスンから。伯爵の第一御者でさ。外の厩舎にいるおいらの相方、カロル・リネスクが伯爵のカフスボタンをとったんじゃないかな。あいつがゆうべ、厩の二階の高いところになんか隠してるの、見たんで。きっと、あいつ調べたら、泥棒だとわかるすよ。ほんと！」

太った小柄な御者は、福々しい笑顔を浮かべて周囲を見回した。

「わかった、イェンシー、そうするよ。もういい。次！」

今度は、たった今盗難の罪を着せられた男が秘書のそばに立っていた。彼は相方とはまるっきり対照的だった——長身で、色黒で細く、おびえている。

「氏名と、ダイヤモンドが消えたことについて何か？」矢継ぎ早に質問が飛んだ。

「カロル・リネスクです。昔はルーマニアのブカレストで貸馬屋をしていました。さっきの太った小柄な怠け者のオーラフ・イェンセンが第一御者です。僕は第二御者。ダイヤを盗んだのは、あいつに違いない。先週僕が眠っているあいだに一番上等のブーツを無断で持ち出そうとしたんだから」

「ひどいやつだな。だがほかに根拠は？　ない？　わかった、カロル。行っていい。次！　さあさっさと連れてきて、ソーニー」ホームズが秘書に呼びかけてルーマニア人が出ていくと、がっしりした体格で金髪の、眼鏡の奥から射るように見る男性が入ってきた。

「名前を。それと、ダイヤモンドについて知っていることは？」

「ハインリヒ・ブルーメンロート。元はドイツのミュンヘンでバイエルン王室の庭園の庭師をしてた。誰がダイヤモンドを盗んだか知らないが、ここの誰が盗んでたって、おかしくない。ハリガンとラ・ヴィオレットとわし以外はね。わしら三人はそんなことはできん。ほかにないな？　庭にもどりたいんだが。今朝はとても忙しいんだ」

第一庭師が踵を返すと、ホームズがにやりと笑って声をかけた。

「手を煩わせましたな、ヘル・ブルーメンロート。いいでしょう。お役御免です。次！」

背の低い日焼けした男が入ってきた。盗賊みたいな雰囲気だ。

「えー、とにかく名前は？　生まれは？　この事件について知っていることは？」とホームズ。

「デメトリウス・キサントポロス。第二庭師で、前はコルフにあるギリシャ王の庭園で働いてました。カフスボタンを盗んだのはシェフのヴィオレットだと思います。まったく横柄で、施しのあとに僕が厨房に入ろうとすると、蹴って追い出すんだから！」

「私がルイでもそうするぞ。出て。次！」

「えぇと失礼、ホームズさん。使用人は全員取り調べました。十四人」とソーニークロフト。

「あぁ、そうだな」ホームズは手元の名簿を見ながら答えた。「が――ここの人間は全員調べないと――ひとり残らずだ。まだ出て行かないように」伯爵が異を唱えようとすると同時に、ホームズが遮った。「盗まれたカフスボタンを見つけるために僕を雇ったのは、あなたですよ。僕は見つけます。犯人が誰であっても！　ソーニークロフト、あなたが思う怪しい人物は？」

秘書は禿げ頭に汗が噴き出し、しどろもどろだった。

「えぇと、あの――」

「ほらほら、日が暮れてしまう。言って」

「まぁ、強いていうなら、イタリアから来た伯爵の従者、ルイージ・ヴェルミチェッリです。日曜日の夜に伯爵が寝室に入られたとき、最後にカフスボタンのそばにいた人間なので」

「ふむ、ガレチコフの話と同じだな。君ならもっと独創性のある話を聞かせてくれるかと思ったよ。ランスロット卿、盗難に関してあなたのご意見もうかがわねば」

「うーむ。ペーター・ヴァン・ダムじゃないかなと——ご存じ私の従者だが。あいつはまったく生意気すぎる。自分が私より世間を知っていると思っている。とんでもないことだ！」

「彼だとしてもまったく驚きませんな」ホームズは小声でつぶやいてから、大きな声で続けた。「トゥーターさん、あなたは伯爵夫人の叔父さんでしたね。事件について何かご存じで？」

「ホームズさん、彼はとてもいいやつだから言いたくはないが、ここだけの話、ダイヤを盗んだのは執事のジョー・ハリガンかと。私の見たところ、彼はときにぐでんぐでんに酔っぱらう。そんな状態の人間は何をしでかすかわからない」

「同じ理由であなたが疑わしい。トゥーター叔父」伯爵が割って入った。「ハリガンと二人で地下のワインセラーにいるのを、あなたがここにきてから何度となく目にした。言いたいことはそれだけだろうな」

インドからの商人が静かになったので、ホームズはビリー・ヒックスに向き直った。「カナダのヒックスさん、ご意見は？」

「間違いなく犯人はロシアのならずもの、イワン・ガレチコフだ。日曜の夕食でロシア風シャルロットに胡椒をかけたんで、僕は喉を詰まらせるところだった。そんなことをしでかすやつは羊だって盗むさ！」

「えぇと、オーストラリアのバッドさんは？」ホームズは両腕を伸ばしてあくびした。

「ホームズさん、残念ながら、犯人はそこにいますよ！」バッドはもじもじと居心地悪そうにしているソーニークロフトを、これ見よがしに指さした。「おれはこの前の日曜日の深夜一時、善良な市民ならみな寝床についている時間に、彼が伯爵の部屋から出てくるのを見たんだ」

ソーニークロフトはびくびく声で弁明した。「まったくの誤解です、バッド。本当に。私はあなたと同じく無実です。おわかりでしょう。日曜日の夜は伯爵の部屋に携帯用の櫛をとりにいっただけです」

ホームズは秘書のほぼ禿げ上がった頭を目にして、にやりと笑った。

「携帯用の櫛で何をしたかったのかがわかりませんね、ソーニー。とはいえ、あなたのアリバイを検討する余地はあるでしょう。さて、これで城にいる全員の聴取が終わったようです。ハリガン、ラ・ヴィオレット、ブルーメンロートの内輪でほめ合う仲よしグループを含めて」

ホームズは、どうしましょうという顔で伯爵を見た。

「いや、ホームズさん。正確にはまだだ。妻と私の話を聞いていない」伯爵はほほ笑んだ。

「まったくそのとおりです！　さあ誰か、伯爵夫人をここへ」

しばらくすると、ノーマンストウ・タワーの女主人が目の前に現れた。夫人は義弟のランスロット卿を見て、軽蔑するようにふんと鼻を鳴らした。

「恐れ入りますが、この嘆かわしい事件についてどうお考えですか？」ホームズは礼儀正しかった。つまり、ホームズにしては、だが。

伯爵夫人は眉をひそめてランスロット卿を見た。

「由緒ある我が家に不名誉をもたらしたのは、ランスロット卿だと思います。きのうの朝、急いでここを離れ、あなたに会いにロンドンへ飛んでいきましたもの。盗んだことをもみ消すためにそうしただけですわ」

「こういう身内のもめごとは目も当てられない」ホームズがどうしたものかと頭を掻いているあいだ、伯爵夫人はさっそうと退室した。

「伯爵、強盗に対する自身のご意見は？」

「いやいや、私には聞かんでくれ。お手上げだ。みんな飲もう。どこか場所を変えてな。ここの空気は息が詰まりそうだ。あんなに激しくそれぞれが責め合うとは。ハリガン！」伯爵は廊下から戻ってきたばかりの執事に言った。「全員にワインを一、二杯用意してくれ。諸君、ぐいと飲んでくれ。君もだ、レットストレイド警部」そして伯爵は私に目配せした。

第七章

全員が遠慮なくブドウの恵みをいただくと、伯爵は私たちを正面玄関に案内した。レットストレイド警部は何か言いたいことがあったようで、かなり考えたあげく口にした。

「あー、オームズさん」だしぬけに言い出した。「ダイヤのカフスボタンを身につけていないか、全員の身体検査するのを忘れてませんかね？」

「レットストレイド、お願いだから、善意であってもいらつかせるような忠告で僕を邪魔しないでくれ。でないと立場を忘れてここで殺人を犯してしまいそうだ。仕切るのは僕だ。君じゃない——あぁ、もう！」ホームズは歯ぎしりしたあと、私に向かって言った。「ダイヤを盗んだのが使用人だとして、見つかる危険を冒してそれを持ち歩くなどと考えるのは、愚の骨頂だ。それに、身体検査はきのう村の警官がすませている。彼がヤードの警部になれたのは、政治的な力によるものであって、実力ではないのさ！」

一行はノーマンストウ・タワーの大きな正面玄関から外へ出て、幅の広い石段を芝生へ降りて行った。空模様はかなり不安定で、雲が広がったかと思えば、四月のはかない太陽の光が差し込んだ。

「あぁ、春の空は気まぐれだ。まさに女のように！」トゥーター叔父がブーツの先から空気を吸い上げたかと思うほど大きなため息をついた。

「さて、あのインチキ商人は何を憂いているのやら」ホームズが不平をこぼした。「あの年で恋にでも落ちたか？」

「あの人はスペイン人メイドのテレサ・オリヴァノにすっかりまいっていて、聞くところによると二度振られたそうだ」伯爵がホームズと私だけに聞こえるようにささやいた。

「お願いだから、妻の耳には触れさせないように。独身の叔父が使用人に恋しているというだけで大騒ぎになる。社会的にも体裁が悪いし、それにもしトゥーター叔父が彼女と結婚でもしたあかつきには、妻と私は叔父が亡くなったときに受け取れる遺産の大部分を失う。叔父の遺産は四千万ドル、ポンドで八百万の価値があるんだ。すべてインドとセイロンで、お茶と香辛料の商売により成した財産だ」

「うーん、僕が引っかかるのは、テレサがなぜ彼を拒んだかです。一回目の求婚で話に飛びつかずに」ホームズはにやりと笑った。「四千万ドルに惹かれない女性なんて、めったにお目にかかれるものじゃない」

「テレサはかなり変わった女性でね、ほかの人が魅力を感じるものには惹かれないんだ」と伯爵。

「それは実に変わっていますね」ホームズは皮肉っぽく言った。伯爵夫人とトゥーター、ヒックス、バッド、レットストレイド、ランスロット卿、それにソーニークロフトは、広々とした芝生が濡れているのを見て足を止めた。

「さあ、みなさん、代々伝わる美しい土地を少しばかり散歩しましょう。少しくらい雨粒が残っていてもどうってことはありません」

そう言いながら、ホームズは伯爵と私の腕をつかみ、その他の面々にも一緒に来るよう合図した。

「これには理由がありましてね」ホームズはほかの面々が渋々あとをついてくるあいだ、伯爵に小声で話しかけた。「それはあとでお聞かせします」

長い経験から、彼が謎解きをしているときはなんでもありだとわかっている私は、有無を言わさぬ相棒にあえて逆らわず、腕を引っ張られておとなしく口を閉じていた。ビリー・バッドは通りがかりの低い木の下で枝に当たって帽子が脱げ、バララットで覚えたオーストラリアならではの悪態を二言三言発し、濡れた芝生の上を歩くわけのわからない散歩を言い出した張本人、ヘムロック・ホームズをにらみつけた。

「いったい何のつもりなんだ、ロンドンのお利口さんよ。クナイプ療法（裸足で朝露の上を歩いたり冷水を浴びたりする一種の水治療法）でも取り入れたのか？」不平たらたらだった。

「ご心配なく、バッド。なくなったダイヤのカフスボタンは、この草地から見つかるかもしれません。泥棒が逃げるとき、ここに落としたかもしれませんから」ホームズは伯爵の背中をポンと叩いて、にこやかに答えた。

「かもしれない。でも、見つからないかもしれない。十一のカフスボタンが今日ひとつも見つからないほうに、おれは五ポンド紙幣を賭けるね」とバッド。

「乗った！」ホームズは大声で言った。「ドク・ワトスン、掛け金を預かってくれ。さあ、僕の五ポンドだ」

「これはおれの」バッドは笑ってホームズとの賭けの五ポンド紙幣を差し出した。

「ほら、いつも僕にしわ寄せがくるんだから」ポケットに札を突っ込みながら、私は文句を言った。「これから他人の金を安全に保管する責任がつきまとうんだぞ、ホームズ。君が一身に注目を集めているあいだずっと！」

「気を取り直してくれ、ワトスン。ほら、煙草だ！　さて、こちらの立派な草地はもう十分拝見しました」彼は一行にそう話しかけ、城の前から道路まで四百フィート、左右に三百フィート広がり、ところどころ木々が生え、植えたばかりの花壇がある草地を、平然と見渡した。花壇にはハインリヒ・ブルメンローズが才能を発揮して、春の花々を植えていた。「それでは中に戻って、なくなったダイヤモンドの事件を掘り下げるとしましょう」

私たち九人全員が、羊の群れが鈴をつけた雄羊のあとをついて歩くように、ホームズのうしろを苦労して歩き、再び城に入った。

もう十一時過ぎで、ダイヤのカフスボタンは影も形も出てこなかったが、私は驚かなかった。なぜなら私は、ヘムロック・ホームズが彼のとっておきの試みを実行に移していないことを知っていたからだ。少なくとも、彼の考察力や推理能力を出し切っていないことは、わかっていた。私は偶然、ホームズが人に見られぬよう腕に注射したあと、おなじみの小さなコカイン注射器をポケットにこっそり滑り込ませるのを目撃した（私たち一行が正面玄関から通じる廊下の左側の控室に入るあいだのことだ）。そのときランスロット卿は、これまで結果が出せないホームズをからかおうとしたようだが、ホームズが振り向いてテリアのように彼に吠え立てたので、利口ぶった口も二言三言で終わってしまった。

「言っておきますが、身分の上下にかかわらず、僕の捜査の仕方をからかうのは慎んでいただく。でなければ、今ここですべて投げ出します」ホームズはランスロット卿にくるりと振り向いた。「思考しようとしているときに邪魔が入るのは、耐えられない！」

伯爵がランスロット卿におふざけをやめるよう警告すると、ホームズは私以外の全員に部屋から出ろと身振りで促し、今は考え事にふけりたいので二時間はかかるから、昼食の午後一時十五分までは声をかけないようにと告げた。私の胃はこれに反抗したが、頭では、彼が突然不機嫌になったときは逆らわないほうがいいのだとわかっていた。

最後に退室したビリー・ヒックスが、去り際にこう言った。

「まあ、せいぜい考えてみるんだな、ホームズさん。いい結果が出るだろうよ！」

ホームズは彼に本を投げつけたが、ヒックスがもう少しのところでうしろ手にドアをバンと閉めたので、外れた。ホームズはすかさずドアに鍵をかけ、鍵をポケットに入れた。ソファのクッションを二つ持ってきてピアノに載せ、両足を鍵盤に乗せて間に合わせの席の上にちょこんと座り、落ち着いた顔で、使い込んだパイプにいつも瞑想を始めるときに使う強烈な匂いの刻み煙草を詰めた。

何が起こるかわかっていたので、私は窓をひとつ全開にして、彼が吐く恐ろしい煙を外に出した。一方彼は、ピアノの上で気持ちよさそうに身体を丸め、顎を片手に置き、肘を楽譜に載せ、銅像のように動かないまま蒸気機関のごとく煙を吐き出していた。あれこれ思案し、黙って考え込み、さらに頭をひねって、ダイヤのカフスボタンについて頭を働かせた。その間、私はずっと木の上のこぶのようにソファに腰かけて、十四人の多彩な顔ぶれの使用人と七人の家人から出た矛盾する証言を理解しようと、自分なりに最善を尽くした。

時は過ぎ、大理石の暖炉の棚の上の時計が十一時半を指し、十二時になり、そして十二時半、一時、ついに一時十五分になったが、私にはカフスボタン泥棒が誰か突き止めることができなかった。

「わかったぞ！」ホームズは突如叫び、楽譜を左右に散らしてピアノから飛び降りると、暖炉の前で行ったり来たりした。私は安堵のため息をついた。

「昼食の時間だよな、ホームズ？」

「ああ、ワトスン。僕も腹が減ったよ。これだけ頭をひねったあとはね。さあ、昼食をとったらすぐに行動開始だ！」

さっそくホームズを先頭にダイニングルームへ行くと、ほかの面々がすでに私たちを待っていた。

そうして確かにすぐ行動を開始したのだが、残念ながらホームズが意図したとおりにではなかった。どう推理したか、伯爵のあの手この手の巧妙な質問に対し、ホームズは手の込んだ料理を食べながら、笑みを浮かべてとらえどころのない答えを返し、フィンガーボウルが運ばれてくる最後までそれが続いた。無作法に至ることなく。

ホームズは先の細い指を香水入りの水で洗いつつ、隣に座っているレットストレイド警部のほうに身を寄せて、ひそひそ話しかけた。警部が目を剝いて驚くと、ホームズは立ち上がって椅子を引き、左の親指をベストの袖ぐりに入れて胸を張り、咳ばらいしてから、おおげさに右手の人差し指でテーブルの反対側の端の席についているビリー・バッドを指さした。

「レットストレイド、任務を果たせ！　犯人はそこだ！」

第八章

ホームズが言い終えると、ヤードの警部は静かに立ち上がった。彼もまた咳払いして、非常にもったいぶってテーブルのあたりを左右に身体を揺らして歩くと、ぽっちゃりした左手をバッドの肩に置き、こんな時いつも彼が使う陰鬱な声色で話しかけた。

「ウィリアム・X・バッド。あなたを逮捕するのは今となってはつらい仕事だ。あなたを女王――じゃない、王の名において（そのとおり、ヴィックはもう故人だった）、次に定める法律とそこに示す事例に反する犯罪と不法行為により逮捕する。つまり、強盗、建造物侵入罪、謀議、暴行殴打、そして殺人未遂！　これよりあなたの発言は自身の不利に使われる可能性がある。いいな！さあ私と一緒におとなしく来るんだ！」

「はあ？　何を言ってるんだ？　そんな風に言われる覚えはまったくないぞ！」バッドは大声を上げると、レットストレイドの筋肉質とは程遠い手からすり抜けた。フィンガーボウルの中身を、意匠を凝らした椅子一面にぶちまけ、部屋から飛び出して外の長い廊下を走り去った。

伯爵夫人は即座にヒステリーを起こし、驚いている義弟ランスロット卿の腕の中で気を失った。ほかはホームズと私と伯爵を除く全員が、赤面したあとに血の気を失った。トゥーター叔父は急に立ち上がろうとして、椅子からとても恥ずかしい落ち方をした。

「何をしている！　彼を逃がすな。この酔っ払いたちが！　立ちあがって追いかけろ！」ホームズは興奮して叫び、尻のポケットからリヴォルヴァーを引っ張り出した。ぱっと部屋を飛び出すと、逃げる卑怯者バッドを追いかけた。あとの面々は突然の事態の進展ににわかに活気を取り戻し、映画にあるように、全員が大声を張り上げながら、偉大な探偵にならって廊下へ飛び出した。

「待て――どろぼう！」

バン！　バン！　ホームズがバッドに向けて二発撃ったが、弾は外れ、全員が厨房を、さらには裏の階段を通って外に出、城と厩舎のあいだの広い庭園を突っ切った。邪魔されたフランス人シェフのラ・ヴィオレットは、私たちにパリっ子の強烈きわまる悪態を浴びせかけた。

バッドはかなり足が速く、ホームズが大きな石づくりの厩舎の開いた正面入り口に向かったときには、私たちのおよそ百フィート先を行っていた。ホームズがもう一発撃つと、バッドは階段を上がって二階の干し草置き場に逃げ、ふと姿を消した。馬房にいた八頭の馬が怖がって大きくいななく中、私たちはいっせいにバッドを追って階段を上がった。まるでウサギを追いかける犬の群れのようだった。

干し草置き場に上がると、床一面を干し草が埋め尽くしていた。長さ二百フィート、幅百五十フィートはある。階段を上がりきった周辺の狭い空間以外は、干し草とわらが高さ八フィートほどにびっしり積み上げてあった。

むろん、無法者バッドの姿は影も形もない。どう考えても干し草の下のどこかだった。なぜなら、この短い経過時間でやつが通って逃げたにしては、割れた窓が高すぎる。垂木の上の鳩が顔を上げて、絶体絶命の悪党がだだっ広く積まれた干し草の山のどこかに隠れているのを知らないかのように、クークー鳴いていた。

ホームズはバッドに対する一時的な敗北を悟り、怒りに歯ぎしりしていた。伯爵夫人がまだ城にいて、スペイン出身のメイドに気絶の魔法を解く手助けを受けていたのは、幸いだった。ヘムロック・ホームズが干し草に隠れているバッドの頭上で彼の災難を祈るのに使った言葉は、聞くも恐ろしかったからだ。

「地獄に落ちろ!」そういうと彼は、いくらかいつもの落ち着きを取り戻した。「干し草の荷みたいなありふれたものに邪魔されて足を引っ張られるなんて、きっと今回が最初で最後だ！　とにかく、いったいどうしてこれほど大量にあるんだ？」ホームズは伯爵に詰め寄った。「ここには馬の大軍が数年間養えるほどエサがあるようですが！」

「ホームズ君、私のせいにしなくてもいいだろう」伯爵も負けない。「誰かが私のカフスボタンを盗んでここに上がって逃げ、干し草の中に隠れるなんて、前もってわかるはずがないだろう？　干し草を買ったのは二カ月前だ。今より安かったから、そのあとに来る価格上昇を見込んで大量に買った。それに、トウモロコシやオートやふすまも大量に買った。それは下に保管してある。君はかなり理性を失ってきたんじゃないか？」

ホームズは答えずじまいだったが、立ったまま静かに怒りの炎を燃やし、大量の干し草の山ににらみをきかせていた。隠れているバッドは、おそらくそのどこかでひとりほくそ笑んでいることだろう。ランスロット卿はといえば、ホームズの顔に悔しさがにじむのを、壁にもたれて冷やかしていた。「おやまあ！　笑わずにはいられないね！　これほど面白いものを見るのは久しぶりだ！」

「そんなに面白いかな？」ホームズは大声を出すと、ランスロット卿に向かって突き進んだ。「今すぐ出ていけ！　考えているときは邪魔をするなと言っただろう！」

ホームズはランスロット卿の腕をつかんで階段から下へ押しやり、戻ってきて伯爵と向き合った。

「いいですか、閣下。この干し草の中からバッドを掘り出そうとしても、きりがありません。ですから、ある作戦で彼をあぶり出します。ここが唯一の出口のようですので、レットストレイド警部にこの階段を上がりきったところで見張りをさせ、今晩の彼の夕食はここにもってこさせます。彼が見張りに立ち、そのあと僕が徹夜で見張ります。僕のほうが太っちょ警部より目を覚ましていられるので。そのあと必要あらば、警部と僕が交代で休みながら明日丸一日見張り、ついにはあの泥棒が食糧を求めて出てこざるを得ないよう仕向け――その時が来たら彼をひっとらえる！　そんな作戦でいかがでしょう？」

「いいと思う――つまり、警部が台無しにしなければだがね」

「もしそうなったら、ただではおきません。お気持ちはわかりますが」ホームズは警部をぎろりとにらみつけて釘をさした。相手は懸命に城から駆け出してきたあとの息を整えようと、階段の一番上に腰かけていた。「だが、しくじりようがないはずだ。バッドが出てこられるのはここだけなので、警部には僕のリヴォルヴァーを渡す。僕の銃のほうが少しばかり引き金が早く引けるのでね。ほら、バーニー」ホームズは警部に向かって指示した。「僕の六連発を使ってくれ。僕は君のを持つ。前みたいに秘密を漏らすんじゃないぞ。今日の午後六時まで、おとなしく見張り番をしてくれ。六時に君の夕食をもってくる。それから、もしウィリアム・X・バッドが馬の餌の下から脱出しようとしたら、その小さな銃でどうすべきか、もちろんわかっているだろうな！」

「わかりましたよ。じゃあみなさん、村に使いをやって、ロンドンの本部に電報で、私がここにいることを伝えておいてください。それから伯爵、煙草がひと箱、余っていませんでしょうかね？」レットストレイドは特に柔らかい干し草の上に自分の持ち場を陣取り、その上に肥えた脚をきもちよさそうに伸ばした。

「なんだと！ この干し草の上で煙草を吸う？ そんなことをしたら先祖代々の厩舎が燃えてしまうじゃないか！」伯爵は声を荒げた。「やれやれ、君はホームズが評するとおりのおつむの持ち主のようだ！ しかし、話し相手が鳩だけという場所でひとり悪党を見張ることが、かなり孤独なのはわかる。この細刻みの煙草をやるから、気が済むまで嚙むといい。では」

警部は差し出された嚙みタバコの包みを手に取り、大きくため息をついた。

「それでは。万一発砲が聞こえたら、私だからな」彼はそう言って、細刻みを口いっぱいほおばった。

私たちは彼を午後の見張り番に残したが、ホームズは階下の馬の近くに鎖でつないであるブルドッグを見てから城に戻った。全員が図書室に入ると、伯爵が執事を呼んだ。

「ハリガン、みなさんにワインを」

ハリガンがにこやかに承知し、全員がワインを飲んだあと、伯爵とトゥーター叔父は部屋の真ん中のある大きなマホガニーのテーブルでチェスをした。ホームズとソーニークロフトがチェッカーを始めたのは、ランスロット卿と私が大きな出窓の革張りのソファに腰かけた頃で、ビリー・ヒックスは壁際の座り心地のいい肘掛け椅子に手足を伸ばして身体を預けていた。伯爵夫人は姿を見せず、依然、上の階の自室でメイドのテレサと一緒だった。使用人の面々は数多い部屋に散り、それぞれ仕事についていた。

そうして午後が過ぎ――私たちが厩舎から戻った二時ちょっと過ぎから五時十分になったと

き、突然城の裏口のほうで二発の大きな銃声が聞こえ、静寂を破った。

「やつか！」ホームズは声を上げ、すぐさま飛び上がるように立ち上がった。チェッカー盤にぶつかって駒を全部ソーニークロフトの膝の上にぶちまけ、廊下に駆け出して、私たちを大声で呼んだ。ホームズの脚がかなり長いため、私たちは厩舎まで再度マラソンしているうちに引き離され、使用人は城の裏側の窓から外の私たちを眺めていた。ところが、こんなことは言いたくないのだが、干し草置き場で目にした光景は正直なところ、大天使でさえののしりの言葉を洩らそうかというものだった。

干し草の散らばる階段付近の床に警部が仰向けの状態で縛られて猿轡《さるぐつわ》をはめられ、いびきをかきながら泥のように眠っていたのだ！

ホームズは怒りに青ざめ、吠え立てた。

「交代勤務で眠ってしまうとは！　今頃ビリー・バッドは、はるか遠くだ！　僕を押さえつけてくれ、早く！　我を忘れてこいつを殺さないように！」

ホームズは次に、フランス語でののしりだした。以前の数々の冒険談で触れたとおり、それは彼の母親の母国語であり、あまりに興奮してこれ以上英語で気持ちを表現しきれないときに出てしまうのだ。

ホームズが近くの壁に寄りかかってこぶしを振りあげ、フランス語で悪態をつき不穏な空気を漂わせているあいだ、伯爵と私は眠りこけているレットストレイドの縄をほどき、別のロープでできた猿ぐつわを外した。揺り起こして立たせると、警部は驚いて目をぱちくりさせた。

「みんな、二人を置いて城に戻ろう。天才とあてにならない見張りが二人でやりあっているあいだに」伯爵が声をかけた。

私たちは複雑な気持ちのまま、無言で伯爵に従い図書室に戻った。さきほど突然邪魔が入ったときについていた席に戻ると、伯爵が私に言った。

「さて、ワトスン博士、さっきのことをどう解釈する？　君は偉大な探偵とかなりの経験を積んできた。考えを聞かせてくれたまえ」

「活字になったとき、レットストレイド警部の印象はあまり良くないでしょうが」と私は前置きした。「何があったかは一目瞭然です。間抜けな彼が眠りにおちた。するともちろん、バッドはあの象みたいないびきを聞くや否や干し草の隠れ場所からこっそり出てきて、眠っている彼をロープで縛り上げ、リヴォルヴァーを取り上げて向こう見ずにも二発発砲し、すぐどこかへ去った。バッドが今日の昼間と同じくらい足が速ければ、今頃は隣の州に行っているでしょう！　当然、リヴォルヴァーを撃ったのはレットストレイドのはずがありません。ピクリともせず眠っていびきをかいていたんですから。それに、彼のほうからバッドに発砲して倒された可能性はありません。私たちが音を聞いてからあそこに駆け付けるまでに、また眠りこけてしまうほど時間はありませんから。特に、あれほどきつく縛られていてはね。ホームズが警部から聞き出した情報をもち帰ってくれれば、私の見解が合っているとわかるでしょう。」

その後間もなく、ホームズが戻ってきた。その日二回目の捜査の行き詰まりに、まだいきり立ち、怒りにうなりながら、うしろには踏んづけられた小麦粉の袋みたいなレットストレイドが控えていた。警部が言葉もなく座ると、ホームズが私の推理を裏付けてくれた。ホームズによると、レットストレイドは私たちにロープをほどかれるまで何があったのか、何ひとつ知らないのだという。干し草の上が快適すぎて眠ってしまい、発砲音を聞くまで目が覚めなかったというのだ。

「怒り狂って爪も噛んでしまいそうだ」とホームズ。「今できるのは、村に電報を送って当局の人間を派遣させ、周辺の町を包囲してバッドが現れたら逮捕してもらうことだけだ。あなたの秘書は電文を託せるほど信頼できますか、伯爵？」

ホームズはそう話しながら禿げ頭のソーニークロフトを粗探しするように見ていたが、急に気を変えたらしい。

「いや、ヘッジ・グザリッジには僕が自分で行って電報を打ちます。そうすれば、三度目の失敗なしに正しく送られたことがわかりますし。それでは！　三十分で戻ります」

気まぐれな相棒は、戸惑い顔の私たちを残して出ていってしまった。

六時十五分に幾分息を切らして戻ってきたホームズは、朝になるまで仕事は再開しないので、夕食をとりに下に降りていったほうがいいと宣言した。伯爵はホームズが城を統べるのを黙認していた。ヘムロック・ホームズが事件捜査にとりかかっているときは、彼の思うようにさせなければならないことを、これまでのなりゆきで理解していたからだ。でなければ仕事をしてくれない。ただそれだけのことなのだが。

ラ・ヴィオレットが用意し、執事ジョー・ハリガンが給仕した夕食は、前の晩に食べたのと同じくらい完璧な出来だった。ワインも同様だった。私たちはその晩、図書室で煙草をたしなみ、戯言を言い合ったりして過ごしていたが、伯爵夫人は激しい頭痛を訴えて自室に留まっており、夕食はメイドが上まで届けた。そして十時半には私たちも部屋に下がった。つまり、残る全員が寝室に入ったわけだ。しかしホームズは、上の階の私たちの部屋に入るなり、私の腕をつかんで小声で話しかけてきた。

「ワトスン、今からちょっとしたことをする。今日の午後のレットストレイドと同じくらいみんなが寝静まるまで、待つ必要がある。そのあと証拠を手に入れるぞ」

第九章

二人して目を覚ましていると、懐中時計が十一時半をさし、ホームズが声をかけてきた。

「静かに！　行くぞ。靴を脱いで」

私が不満に思いながら言うとおりにすると、ホームズも靴を脱いだ。彼は廊下を通ってソーニクロフトの部屋に私を連れていき、音もなくドアを開けた。

「彼の靴を失敬する」ホームズの小声が聞こえた。

「靴を？　なんてことを——」私は声をひそめつつ口を開いた。だが、ホームズが私の腕を握る力を強めて警告し、つま先立ちで静かに秘書の寝室に入っていったので、続きを飲み込んだ。ホームズはベッドのそばの椅子の下にある左右の靴を手に取ると、まったく音もたてずに出てきて、背後のドアを閉めた。

ソーニークロフトの部屋から出た私たちは、ランスロット卿の寝ている隣の部屋に、靴下のまま、つま先歩きで移動した。その奇妙な場面を、ちらちらとかすかに光る壁のガス灯だけが照らしていた。

「おい、ホームズ、全員の靴をくすねるつもりか？」ランスロット卿の部屋のドアをそうっと開けながら、私は彼に耳打ちした。「用心しないと、もうひとりロンドンから探偵が送り込まれて、靴が消えたのを調べることになるぞ！」

「黙っててくれ！」ホームズはいらついた声を上げた。「ずっと一緒にいて、まだ何も学んでいないのか？　ほかにすべきことがないなら、せめて動かずに、のんきな連中を起こさないようにしていてくれ」

私は言われるとおりにした。そして、徐々に進んで四つ目の部屋に達し、各部屋のベッド脇で見つけた靴を持ち出した。靴は六足になった――ソーニークロフト、ランスロット卿、トゥーター叔父、ビリー・ヒッカー、ビリー・バッドの靴だ（ホームズの目的にはありがたいことに、バッドは部屋に靴を一足残して、その日の午後は別の靴で逃げていた）。さらには、伯爵夫人の靴まで失敬した。夫人の部屋に押し入って華奢な高いかかとの靴を盗むのはかなり気が引けたが、捜査に感情を交えないホームズは何事にも手を止めず、ほかの靴と一緒に彼女の靴も持ってきた。最悪なのは、それを全部私に持たせたことだ！　大量の、しかも扱いにくい六足の靴の塊を両腕に抱え、真夜中の古城の廊下を運んで歩くなんて、間違いなくこれまでにない経験であり、ようやく自分たちの部屋に戻ったときは、思わずその心情を吐露した。ホームズは背後のドアを閉じ、私は部屋の隅に靴の山を置いて不平を一気に洩らした。

「ホームズ、君の仕事仲間になってから滑稽なこともかなりの場数こなしてきたが、ひとさまの就寝中に部屋をかぎまわって靴を盗むほど落ちぶれるとは、思ってもみなかったよ！」

「ああ、気にするな。ワトスン。あとは朝になったら説明する」我が道を行く相棒が返した言葉は、それだけだった。

そのあとは二人ともすぐにベッドに入り、明かりを消した――やっとのことで。

それまで相当疲れていたので、ホームズがはっと飛び起きて上半身を起こしたとき、私はちょうど眠りかけたところだった。

「そういえば、今日の午後厩舎で交換してから、レットストレイドがまだ僕の万全なリヴォルヴァーを持っていて僕がこれをもっているのを、忘れるところだった。行って取り戻さないと。あいつがふざけた持ち方をしていたら、何が起こるかわかったもんじゃない！」

私がひと言も言わぬうちに、ホームズは長い脚で私を跳び越えてコートのポケットに手を入れ、警部のリヴォルヴァーを取り出し、ドアを開けて廊下を駆けていった。寝間着をひらひらさせているのが目に残った。

一分かそこらたつと、暗闇で誰かが椅子に倒れ掛かるような物音がした。レットストレイドの部屋で銃を交換しているホームズに違いないと思った私は、枕の角で口を押さえて笑いをこらえていた。ホームズが間もなく自分のリヴォルヴァーを手に、瞳に炎を宿して戻ってきたので、彼をからかうのはまずいとわかった。

「何があった?」

「何も。さっさと寝ろ」

私はすぐに眠った。

ジリリリリ! ホームズがベッドのそばに置いた目覚まし時計が鳴った。跳び起きて止めると、まだ六時で、私はいまいましく思った。

「いったいなぜこんなに早い時間に合わせたんだ、ホームズ? この辺りじゃ工場の早朝の笛も聞こえないぞ」

「いや、僕はすることがあってね。遅れを許さぬ科学的な作業さ。よければ君は朝食に呼ばれるまでベッドで横になっていてもいいぞ。」ホームズはベッドからストンと降りたかと思うと、まるで火事場に出動する消防士のようにさっと服を着て、いつもポケットに入れて持ち歩いている拡大鏡と、スーツケースからは顕微鏡を取り出し、椅子を一脚窓際に寄せて十二の靴を、はじめに拡大鏡、次に顕微鏡でひとつひとつ調べはじめた。顕微鏡は靴の大きさを調べうる最大限の倍率に設定し、終始小さなノートにメモを書き込んでいる。

いったい何をやろうとしているのか、靴から何を発見しようとしているのか、私にはさっぱりわからなかった。そういえば前の日の朝、全員で濡れた草の上を歩くよう強く勧めたわけだが、その理由もわからなかった。

彼が抑え気味ながらも時おり勝ち誇ったように目を輝かせるので、何かしらを追っていることは理解できる。そのうち、ぱっと飛び上がると、窓のブラインドを一番上までさっと上げ、椅子をさらに窓辺に寄せて二つの道具で靴を調べ続けた。一時間以上が経ったころ、ホームズは書き込みをいくつかしたあと、深々と安堵のため息をついて私のほうを向いた。

「さて、ワトスン、道具なしで靴をざっと見たところの君の意見は？」顔がほころんでいる。

それまでに私も起きて着替えをすませ、次に何が起こるのか、心配にも近い気持ちで様子を見ていた。私はソーニークロフトの部屋からくすねた靴の片方を拾いあげ、両手の上でひっくり返した。

「僕に言えるのは、この靴は修理職人に出すべきだということだけだな」私は靴の外側の汚れを指さして言い添えた。「靴底の真ん中に小さな穴が。それにこの赤い泥汚れもとるべきだ」

「あぁ、頭を使うんだ。頭を使って！」ホームズは声を上げた。「わかるのはそれだけか？」

「うーん。君の拡大鏡とそこの顕微鏡なしでわかるのはね」

「正直に言おう、ワトスン。君は日ごとにだんだん鈍っている！　考えてごらん、考えるんだ！今までにこのすぐ近くでそんな赤い泥土を見たのはどこだ？」

まごついて頭をかいていた私は、少しして思い出した。「ああ、そうだ。厩舎の裏の、馬屋の近くだ。その泥土はきのうの午後そこでビリー・バッドを追いかけているとき見たんだった」

「じゃあ、それは靴の持ち主ユースタス・ソーニークロフトが厩舎の裏に最近行ったことを示している。個人秘書にはどちらかというと似つかわしくない場所で、ああいう座って仕事をするような学者肌の見た感じにも合わない。二つの事実を鑑みると、ユースタスは何か特別な目的で厩舎に行った――あるいは、ダイヤのカフスボタン、おそらくは彼が盗んだと思われるカフスボタンの、少なくともその一部を隠すという特別な目的で行った――という仮説は、それほど乱暴ではない！　わかるかい？《コンプレンズ・セラ》　鈍ちん《トゥ・インベスイレ》」

ホームズはさらに付け加えた。「もちろん、絶対にユースタスが僕たちの追いかけている犯人だと言い切ることはできないが。僕は競馬場の常連の変装をして出かけ、イェンセンとリネスクの御者二人と『馬談義』してくるよ。そうすればもっと何かわかるだろう。ほかの靴からもたくさん役に立つ手がかりが見つかったが、君の大きな耳にはお預けだ。僕がきのう君たちに濡れた牧草の上を歩かせた理由は、君が考えているように風邪薬の会社の株を持っているからではなく、六足の靴に（僕の鍛えられた目に持ち主が最近どこにいたかを示す）何かしらの証拠になる汚れが湿ってしっかりくっつくようにしたかったからといえば十分だろう。僕が靴を手に入れて調べる前に乾ききって落ちないようにだ。わかったかい、ワトスン。物事の解決方法はひとつじゃないって、言うじゃないか」

皮肉屋のホームズは講釈をたれつつ、検査した左右十二の靴すべてを部屋のドレッサーの引き出しの下の段にしまいこみ、鍵をかけて自分のポケットに入れた。

「もう朝食ができている頃だろう」ホームズは自分の時計を見た。「七時二十分だ。きのうの朝洗面所の棚で見つけたウィスキーが残っていれば、もっといただこう。一時間も起きて靴を調べていたら、なんだか寒さが身に染みてきたよ」

二人とも顔を洗い、ホームズは寒さ対策にウィスキーをひっかけたあと、正面の階段を下のホールへと降りてダイニングルームへ行った。ふと私は、きのうの夜の私たちの突飛な行動の結果はどうなっただろうかと思った。

「なあ、ホームズ」私は気が気でなくなり、小声で話しかけた。「履物がなくなったことを全員が伯爵に報告していたらどうする？」

「どうするって？　じっと座って口をつぐんでいるに決まっているだろう。尊敬するダドリーおじさんに任せておくんだ。大丈夫、僕が何とかする。それにもし君が靴のありかをべらべらしゃべるほど我を失ったら、間違いなく舌を切ってやる！　いいな？」（アンクル・ダドリーは、一九〇二年からスタートした新聞連載漫画『レディ・バウンティフル』の登場人物）

　ホームズは私の腕を揺さぶって警告した。

　ダイニングルームにはまだ誰もいなかったが、私たちが入っていくと、そうでなければ快適な場面に、丸々と肥えたエグバート・バンベリーが現れた。彼は口ごもりがちに話しかけてきた。

「あぁ、えー、あの、オームズさん、上へお呼びに行くところでした」

「ああ、そうか、エギー」ホームズは皮肉っぽい口調だった。「いや、僕もワトスン君も、ここまでどう来ればいいかはわかってるよ。君が親切に案内してくれなくてもね。僕が君なら、博士に診断書を書いてもらうな。夢遊病なんじゃないか？」

　まもなく伯爵と、今回は伯爵夫人を含むほかの人たちがやってきて、朝食の席に着いた。ハリガンがソーニークロフトのカップにコーヒーを注ぐと同時に、ソーニークロフトが伯爵に話しかけた。「今日は四月十日、水曜日ですが、よろしいですか？《イシュ・ケビブル》」

「ふむ、それが何か？　ユースタス。私が気にすべきなのは、こちらのホームズさんがダイヤのカフスボタンを取り戻してくれる日だけだ」伯爵はホームズに微笑みかけた。

「いえ、去年の秋に署名された契約によると、毎月十日に十ポンドの小切手をロンドンの《アンダマン諸島の困窮する真珠貝採取潜水夫待遇改善協会》の会計係に送らねばならないことになっておりまして」とユースタス。

「そうだったか？」伯爵はオートミールをかき混ぜながら言った。「じゃあ、私がだまされたのは秋《フォール》だったのか――まあいい――はっは！」

誰もが声を出して笑った。ボスがジョークを言ったら。それがどんなにくだらないものでも笑わなくてはならないのだ。するとホームズが口をはさんだ。

「なあソーニークロフト、アンダマン諸島の真珠採取業《パール・ダイビング》は、この国のダイヤ泥棒稼業《ダイヤモンド・スワイピング》と同じくらい盛んなのかね？」

第十章

ソーニークロフトはホームズのあまりにも飛躍した当てこすりにうろたえ、顔を真っ赤に染めて、しばらく言葉を失った。

「どうして私にわかるでしょう？　おかしなアメリカかぶれの表現に現れているように、例の物を誰が持っているかわかっているなら、さっさと捕まえればいいのに」彼の声は尻すぼみだった。

「ホームズさんたら、奇妙なことをおっしゃるのね」伯爵夫人が興味深げに身を乗り出し、もの言いたげにランスロット卿を見ながら言った。「あなたの素晴らしい才能で、ゆうべわたくしの一番上等な靴を盗んだのは誰か、解明してくださるかしら。復活祭の日、月、火曜日に履いて、今日もまた履きたいのに朝起きて一番になくなっているのに気づきましたの。

「そうなんです、私の靴も！　最初は部屋で置き場所を間違えたのかと思ったが、城に泥棒がいるに違いない！」とみんながいっせいに同じことを話すあいだ、ホームズが声を出さずに静かに喉を震わせて笑うのが、私には聞こえた。伯爵夫人が言葉を続けた。「もしもある社会的地位の高い人物が、まず伯爵のダイヤのカフスボタン、次に靴泥棒という、そんな不埒なことを考えたとしても、伯爵と近親関係だから少しばかり大目に見てもらえると思っているのでしょうが、それは大きな誤りですわ！」

夫人はまたしても射るような目でランスロット卿を見た。

「伯爵夫人、まあ、まあ、」ホームズが笑顔でたしなめた。「弟さんに強く当たられませんように。夕べ靴を盗んだのが彼だとは、思えません。それどころか、完全に確信があります。今日の正午までに靴を取り戻すと約束しますので、ご安心を！」

「そりゃあ、もちろん」ランスロット卿があわてて口をはさんだ。「ビリー・バッドが真夜中に戻ってきて靴を盗んだにきまってる。きのうの午後逃げたあとにね。たぶん近所のどこかに隠れているだろうよ」

私が靴泥棒について気の利いたことを言おうとしたとき、それを見ていたホームズが、テーブルの下で足を蹴って警告したので、思いとどまった。

朝食が終わると――レットストレイド警部はほかの連中の三倍は食べていた――ホームズは、ヘッジ・グザリッジに手がかりを調べに行くので、昼まで戻らないと告げた。彼は私についてくるよう合図し、誰も見ていないときに。上の階の自分たちの部屋へ急いだ。ホームズはスーツケースから素早く変装道具を取り出し、いつもの服を脱ぐと、新しい服装に着替えた。着古して汚れた、けばけばしい黄色いチェックの背広の上下に、ちょこんとちっぽけな赤色の帽子。破れた黄褐色の靴。手には乗馬ムチ。すると器用に化粧品を取り出して、一瞬のうちに肌色のワックスの塊を長い鷲鼻の鼻柱に固定し、俳優が使うドーランで一週間も酔っぱらっているように見えるほど鼻を赤く塗った。声色を変え、強いロンドン訛りでこう言った。

「これからおれの名前はディック・ヘンダーソンだ。エプソム競馬場から来た。覚えとけ、そこのお医者さんよ、でねえと、ぎったぎたにしてやるぜ！」

「わかったよディック。いつも通りやる。それより、部屋係メイドのナタリーとアデレードがここに上がってくる前の今が、例の靴六足をそれぞれの所有者の部屋に戻すいいチャンスなんじゃないか？」

「いいぞ、ドク！　ついにかすかな知性の兆しを見せたな。盗んだ靴をすぐに返そう」ホームズは喜んだ。

私たちはそれから、六つの部屋を回って靴を元の場所に戻した。恥ずかしい質問をされるかもしれない相手と出くわすことはなかった。

見事な変装後のホームズは、私を伴って階段を下りて正面玄関からこっそり外に出た。そのときが九時十五分。高い窓から誰にも見られないよう城の周囲を壁沿いに歩くと、彼は私を厩舎に連れて行った。

ここで私が厩舎の馬房のひとつに身を隠し、ホームズが別の馬房に入っていくと、小柄で太った第一御者のオーラフ・イェンセンが、貴重な乗馬用の馬を手入れしているのを見つけた。

「やあ、どうも」ホームズはオーラフに声をかけた。「おれはディック・ヘンダーソン。次のエプソムのレースに出馬するプディンガム伯爵のすばらしい馬八頭についてちょっと聞きに来た。馬のことを教えてくれたら、勝率が高まるからな。おれがうまくいけばその分あんたも、な」

そしてオーラフに目配せした。オーラフは偽ディック・ヘンダーソンのけばけばしい服を見てあっけにとられてつっ立っていた。

「ヘンダーソンさん、あんた、すんげ格好いいな。でも伯爵がそんなレースに馬を出すなんて、聞いたこともねえ」オーラフは丸々した頭を掻きながら答えた。「でももし出すんなら、こいつだろ。プディンガムの厩舎で一番の良馬だで。上品な両脚、いや四つの脚を見てくんねえ！　あぁ、たまらん！　こいつ風みてえに走るんだ。ほんとだぞ！」

「ほう、それはそれは。この素晴らしい馬の名前は？」ホームズはメモと鉛筆を取り出した。

「名前はアイアス二世。おいらがこの手で世話をしているんさ。助手のキャロル・リネスクときたらさっぱりで、たよりになんねえ。今は干し草置き場でおねんね中だ。おいらはオーラフ・イェンセン」

すると御者は、つやつやしたアイアス二世に馬にくしをかけ続けた。馬はつやめく茶色の毛にくしが通ると同時に喜んでヒーンと鳴いた。

「よし、オーラフ。ありがとう。ほら、これを」ホームズはにっこり笑って、ズボンのうしろのポケットから小さなウィスキーの瓶を取り出した。こんな時のために考え抜いて準備してあったもので、それをオーラフに差し出した。

「どうも、ヘンダーソンさん」乾杯《ゲズントハイト》、と言ってオーラフはそれを飲んだ。

「ここに来る途中の村で聞いたんだが」ホームズは続けた。「伯爵の貴重なダイヤのカフスが十一個盗まれて、ロンドンの有名な探偵ヘムロック・ホームズが今ここで事件を調べているんだってな。それはそうと、いったい誰が宝石を盗んだのかな」

「そうそう！」オーラフはウィスキーにせき込みながら答えた。「おいら、そのひとつがどこにあるか知ってるぜ！　あんの足の長いだけのイカサマ野郎のヘムロックなんとかなんかにゃ絶対に見つかんね！　あいつぁはったり屋もいいところだ。おいらたち城んもんに偉そうな口で聞き回るくらいいっきゃ、しやしない。それに伯爵は執事のハリガンが出す高いワイン飲んでいつも酔ってっから、ヘムロックは伯爵出し抜いて大金払う仕事してるって思わせるな朝めし前だと思っているさ！　ハハ！　好きなだけ嗅ぎまわりゃいい、でもカフスは絶対に見つけらんねえ。だって、おいらがとっておきん場所に隠したんだからな！　オーストラリアから来たビリー・バッドさんがカフス一組とってきて片方隠すようにっておいらに渡したんだ。この騒ぎが収まったらあん人に返して、でっかい報酬もらう。そんで、あの人はそれぇロンドンにもってって売って、大金に変えるってわけさ。きのうの午後、あのロンドンから来たセイウチみてえな警部があの人逮捕しようとしたとき逃げちまった。それでも遠くにゃ行っていないはずだ」

　ホームズのことを夢にも疑っていないオーラフがぼろぼろと全容を話すあいだ、彼は顔の筋肉を抑えて笑みをこぼさずにいたが、隣の房に隠れていた私は、ホームズが面と向かってそんな風に酷評されるのを聞いて笑いをこらえるのに精いっぱいだった。

「ほう、そいつは確かに面白い」ホームズは媚びるように話に乗った。「オーラフ、そのダイヤのカフスは、ずばり今どこにあるか教えてくれないかな？」

　オーラフはむぅと舌先で頬を膨らませ、偽の競馬ファンに目配せした。

「なぜ知りたい？　危険はおかせねえな。バッドさんが戻ってきて無事渡したらでっかい報酬くれる約束だから」

「あぁ、そうか。言いたくないならいいがね」ホームズはどうでもいいふうを装った。「ところで、このすごい競走馬だけど、左のうしろ脚の蹄《ひづめ》をどうかしたのかい？　蹄のちょうど上に何か挟まっているようだ」

　アイアスの蹄を指さした。彼のすばしこくて何事をも見逃さない目は、オーラフが長話をするあいだに気づいていたのだ。図星だったらしく、オーラフはすぐに激しく動揺した。

「い、いやあ、何でもね、何でもねってさ！」びくびくしながら大きな声を出し、発作的に両手を動かし、顔を真っ赤にした。「この馬ぁ生まれつきこうなんだ！　そういうこと！」

「そうかな？　おれにはちょっとおかしく見えるけどな」すかさずホームズが言い返す。「獣医外科ならある程度心得があるから、治せるかもしらん。ほれ、脚を上げて、アイアス！」

オーラフが遮る前に、ホームズはアイアスの脚を自分の両膝に挟んでポケットナイフをさっと取り出し、繋《けい》（蹄と足の球節とのあいだの部分）と蹄とのあいだにある奇妙な塊をこそぎ取った。ホームズは泥の塊かと思ったが、藁の散らばる厩舎の床を転がって塊が崩れると、なんだろうと見つめる私たちの目の前に、不可解にも盗まれたダイヤのカフスボタンが現れた！

「なんとまあ！」ホームズはあらんかぎりの大声だった。「とにかく、これでひと組見つかったぞ！」

彼は輝く宝石を床からつかみ取ると、驚きおののくイェンセンの前に立ちはだかった。

「つまりこの馬は、蹄にダイヤモンドをはめて生まれたってのか？　世に言われる金の匙を口にして生まれる赤ん坊にもまさる話だな。動くな、オーストラリアの悪党の仲間。おれの名はディック・ヘンダーソンでなく――」ホームズはぱっと鼻のつくり物を取り、生まれつきの声に戻した。「ヘムロック・ホームズだ。お見知りおきをってな！　さあ、歩け！」

ホームズはリヴォルヴァーを抜いて縮こまる御者に向け、城へ行けと合図した。

私は隣の房の隠れ場所から出てきて、城に向かう奇妙な行進に付き添った。両手を上にあげ、顔は恐怖でほとんど真っ青なイェンセンを先頭にして、そのすぐうしろにホームズ、しんがりに私。そのあいだ、厩舎の隣の犬小屋でブルドッグが盛んに吠えたてた。三人で庭園の小道を行進するあいだ、ホームズは獲物に詰めよった。「おい、オーラフ。ソーニークロフトはおまえとビリー・バッドに会いにここに来たか？」

「はい、来ました」オーラフは縮こまった。

「すると二人とも、おまえと一緒に例のカフスボタンを隠す算段をつけていたんだな？　ではどうしてあんなとんでもないところに隠すことになったか教えてもらおうか！　さあ、さっさと白状しろ！」

「初めは干し草置き場に隠して、そんあとあの馬を世話するあいだに眺めようと取り出したんでっけど、あんたがやってくるって聞いて怖くなり、泥をつけて馬の繋の下に突っ込んだんで。おいらが考え付く一番手近な場所だったんで！　ホームズさん、どうか今回は穏便に。おいら、これまで物を盗んだことなんてないんでさ！」城に近づくにつれ、身を縮こまらせ、ひと息おいてはおびえて、背後のホームズのリヴォルヴァーを見るオーラフ。

「リネスクの証言によると、彼のブーツを盗もうとしたそうじゃないか」ホームズは城の裏口から入りながら淡々と答え、図書室に向かって廊下を歩き続けた。「でもこわがる必要はない。おまえの罪の報いは、残りのカフスが全部見つかってからだ。あとのカフスボタンのことは何か知っているか？」

「知りません、ホームズさん。これっぽっちも。おいらが見たのは、今あんたが取り出したやつだけで」

ホームズはオーラフを図書室へと歩かせた。そこでは伯爵とソーニークロフトが請求書などの書類をテーブルに広げて座っており、二人は私たちの光景を見ると驚いて、跳び上がるように立ち上がった。ホームズが競馬ファンの変装に隠れた正体を明かすと、共犯者オーラフ・イェンセンが探偵の手に落ちた姿を見たソーニークロフトは、真っ青になり、テーブルの端につかまって身体を支えずにはいられなくなった。

「伯爵、あなたに取り戻したダイヤのカフスボタンの最初のひと組をお渡しします」ホームズは伯爵の驚き顔を見ながら、勝ち誇ったように宝石をテーブルに置いた。「実際にはあなたの御者は盗んではおらず、盗んだものを受け取っただけです。ソーニークロフト――」ホームズは秘書に向き直って続けた。「お遊びは終わりだ！　次は君の番だ！　君はカフスボタンを盗んで隠してもらうようオーラフに渡した。残りのダイヤがどこにあるかはウィリアム・X・バッドと、おそらくは君も知っている。こうなったからには全部吐き出して、これ以上の厄介事は避けるんだな」

我が相棒は革の安楽椅子に腰かけて紙巻き煙草に火をつけ、身体を楽にして脚を組み、うろたえる秘書の言い分を聞いた。伯爵は別の椅子にどさりと腰を下ろし、ひと言も聞き漏らすまいと耳を傾けた。

第十一章

「そんな、ひどい！　盗んだのはビリー・バッドで、私じゃありません。彼が月曜日の朝早くに私の部屋に入ってきたんです。私は着替え中だったんですが、日曜日の夜に盗んだというカフスボタンを見せられ、それを処分する機会が来るまで持っているよう片方を渡されました。

そして、なくなったという知らせをもって、あなたを訪問して、戻った直後――午前十時半頃でしたけど――彼と私が厩舎に行くと、バッドがもう片方を、ここにいるオーラフに、隠せって渡したんです。私の分はここにあります、ホームズさん」ソーニークロフトはしどろもどろに話しながら、輝く二個目のカフスボタンを上着のポケットから出し、テーブルの上のオーラフから取り戻した一個目の隣に置いた。「村の警官が私たちを調べにここに来たときは、彼らが行ってしまうまで、ただ上から靴の中に滑り込ませていましたが、それ以降は自分の上着のポケットに入れて持ち歩いていました。

ユースタスはハンカチを取り出して汗の噴き出る顔を拭いた。

「すると、君がベイカー街の事務所に飛び込んできて、なくなったと告げたときには、まさに身に着けていて、心配で気が気でない様子はふりだったと？　よくもまあそんなことが」ホームズは煙草の煙をもくもくと吐き出した。

「はい。恥ずかしながら認めます。しかしもともと伯爵の部屋に押し入って宝石を盗んだのは、あのバッドというならず者で、御者と私はどちらもただ盗んだものを渡されただけで、泥棒ではありません。あぁ、伯爵、私はひどいことを」ユースタスは伯爵に向かって話しつづけた。「ご存知のとおり、私はオックスフォード大学を出た名誉ある人間です。きっとあいつのおぞましい計画に誘い込まれてしまったときは、酔っぱらってどうかしていたのです！　あいつが言うには、宝石を盗んだのは最近ロンドンでカードの負けがこんだからだそうで、盗んだ宝石を売って借金を埋め合わせたいのだと。あと九つのカフスボタンのことは、まったく知らないと誓います、知っていたら申し上げます。これであらいざらいお話ししました」

伯爵は、一同のひとりひとりに視線を移していった。ばかげた変装をしていながらもワシ鼻の顔に勝ち誇った笑みを浮かべ、超然《デガジェ》と腰かけて煙を吹き出すホームズ、どうしたものかと居心地の悪そうな顔で、テーブルの傍らに立って落ち着かない様子で両手をこするソーニークロフト、自分のそばに赤ら顔で立つオーラフ、そして、別の椅子に腰かけ、普段と変わらずこの世間をあっと言わせるような事件の目立たないところで穏やかに落ち着いた雰囲気を醸し出している私。

「なんとも驚いたな。いったいなんと言うべきか。これが現実とは」伯爵はやっとそれだけ言った。「裏切り者の秘書はたった今、再び自分の靴に隠すことができたであろう二番目のカフスボタンを、そうしようとせず進んで出してきた。今回は勘弁してやろうという気になるものだ。おまえを許すことにしよう、ユースタス。しかし金輪際こんなことはするな。さもないと私は、おまえが所属しているロンドン中のクラブから除名させてしまうかもしれんぞ」伯爵はそう念を押してユースタスの目の前で人差し指をちらつかせた。

「ありがとうございます、閣下、申し訳ありません!」ユースタスは大声であふれんばかりの感謝を表した。「まだ見つからないほかのカフスボタンを見つけるお手伝いを精一杯させていただき、ご厚意に応えられるよう頑張ります」

「もういい、ユースタス」伯爵はそっけなかった。「ホームズ君、そちらの小柄な酔っ払いはどうしたものかな?」

伯爵が指さすと、いまだ震えの止まらぬ御者は、両手で縁なし帽をいじりながら立ちすくんだ。

「あぁ、もう悪さはしないでしょう」とホームズ。「彼に泥棒を企てるほどの能はなく、ビリー・バッドに使われただけなのはわかっています。ですから彼も許してやってもいいでしょう。そうすれば、彼らが知りうる限りの情報を得られます」ホームズは秘書に向き直った。「ソーニークロフト、君は伯爵の従者、ルイージ・ヴェルミチェッリがカフスボタンを盗んだと告発した。それにオーラフは、御者仲間のカロル・リネスクを泥棒だと。僕は君の発言を公平に考慮に入れ、告発された者にかまをかける。さあ、ワトスン、忙しくなるぞ。昼食の前にあといくつカフスボタンが見つかるかな。まだ九時を少し過ぎたばかりだ」彼は腕時計を見た。「あと三時間近くある。ところで、きのうの朝、その日のうちにカフスボタンを見つけられるかビリー・バッドと五ポンド賭けていたな。今日までに家宝を見つけられなかったから賭けは彼の勝ちだが、言われているようにバッドは正義の手を逃れた人間だ。掛け金は没収して僕の勝ちだと宣言する！　ワトスン、預かっている十ポンドをくれ」

私は肩の荷が下りるのがうれしくて、そそくさとそうすると、バッドの失踪でホームズは二十五ドル分勝ち越した。まだカフスボタンが九つ行方不明だというのに。

「もう厩舎に戻ってよいぞ、オーラフ」伯爵に言われた御者は、これ以上の糾弾から逃れられるのを喜んでたちまち出て行った。「それと、ユースタス、おまえもホームズが知らせをもって入ってきたとき私と一緒に確認していた、さっきの請求書の仕事に戻ってよろしい」

伯爵はきらめく飾りボタンをポケットに入れ、椅子をテーブルに寄せた。ユースタスは元の席に戻った。

「あぁ、そうだ！　忘れるところだった。これは少しばかり祝わねばな！」伯爵は突如声を上げて、こぶしでテーブルをポンと叩いた。

「ハリガン！」伯爵が声を張り上げて呼んだ。「とっておきの上物のバーガンディのボトルを。ホームズ君とワトスン博士に用意してくれ。わが先祖の歴史に残るカフスボタンの喜ばしい返還を祝して！」

陽気な執事は伯爵が必要なとき常に聞こえる範囲にいるようで、すぐに図書室に来た。

「お持ちの最高のバーガンディはボーヌ産の一八七四年ものですが、そちらで？」

「そうだ！　大至急！　とにかくまた喉が渇いた」伯爵はそう言って私たちに目配せし、まだ幾分ばつの悪そうなソーニークロフトは、窓の外の木々のあいだで鳥が春の歌をさえずるのを眺めていた。

ハリガンは部屋から出ていくと、数分後には、ワインセラーから東フランスの丘の日没のルビー・レッド色にきらめく中身がいっぱいに入った、色の濃い色の首の長い瓶を手に戻ってきた。彼はコルクを抜いて三つのグラスに年季の入ったワインを注ぐと、伯爵がひとつを手に取り高く上げ、残る二つをホームズと私が手に取った。

「ユースタス、すまないが今回はおまえを外さざるを得ない。ホームズ君、残り九個を素早く奪還して明るい気分にしてくれ、乾杯《プロジット》！」

ありがたい乾杯の言葉とともに最高級のワインを口にすると、それぞれ、これまでに飲んだ中で最高ののど越しの絶妙に発酵させたブドウ果汁の酔いから醒めた。

「どうも。今から仕事に励みます」ホームズは「気力《ペップ》」がみなぎり、グラスをテーブルに置いて私に声をかけた。「部屋に上がって僕のこのひどい服の上下を脱いで顔の赤い油脂を洗い落とすよ。閣下、それでは。のちほどカフスボタンをお持ちしたいと思います」

私たちは二人とも図書室を出て上の階に行った。ホームズは素早く着替えて近くの洗面所で化粧を落とし、再び洗練された服装で私の前に現れると、宣言した。

「ワトスン、従者のヴェルミチェッリをあたる。僕の推理だと、彼はもうひとつをどこかにしまい込んでいる。その発見は僕にかかっている」

私たちは部屋を出て階段を降り、ヴェニス出身の信用ならない従者をぴったり尾行した。私たちが二階の階段の踊り場を回って作戦実行中の本部に半ばのところで、ホームズの鋭い耳が近くの部屋の人の声を聞きつけた。私の鈍い耳には何も聞こえなかったが。

彼はシッと唇に指をあて、私の腕をつかんで、抑えた声が聞こえる部屋の半開きのドアへと無口に忍び足で廊下を歩いた。そこまで言って足を止めるとホームズは少しのあいだ用心深く耳を澄ましたあと、ドアの隙間から中に頭をのぞかせて、ゴホンと咳をした。彼はすぐさまドアを開けると、すぐうしろに私を控えて中に入った。何事も見逃すまいとの心意気で。

窓際の揺り椅子に腰かけていたのは、伯爵夫人の独り身の叔父だった。あの引退したお茶と香辛料の商人、インドのハイデラバードから来たJ・エドマンド・トゥーターが、スペイン人メイド、テレサ・オリヴァノを膝にのせていたのだ。私たちがあまりに不意に入っていったので、二人ともいちゃつくのをやめ、ハーフネルソン（レスリングの技。腕を相手のわきの下に回して首を抱きかかえるようにする）の格好で絡み合っていた腕を急いでほどくと、かなりお怒りの様子で私たちのほうを向いた。予想に反してテレサはトゥーター氏の膝から降りなかったが。

「無遠慮にも無断で入ってきて、これはどういうつもりだ？　ホームズ！」トゥーターが怒って詰め寄った。「婚約者を膝に乗せて、どこが悪い。厚かましい探偵に突然邪魔する権利はないはずだ」

「今、なんと？」ホームズもびっくりだった。

「〝妻となる約束をした人〟だよ。わからんか。君には姪や伯爵以上に関係のないことだ。今日の午後に駆け落ちしてロンドンで結婚する予定だったが、これで君は、走り回って目の前の人間すべてに知っていることを話すんだろうな」

トゥーターがテレサに何か囁くと、彼女はその場で彼に別れのキスをし、膝から身を投げ出すように降りて部屋を出た。顎を高く上げ、黒い瞳をしばたたかせ、通りすぎざまに「なんてぶしつけな人！」みたいなことを言いながら。

トゥーター叔父が揺り椅子から身体を起こして窓辺に立つとき、左手からズボンの左のポケットに何かを滑り込まそうとしたかに見えた。

ホームズも同じくそれに気づいたが、しばらくそれには触れなかった。

「いやぁ、トゥーター、あなたにはまったく驚かされる」ホームズはいかにも皮肉っぽく言った。「あなたの年齢が五十はとうに過ぎているのを考えると。もっと若い人が一緒になる若い花盛りの女性と恋に落ち、しかも使用人と婚約するなんて。以前に何度か断られた相手は、もちろん、おっしゃるとおり僕の知ったことではありませんが、そう言われるのは慣れっこでして。そのうえで、状況によっては他人のことに首を突っ込むのも仕事のうちだと判断します。テレサは第一部屋係のナタリーからダイヤのカフスボタンを盗んだと訴えられていて――」

「それは聞き捨てならない嘘だ。私は証明できる！」トゥーターは声を上げた。

「それに、あなたも時おり酔って正体を失うからと、伯爵から盗難にかかわった可能性があると推測されています。かなり控えめな表現ですが」ホームズは動じず続けた。「ところで、あなたがズボンの左のポケットに滑り込ませた小さな包装について伺いたいのですが」

トゥーターは恥ずかしそうに顔を赤らめて即刻拒否した。

「ワトスン、ドアに鍵をかけてポケットにしまえ！」ホームズが叫んだ。

第十二章

私はすぐにドアに鍵をかけ、ポケットに鍵をつっこみ、ドアの前に立ちふさがった。ホームズは部屋の真ん中に立ち、恥ずかしそうな顔のトゥーターに向き合った。トゥーターは窓際から動かず、左手はポケットの中の謎の小さな包みを摑んでいた。

「トゥーター、これで手の内の品は確保した。抽象的にも、文字通りにも。よって一緒に来てもらおう」ホームズは迫った。「やむを得ない場合以外は力ずくの手段に頼りたくない」

「すまんね、ホームズ。ありがたいお言葉だが、もしこれが表沙汰になったら私はおしまいなんだ」

「どのみちそうなる。あなたほどの地位の人がそんな手を使うとは！　悔やむべき過ちも資金不足を言い訳にはできませんよ。裕福なのは周知の事実なので」

「しかし、それで残る汚名を考えてみろ、ホームズ。ロンドンの上流社会でもう二度と受け入れられなくなり、国王からも見放されるに決まっている！」

「いやはや、そこで踏ん張っているほうがまずいでしょうな。自業自得というものだ。さあ、いい加減おとなしくよこしなさい。でないと自制心を忘れてジウジツの技をかけてしまいますぞ」

それでもトゥーターがまだ拒むので、ホームズは堪忍袋の緒を切らした。つかつかと彼のもとに歩いていき、左腕を摑むと、トゥーターは頑固にもその手から逃れようともがいた。ホームズが一瞬で手首をくるりと素早く回し、トゥーターの手から小さな包みをもぎ取ると、包みは床に落ちた。ホームズはすぐさまさっとそれに飛びついて拾い、包装を開けかけたが、あっと口を開けたかと思うと心底がっかりして、怒りもあらわにトゥーターの前に立ちはだかった。

「いったいどういうつもりなんだ？　これはあなたの会社の『セイロン直輸入トゥーター社製最高品質茶』の試供品じゃないか。ダイヤのカフスボタンなんかじゃない！」ホームズは大声になっていた。

「ほう、だれがカフスボタンだと言った？　おめでたいひょろひょろ探偵が」開き直ったトゥーターも大声で言い返した。「伯爵のカフスボタンのことなんかいっさい知るもんか。もう二日近くうろついているくせに、まだひとつも見つけていないじゃないか。そのうえ今度は、図々しくも私のお茶の試供品を失敬しようなんて！」

「いいや、少し前に二個取り戻したばかりでね。ひとつはイェンセン、もうひとつはソーニークロフトから。そして三つめをあなたから取り戻すところだった」ホームズは怒りと戸惑いを見せた。「盗まれた宝石が自分の手にあるかのように話していたのに。社会的地位が損なわれるとの点で意見が一致したのはいったいどういうことですか？　えぇ？　紅茶の包みを隠そうとしただけなのに」

「それは私が『現役』の小売商だとみなされていないからさ。うかつだな。たとえばこの試供品の包みを城で使うようルイに勧めるのにテレサのところに持ち込むとか、いかなる関わりであろうと私が紅茶産業に直接関わったが最後、ロンドンの上流階級からもはや引退した紳士だとはみなされなくなる。不屈の精神で最近やっともぐりこんだばかりの閉鎖的な社会なのに。私が見せたがらなかった理由がこれでわかったかね？」

ホームズは目を凝らして紅茶の試供品を見ると、手の上でひっくり返し、控えめに悪態をついた。

「よくわかりませんね、トゥーター。あなたが名もなき身分に生まれ、徐々に身を立ててお茶と香辛料の事業で財を成したことは周知の事実だ。自分の義理の甥の家で自分の紅茶を売り込もうと考えて何をはばかることがあるのか？」

トゥーターは大きくため息をついて肩をすくめた。

「ウェストエンドで学ばざるを得なかった、厳しい教訓だよ。君はどうみても上流社会の人々の習慣や考え方に疎いから、外に出て仕事にまい進して富を得られればいいとでも思っているんだろうが、上流社会の頂点に上り詰めてから自分の会社の取引にてこ入れしようとするのは、人に知られようが知られまいが、最も深刻なルール違反かつ許されない過ちだ。いいか、私は事業を上級社員に任せて、自分は彼らに稼がせた金を使うだけの身分だとされている。これで十分説明になると思うが」

トゥーターは考え事をするように窓の外の景色を黙って見つめた。そこには小さな緑色の芽がちょうど木の大枝から顔を出しかけていた。

この説明ではホームズの気分は大してやすらがなかった。彼は常に上流社会の人々とそのあり方を軽蔑してきたからだ。だから、初めの二つのカフスボタンをうまく取り戻したあと、ふいに衝撃を受けて、完全に冷静さを欠いてしまった。私が彼の幻滅した顔に苦笑いしているのに気づいてしまったからには、特にそうだろう。そこで彼は、父の母国語の英語でも、母の母国語フランス語でも感情表現がままならず、ドイツ語でののしり出した。

口から出てくる下品なゲルマン語がより長く、より強烈になってきたので、私は静かにドアの鍵を開け、トゥーター叔父に合図し、一心にののしり続けるホームズをおいて、二人とも抜き足差し足で部屋を出て下の階に向かった。図書室への階段を降りるとき最後に聞こえたのが『ブタ野郎《シュヴァイネフント》』で、かなり耳障りだった。

トゥーターと私は、伯爵と秘書のもとにひょっこり顔を出した。たった今起きたホームズの急激な気分の悪化を話すと、伯爵は椅子にもたれてうぅむとうなった。トゥーターは紅茶の試供品を持っているのを見つかった社会的不名誉のほうを心配していたが。

伯爵は気のおけない温厚な人で、俗物的な友人たちのような偏狭な考え方をすることもなく、紅茶については誰にも言わないと二つ返事で約束した。トゥーターからテレサと結婚の約束をしたと聞いたときも、にやりと笑い、尊敬する義理の叔父は、新しいメイドを見つける必要があると姪に告げてもらわねばと言っただけだった。

数分もたたないうちにホームズが何事もなかったかのように再び場に加わったが、私たちはさっきのことをからかうのは我慢した。

「それでは、次に襲う獲物はあなたの従者です、閣下。今回は山をかけます」とホームズが切り出した、「で、獲物はどこに?」

「上の私の部屋だ。服を整理している」と伯爵。

「わかりました。行くぞ、ワトスン、犯行現場から逃げる前に捕まえるぞ」

私はホームズについて廊下を進み、伯爵の控室の奥の部屋に入った。

ルイージはそこで、いくそろいかの服をベッドに並べて仕事をしていた。私たちが入っていくと驚きの顔になった。

「おや、ルイージ、盗まれたカフスボタンを袖の中に隠していないだろうね？　君がそんなことをしたとは考えたくもないが」ホームズはにやりと笑った。

このわずかに遠回しな非難を聞いたヴェルミチェッリは、浅黒い顔の色をより一層濃くせんばかりにして、ふんと鼻を鳴らした。

「隠してません。カフスボタンの話は聞くのもうんざりだ！」

「しかし残念ながら、裏付けのない君の言葉を真に受けるわけにはいかないのでね、身体検査をさせてもらう。ワトスン博士が何らかの犯罪の証拠を求めて君のポケットを全部改めるあいだ、じっと立っているように」

彼は例の頼もしい六連発を出して、ルイジに狙いをつけた。

ルイージは突然出てきた銃を恐れるあまり、ベッドの上の伯爵の一番上等のそろいの上にあおむけに倒れてしまったが、それでかえって検査はやりやすくなった。彼のあらゆるポケットを調べたが、求めているものは見つからなかった。だが、それも外套の内ポケットを叩くまでだった。その中から小さく丸めた紙片をつかみ出すと、次のように書いてあった。

ルイージへ　村のウクスリー飼料店で今日の午後五時に集合だ。そのあとロンドンに行ってダイヤのカフスボタンを売る。ホームズってやつに気をつけろ。

デメトリウス

「ハハハ！　またしてもか！」ホームズは私からメモをつかみ取り、いやに前のめりでそれを見ながら含み笑いした。「伯爵の従者と会うつもりの人間が書いたとすぐにわかるが、そいつはがっかりすることになるな」

「あの、もう放してもらえますか？　メモを手に入れたんだから」ヴェルミチェッリはホームズの銃に顔をしかめていたが、相手はまだ彼に狙いをつけている。

「僕がそんなに生易しいやつだと思っちゃいないだろうね？　今君を解放して、庭にいるギリシャ人の共犯者にメモを奪われたと警告するチャンスを与えるとでも？　そうはさせないぞ、ルイージ」ホームズはがみがみ言った。「鍵をかけて、五時を過ぎるまで自分の部屋にいてもらう。

そのあいだに僕は黙って君の明るい緑色の服に着替えて君のふりをして、ウクスリー飼料店でのやましい待ち合わせに行き、そいつからカフスボタンを取り上げてくる。昼どきにシェフに何か持ってこさせるから飢えはしまい。さあ、歩くんだ」

ホームズは従者にまたリヴォルヴァーをちらつかせた。

ルイージは同じことを二度言わせることなく、かなり機敏に階段を上がり、ホームズと私がすぐうしろに続いた。最上階の五階に着くと、ルイージの部屋に入り、彼はホームズと服を交換した。二人とも背格好が同じで、肌の色も濃い。第二庭師は、その日の夕方私の相棒がそばに近づくまで気づかないだろう。そんなふうにホームズはかなり万全を期していた。

「従者の外套はあえて着ておこう。そうすれば五時が来ても準備万端だ」ホームズは鍵をかけてルイージを部屋に閉じ込め、階段を降りていった。「急げ、この時代遅れの城にエレベーターがあればなあ！　階段を五階分も昇り降りするのはなんだか脚が疲れてきた」

私たちがまた図書室に入ると、伯爵、トゥーター、それにソーニークロフトが顔を上げ、ホームズがヴェルミチェッリの服を着て戻ってきたのを見て驚いた。ランスロット卿とビリー・ヒックスが部屋に入ってきた。二人は上のビリヤード室でしばらく過ごし、自分たちがいないあいだに何か進展があったかを見に降りてきたのだ。ホームズがイェンセンとソーニークロフトからカフスボタンを二つ取り戻して、キサントポロスから三つ目を取り戻しにいくところだと聞くと、二人は大いに驚いた。

「レットストレイド警部は、ビリヤード台の上で眠ったままおいてきたぞ」ランスロット卿がにやにや笑った。「でもホームズは警部なしでかなりうまくいったようだな。少し前に第一庭師のブルーメンロートが二階で何か強烈な言葉で悪態をついているのが聞こえたよ。あんなところでいったい何をしていたんだろう？」

「なぜブルーメンロートだと？」私を肘でつつきながらホームズが聞いた。

「ドイツ語だったからさ。ここで唯一のドイツ人だ」

「あなたもドイツ語を？」

「いや」

「ではなぜ悪態をついていると？」

「だって、声の調子でわかるよ」

「ほう、意味がわからなければ、実害はない。ほら、みなさん、僕に従者の外套は似合いますか？」ホームズはまるで仕立屋で新しい背広を試着したときのように、くるりと回った。

「なんだかまだ板についていないな、ホームズ。だがいいんじゃないか」

「いったいなぜ従者の服を？」とヒックス。

ホームズはいつものずる賢そうな目配せをして答えた。

「今日の夕方五時半ごろにわかります。僕が村でのちょっとした待ち合わせから戻ったあとに。今は十時二十五分で、それまでに多々事件が起こるかもしれないので、しっかり目を見開いておいてください」

「探偵業というのは、ひたすら次から次へと変装するんだな、ホームズ。少し前には競馬場のごろつきだったし、今度は従者だ。明日は何に扮するのやら」とランスロット卿が窓際の席で膝を抱えて紙巻き煙草に火をつけた。

「いやあ、なんでもござれ」とホームズ、「さあワトスン、また君の出番だ。僕は昨日の昼に瞑想しながら推理して以来、ある関係者に目をつけていて、彼女が羞恥心からカフスボタン盗難へのかかわりを告白せずにはいられなくなるのを待っていたが、まだなので、より厳しい手段を取らざるを得ない。一緒に来てくれ。こちらのみなさんには戻るまで好きなように時間をつぶしてもらおう」

ホームズは私を率いて部屋を出ようとした。

「彼女、というと？　女の使用人のひとりも犯人なのか？」と伯爵。

「えぇ、それが？」ホームズの返事はそっけなかった。「女性が罪のない存在だとは思っていないもので。しかし、手の内を明かさせて次の手を打つ前に情報を漏らそうとなさらぬよう。それでは、ジョージ」

部屋を出て二階に上がると、ホームズは伯爵夫人の部屋のドアを軽く叩いた。

第十三章

「どうぞ」と伯爵夫人の声。

私たちは入室した。

「あら、ホームズさん。こんなときに訪問いただくなんて、しかも従者の服を着たあなたを拝見できるとはどういういきさつかしら?」少しばかり冷たい口ぶりに思ったが、夫人は私たちを椅子に腰かけるよう手ぶりで示し、読んでいたフランス小説を置いた。

「あなたの高貴なご主人の煙草についてちょっとした情報をいただきたいだけです、伯爵夫人。例の盗難事件の謎を解明するのに大いに役立つでしょう。変装はお気になさらず。もっとひどい格好のときもありました」ホームズは礼儀正しい口調だった。

伯爵夫人が眉をひそめた。

「まあ、カフスボタンだけでなく伯爵の紙巻き煙草も盗まれたと?」

「いいえ。しかしそうはいってもその二つにはつながりあるのです。では、伯爵がパンパンゴ葉巻を最後に吸ったのはいつ、どこですか?」

「あのフィリピンのひどい臭いがする困った葉巻のこと? 今週は一本だけで、月曜日の朝、朝食の直後の自室でしたわ。わたくしがハリガンに言って箱を取り上げて隠させました。それ以上吸えないように」

「ほう」ホームズは話に食いつき、顔はほころび目が輝いた。「ちょうどダイヤのカフスボタンが消えた時間だ。では、夫人は月曜日の午前中どこにおられましたか?」

「もちろん、このわたくしの部屋に。テレサに髪を整えてもらって。朝食はここに運ばせたので昼まで下には降りていきませんでした」

「伯爵の部屋の掃除はいつでしたか?」ホームズは続いて質問した。

「いやだわ、ホームズさん、あなたって人はおかしな質問をなさるのね!」伯爵夫人は笑った。「伯爵の部屋を掃除したのはその日の午前十一時半ごろですわ。下に降りてすぐナタリーに指示しましたの。伯爵が絨毯の上に煙草の灰を落としたままにしたのを見たので」

「おかしな質問をするのも、泥棒を捕まえるのも、仕事ですから。それがどんなに社会的地位の高い人物でも」ホームズはそう言うと椅子から立ち上がった。「伯爵夫人、あなたは今、無意識のうちにすっかり白状なさいました。あなたが少なくともひとつはカフスボタンを盗んだ確信があります。さあ、屋根のてっぺんからそれを公表する前によこしてください」

するとホームズは腕組みしてそこにすっくと立ち、毅然とした態度でいかめしく伯爵夫人を見据えた。その一方で私は口をあんぐり開けて立っていた――いつものように。

伯爵夫人は血の気が引き、次に赤くなったあと、ハンカチを取り出して泣き出した。それには容赦ないホームズも面食らった。

「自分の家で赤の他人にこれほど侮辱されるなんて!」そして夫人はもうひとしきり泣いた。「伯爵の煙草に関するばかげた質問とダイヤモンド泥棒に一体全体、どんなつながりがあるか聞かせていただけませんこと?」

「これだけです」ホームズは伯爵夫人が涙に濡れた顔をハンカチで拭くと同時に辛抱強く答えた。「高倍率の顕微鏡のおかげで、煙草の灰の小さな汚れが、月曜日にあなたが履いた靴底に貼りついているのを発見できました。ゆうべ証拠を求めてやむを得ず持ち出し、今朝あなたの部屋の元の場所に戻した靴です。灰はパンパンゴ葉巻でした。そしてあなたのおっしゃるように、伯爵が最近その銘柄を吸ったのは月曜日の朝の自室でだけで、伯爵の部屋が掃除されたのは月曜日の昼ならば、あなたが月曜日の午前中夫の部屋にいたことが確実になる。月曜日の午前中はずっとこの自分の部屋にいたとの主張も、カフスボタンが消えた当時自分が伯爵の部屋にいたことを隠したい強い動機の表れだ。これはあなたが盗みを働いたことを隠したかったことに他ならない。わかりましたか？」

「そうね」夫人は力なく答えると、立ち上がって部屋の壁際の化粧台に向かい、引き出しの鍵を開けてホームズが追っていたカフスボタンを取り出し、彼に渡した。「ダイヤのカフスボタンなんか！　そんなもの目に入らなければよかった。とにかくわたくしは盗んではいません。オーストラリアから来た哀れな男ビリー・バッドが盗んで、無事処分できるようになるまで隠しておくよう渡されたのです。わたくしはジョージをからかうつもりでした。これ見よがしに光るものはまったく好きではなかったので。ジョージ一世からご先祖への贈り物でもです。これがわたくしの知っているすべてですわ。そう！　バッドは片方しかカフスボタンを渡さなかったので、もうひとつがどこにあるか知りませんし、たいして気にもなりません。ではこれでよろしくて？」

「いかにも、伯爵夫人。今朝の朝食からこのほかに二つ、ソーニークロフトとイェンセンからカフスボタンを取り戻し、二人ともあなたと同様、よこしまなウィリアム・バッドが彼らを堕落させた張本人だと白状したとお知らせする以外は。バッドは一連の盗難のすべてにかかわっているとみられ、月曜日の夜に最後の一組のカフスボタンを盗もうと部屋に入って伯爵を襲った犯人でもあります。右のカフスボタンは奪ったものの、左の袖口にボタンをつける前に恐れをなして逃げたのは明らかです。あなたが襲撃に無関係で安心しましたが、盗まれた宝石をバッドから受け取っておきながら、その責任を義弟のランスロット卿に押しつけて責めたことは十分非難に値します。伯爵はなんとおっしゃるか見ものですな」

ホームズはさっとしなやかにお辞儀し、続いて部屋を出るよう私に合図した。

私たちは再び下に降り、ホームズが図書室で伯爵をつかまえた。

「閣下、盗まれた三つ目のカフスボタンです」ホームズはボタンを伯爵に渡した。「それを持っていたのは――」

ホームズが身をかがめて伯爵にその名を耳打ちするあいだにも、声は小さくなり私には聞こえなくなった。

意外な新事実の衝撃で伯爵は椅子の上で滑るように崩れ落ち、肩甲骨で身体を支えて力なく片手を額にあてて嘆いた。

「なに？　妻が？　なんてことだ！　おお、ハリガン、ワインをグラスに入れてくれ――いや、ブランデーの強いのを！」

執事がすぐにブランデーのボトルを持ってかけつけグラスに注ぐと、伯爵はそれをつかんで一気に飲み干した。

「いくぶん回復したよ、ホームズ。いったいどうして妻がやったとわかった？」

すばらしきわが相棒は、開いた口がふさがらない伯爵、トゥーター、ソーニークロフト、ランスロット卿、ヒックスの五人組に、いかにして三つ目のカフスボタンを苦労しつつ夫人から手に入れたかを説明した。話し終えると伯爵はベルを鳴らして第二従僕のドナルド・マクタビシュを呼び、夫人を呼びにやらせた。数分もたたないうちにスコットランド人の彼がお辞儀して城の女主人を私たちの前に連れてくると、夫人は気がめいった様子で他人行儀に戸口に立っていた。

「ではアナベル、弁明することは?」伯爵が迫った。「私は御者に、秘書に、そして今度はなんたることか、わが妻にさえ盗みを働かれた! ホームズによるとおまえはオーストラリアのウィリアム・X・バッドにそそのかされたそうだが! どうなんだ、え?」

「あの、ジョージ、ダイヤのカフスボタンなどわたくしがまったく好きでないことはご存知よね。月曜日の朝、ビリー・バッドがボタンのひとつを持ってわたくしのところに来たとき、あなたにいたずらするいい機会だと思ったの。ほかのも盗まれるとは知らなかったし、あなたの手元に残っているので十分だと思って。真珠がついた普通のカフスボタンならいくらでもあるし、とにかく公の場につけられるものはあるもの。ミンストレル・ショー(黒人に扮した白人による大衆演芸)のエンドマン(列の両端に立つ道化役)じゃないんだから。あんなに大きくてきらきらしたダイヤモンドが似つかわしいのはそんな人たちだけよ! ホームズさんは、夕べ消えた靴をすべて元に戻したそうよ。盗まれたカフスボタンのありかを見つけるために彼独特の奇をてらった方法で調べるために持ち出したんですって。だからそちらの責めまで私が負う筋合いはありません。わたくしの靴は、朝食後に部屋に戻ったら隅にあるのが見つかりました。これで許してくださる? ビリー・バッドは行ってしまったのだから、これ以上厄介なことは起こらないでしょう」伯爵夫人は夫に訴えかけるようなまなざしを向けた。

あとの面々が彼女の靴が戻ったというのに驚いて顔を上げ、それから敬服と当惑の入り混じった視線をホームズに向ける一方で伯爵が答えた。

「まったく、運がいいとありがたく思いなさい、アナベル。私は知られたとおり、おおらかな人間だ。でなければロンドンの上流階級は新たな離婚の醜聞に沸くところだ。おまえを許す。しかし二度とそんなことはするな」

「わかりました、ジョージ。感謝します。でもほかの八つのカフスボタンがなくなったのはそこのランスロット卿のしわざだと思いますわ」そんな捨てぜりふを残してプディンガム伯爵夫人は部屋を出ていった。

「まだランスロット卿に思うところがあるようですね」伯爵が三つ目のダイヤを上着のポケットに入れると同時にホームズがにやりと笑った。「あの、彼女がこれほど先入観を持つ理由が知りたいものです」

「ああ、かまわんよ」伯爵がふっと笑うと、糾弾されたランスロット卿がとても居心地悪そうにした。「弟は私がアナベルと結婚するのに大反対した。社交上の理由でね。紅茶と香辛料の事業に近い人物だからと。もうわかっただろうが、そんなわけで当然ながら結婚後、控えめに言っても弟は彼女のおぼえがめでたくない。しかし、私が気にすべきこと《イシュ・ケビブル》ではある。伯爵はひと言付け加え、背筋を伸ばして座り直した。

「とにかく、なくなった十一個の宝石のうち、三つは取り戻した。ということでワインセラーに降り少しばかりお祝いだ。ソーニークロフト、支払い請求書は全部確認して小切手も切っただろうから、休日を言い渡し、おまえも招いて一緒に飲む。三つ目を盗んだのはおまえではなかったからな。さあいこう、諸君」

そのお招きに全員が温情深い伯爵について廊下と厨房を抜け、執事のハリガンがワインを提供するワインセラーの階に下りた。厨房ではルイとイワンが通常どおりなんやかやと言い争っていた。

第十四章

「さて、みなさま、何にいたしましょう?」いつも絶妙のタイミングで現れる執事ハリガンが注文をとった。「シャトー・マルゴー、シャンベルタン、ボーヌ、ヴーヴ・クリコ、ポメリー、アモンティリャード、キアンティ、ヨハンスベルク、トカイなど、数多くのワインがございます。輸入ビールのミュンヘナー、クルンバッハ、ドルトムンダー、ウィスキーはコールレーンに――」

「ああ、ちょっと待ってくれ。息が整うまで」とホームズ。「そこのトカイを開けてもらおう」

ハリガンはホームズにトカイのボトルを開けて注ぐと、私のほうを向いた。

「ワトスン博士は何を?」

「うーん、どれも同じに見えるなあ」私は顎をさすりながらそこにずらりと並ぶ酒のボトルや樽を品定めした。棚の上も、セメントの床の上も。「どれも少しずつもらおうかな」

「けしからんね、ドク。味音痴も酒好きが過ぎるのも困ったものだ」ホームズが冗談半分に小言を言うとその場の全員が笑った。

ハリガンはしばらく祝い酒の栓を開けては注ぐのに追われ、私たちはカフスボタン三つの回収を祝すとともに、ベイカー街のベテラン探偵が残りを取り戻せるよう幸運を願って飲んだ。

トゥーター叔父が新たに乾杯を唱えてマデイラのグラスを高く上げたちょうどそのとき、突然上の厨房からものすごい物音がした。鍋やフライパンがガチャンガチャンと音をたて、テーブルがひっくり返り、怒号が飛んだ。

「きっとルイとイワンが調理器具の管理のことでけんかしているのだろう。何が問題なのか上に見に行こう」と伯爵。

全員がワインセラーを出て上の厨房に向かった。行ってみると、激しやすいフランス人シェフがロシア人助手を部屋の壁際の背の高い食器棚の上に追い詰め、種々の床に調理器具が散らかって先ほどの大騒ぎを物語っていた。ワインセラーの階段に通じるドアから入っていくと、イワンが飛び降りて裏口のドアから外に出ていき、ラ・ヴィオレットがテーブルから肉切り包丁をつかんで振り上げながら彼を追いかけていった。

「今度はいったい何事だ?」ホームズが大声で呼びかけた。

先頭のホームズに続いて私たちは列をなして二人の料理人を追いかけ裏口から出て行った。裏の芝生に続く石段をかけ下りると、二人は厩舎へと続くレンガ造りの歩道で大追跡劇を始めたが、ホームズの脚は二人に比べてあまりにも長く、一瞬でルイに追いついて包丁を取り上げ、その隙にイワンが木の陰に隠れた。付近に移植ごてで花壇を作っていた庭師のブルーメンロートは、道具を置いて二人の料理人を冷ややかに見た。

「ああもう、哀れな野蛮人め！　いつか息の根を止めてやる！」私たちが彼を取り囲むとルイが憤って叫んだ。「わしの一番のとっておきの鍋にオニオンを入れるとは。何度もだめだと言っているのに。とにかく、わしは玉ねぎが大嫌いなんだ。しかもエンドウ豆を煮るのにちょうどそれを使おうと思っていたのに！」

「なんだ、それだけか？　彼が君を殺そうとでもしたのかと思ったぞ」ホームズがいたって冷静に肉切り包丁の刃を指で確かめながら大胆にも言ってのけた。

「それだけかだって？　それで十分だ」ルイは大声で言い返した。「ところであんたはルイージの服なんか着て何をやっているんだ　そんなばかげた変装でこのわしが騙せると思うなよ」

「身に着けるものであなたのような抜け目のない人を騙そうだなんて、めっそうもない」ホームズは物腰柔らかに答える一方で鋭い観察眼は卑怯者のガレチコフの一挙手一投足をとらえていた。ガレチコフはホームズが自分のほうを見るたびに木の陰に隠れた。「あなたの友達イワンがダイヤのカフスボタン盗難に関わっている可能性は？　玉ねぎの罪を犯した以外に」

「ホームズさんよ」ルイはまじめに答えた。「あのイワンときたら何をしでかすかわかったもんじゃない。わしがあんたなら今すぐやつを身体検査するね。ちょっと前、厨房にいたときに、やつがものすごく急いで何かをポケットに戻すのを見たことを今思い出した。あいつはわしが見ているのに気づいていたよ」

「ふむ、これは面白そうだ」ホームズは考え込みながらつぶやくと、大声で呼びかけた。「イワン、こっちへ来い。ルイがとっておきの鍋を玉ねぎで台無しにしたことは許してくれるそうだ!」疑うことを知らないイワンはりんごの木の下にいる私たちの小さな集団に加わった。城から半マイル、厩舎まで半分来たところだった。するとホームズはすぐさまリヴォルヴァーを取り出して彼に向け、私に彼の身体検査をさせた。

調べると、ロシア人のズボンのうしろのポケットからは四つ目のカフスボタンがかつてなくきらきらぴかぴか明るく輝いているのが見つかったではないか!

「ほら、ここだ、ホームズ」私は彼にそれを渡した。これは発見に次ぐ発見の合間の発見だな」

私たち七人がすぐさまイワンの襟口をつかんだので、伯爵が彼の身体に危害を加えるのではないかと心配だったが、ホームズが慈悲を請い、調理助手に弁明の機会を与えるよう、あいだに入った。

「あのウィリアム・バッドってやつが、カフスボタンを盗って僕に隠すよう渡したんです。だからもとは僕が盗んだんじゃない。それに、ほかのは知りません」

伯爵は食材かき混ぜ担当のイワンを冷ややかに見、私たちがリンゴの木の下で彼を取り囲むと、鼻息を荒げて言った。「ビリー・バッドと責任逃れの話は聞き飽きてきた。そのアリバイを出してきたのはこれでおまえが四人目だ。あのオーストラリアの遊び人はおまえに盗んだカフスボタンを預からせるのに膝をついて請う必要もなかっただろう。しかし宝石が無事戻ってきたからには、離してやってもよかろう。ムッシュ・ラ・ヴィオレットに切り刻ませてハンブルグステーキにするよりも。その運命には十分値するが。ほらさっさと厨房に戻れ。上司のお気に入りの鍋を使うところをもう見られるんじゃないぞ。先祖伝来のカフスボタンに手を出さないことは言うまでもない」

イワンが解放されるとハインリヒ・ブルーメンロートは愛想を尽かしたように庭作業に戻った。私たちはワインセラーに戻ってもう二、三杯たしなみ、伯爵は上着のポケットを愛おしげにぽんぽんと叩いた。午前中に機知に富み運に恵まれたわが相棒が取り戻した四つのカフスボタンをしまった場所を。

その時はすでに午前十時半で、もう十五分ほどノーマンストウ・タワーのワイン、モルト、蒸留酒の在庫を目に見えて減らし、ホームズが昼食前に四階に上がってプールゲームを二、三回お手合わせしようと提案した。

誰もが乗り気で賛成し、わずかのあいだ、上の広々としたビリヤード部屋でゲームにいそしんだ。レットストレイドはどう見ても台の上の寝床から転がり出ていた。ホームズが「バスト」してポケットに三つ球を入れ、球を取り出そうと三つ目のポケットに手を入れると、口をあんぐり開けてものすごく驚いた。

「いやあ、みなさん！　ここにあるのが五つ目のダイヤのカフスボタンでなかったら、いったいなんでしょう？」彼はそれを見えるように持ち上げた。「いったいなんだって玉突き台のポケットに？　実を言うとまったく思いつきもしなかったのに。ちょっと待った、誰かが廊下をやってくる」

ややたつと、赤ら顔に心配そうな表情を浮かべた第一従僕のエグバート・バンベリーが戸口に現れた。

「おや、エギー、何を考えている？　いつものように、髪のことか？」ホームズはいつになく皮肉った。

しかしエグバートは誰がビリヤード室にいるかを見ると答えずに踵を返して一目散に廊下に逃げた。

ホームズがマラソン選手ばりの脚で本気を出すと、肥えた従僕はすぐ捕まり、硬い筋肉質の手につかまれたバンベリーはハーハーと鯨なみの息を吐いていた。ホームズが彼を捕まえたのはちょうど階段を降りる手前だった。

「さあエギー、ほかの犯人四人と同様、おまえのたくらみもばれている。だから高価な宝石をうっかり玉突き台のポケットにおいて行ったちょっとしたいきさつを説明したほうがいい」ホームズは宝石を伯爵に手渡しながら忠告し、汗ばむ従僕をつかんでしゃきっと立たせた。

伯爵は複雑な表情で雇い人を見つめ、あとの面々はいつものようにそのうしろに並んだ。

「あの、宝石を盗んだのはあのビリー・バッドという男です。そう、あいつ」エグバートは言葉に詰まり、主人と目を合わさなかった。「隠すよう説得されて。宝石を処分しに戻ったら褒美をくれると。でも閣下に危害を加えるつもりはなかった——。ホームズさん。ここでカフスボタンをなくしたのは、カフスボタンを眺められるようについさっきそれを手に持ったままひとりでちょっと玉突き遊びをやっていたからです。最後に一突きしたとき、転がって行ってしまって。どこのポケットに入ったかわからず、ちょうどそのとき誰かが来るのが聞こえて、急いで部屋を飛び出したんです」

「そうか、また急いで出ていくがいい。バンベリー。消え失せろ！　盗みの償いに、イェンセンの厩舎掃除の手伝いを命ずる」と伯爵。

　太った従僕は尋問からの解放を喜んで急いで階下に降りて行った。

　われわれ小集団がそのあとビリヤード室に戻ってゲームを終え、さらに二、三ゲーム楽しんでいると、第二従僕のドナルド・マクタビシュが入ってきて昼食を知らせた。十二時になるところだった。軽く昼食をとるあいだ、ホームズはほかにも数人に気の迷いが生じてダイヤモンド泥棒に手を染めた可能性があると冗談を言い、昼食が終わって図書室に場所を変えると依然ルイージ・ヴェルミチェッリの緑色の制服を着たまま一番お気に入りの椅子に陣取り、もう一度自分の時計を見て、あくびした。

「おや、まだ一時十五分か。ハイ！　ホー！　ハ！　村に降りて盗まれたダイヤモンドをもった第二庭師をとっつかまえるまで、まだあと四時間近くある！」彼は私に向き直った。

「ドク、反作用がきたようだ。きのうの午前中から打っていないからな。注射器はあるか？　ない、そうだな――僕のポケットにある」

　私が遮るまえに筋金入りのコーク中毒者は、おなじみの注射針を引っ張り出して、またしても自分の腕に有害なコカインを接種した。しかも図書室でほかの五人全員――伯爵、ソーニークロフト、ランスロット卿、トゥーター、ヒックスの目の前で。彼らは安っぽい見世物を夢中で見るようにホームズを見つめていた。実際ある意味そのとおりなのだが。

その水曜日の午後、私たち七人は何かしらをしてうまく時間をつぶした。太陽の光が旧式の窓から差し込み、鳥たちが外の木々で春の歌をさえずるなか、伯爵夫人が音楽室に移ってベートーベンもしくはメンデルスゾーンだったかをピアノで奏でた。

私はグザヴィエ・ドゥ・モンテピン（一八二三―一九〇二 フランスの小説家）の非常にロマンチックな小説にどんどんのめりこんでいき、型破りなわが相棒が突如飛び上がって大声を出すまで、時間の経過にまったく気づかなかった。

「ジョン・H・ワトスン医学博士！　腰を上げて一緒に出発だ。今や六つ目と七つ目の盗まれたガラス玉を伯爵様に取り戻す任務をやり遂げる時が近づいた！」

ホームズが私の肩をぐいとつかんだせいで、本が手から落ちてしまった。

「だからってそんなに興奮しなくても」私は文句を言いつつも、急いで一緒に城を出て、いくぶん埃っぽい道をヘッジ・グザリッジの村へと向かった。

「村ときたらノーマンストウ・タワーから四分の三マイルの距離で、私はてくてく歩く気にはなれなかったが、ホームズは上機嫌なようで、二人で古びて傷んだ大通りを通って店の上の看板を見ながら歩いていくと、上にこんな看板を掲げた店に行き当たった。

ウィルフリード・ウクスリー

小麦と飼料

それほど入りたくなる雰囲気ではなく、私たちが当初やってきたすすで汚れた鉄道の駅からわずか百フィートの立地で、店全体に灰が降りかかっていたので、その建物がアメリカにあり私が消防署長だったら、すぐにでも取り壊しを命じただろう。むろん見えるところに警官はひとりもおらず、おおかたどこか奥の部屋で眠っていたに違いない。

私たちはホームズを先頭に飼料店に入り、経営者に会った。経営者はなんとなく眠そうで仕事ができなさそうなところがレットストレイド警部やエグバート・バンベリーを強烈に思い出させた。五時までもうあと五分。ホームズが従者のお仕着せを着ている自分の身元をウクスリーに告げ、私たちは店の傍らに立つふすま飼料の樽の陰に隠れることにし、デメトリウスがぶんどった品とともにやってくるのをそこで待った。

長く待つ必要はなかった。彼はすぐに戸口に現れた。日に焼けた顔、周囲を盗み見るような目——。彼はウクスリーにルイージが自分に会いに来ていないか尋ねた。ウクスリーは笑いを殺して、ルイージは奥の部屋にいると伝えて招き入れた。

彼がふすま飼料の樽を通り過ぎると同時にホームズと私は飛び出して彼を押さえつけ、ホームズが大声で言った。

「さあ、僕はここだ、キサントポロスさん。次の列車でロンドンに行ってダイヤモンドを売りさばくんだったかな!」

しかしずるがしこいギリシャ人は、思ったよりすばしこかった。彼は前日の聴取で自分を怒鳴って追い出したホームズの忘れもしない声を聞くや否や私たちをふりほどき、一瞬で裏口のドアから逃げた。ホームズの指のあいだにコートのすその切れ端を残して。

私たち二人はすぐさま追いかけた。飼料店の裏口のぐらつくドアを駆け抜け、草ぼうぼうの中庭に続くでこぼこした階段の板に躓いて文字通り首の骨を折り《ブレイキング・ネックス》そうになるほど急いだ。中庭を囲む杭垣にある出入り口を通ってすいすい逃げるデメトリウスを、死に物狂いで追った。やつは大通りに面した店の裏側の狭い路地に私たちを誘い込むこと数百フィート、線路と平行に走る小さな小川にたどり着いた。この前の月曜日にロンドンからやってきたときは、それに気づいていなかった。

運悪く、デメトリウスは小川のほとりに何艘かみすぼらしい手漕ぎ舟を見つけてそのひとつに飛び乗り、オールをつかんでかなりの速さでみずから漕いで川を下った。ホームズは英語とフランス語の両方で悪態をつきながらも素早く別の舟をつかんで私を押し込み、小川の濁った泥だらけの水の中を、庭師を追って漕ぎ出した。小川は幅六十フィート。急角度で左に曲がると、ホームズは反対岸近くに急いで舟を寄せ、デメトリウスの乗る舟の横っ腹にうまくこちらの舟の船首をぶつけた。

デメトリウスは母国語ギリシャ語とおぼしき大声でわけのわからないことを叫び、衝突の勢いで舟から投げ出され、そこから遠いほうの岸へと泳いで渡りはじめた。

「こっちへ戻れ。さもないとこのオールを投げつけるぞ！」ホームズは興奮のあまりリヴォルヴァーのことも思いつかずにオール受けからオールをはずし、一方私は残ったもうひとつのオールで精いっぱい漕いだ。

ホームズがもう片方のオールで急旋回したせいで私たちのボートもひっくり返り、もはや三人とも冷たい泥水の中でもがいていたが、幸い水位はわずかに肩の高さだった。泳ぐより歩いて川岸に上がるほうが早いと気づくと、デメトリウスは反対側の川岸によじ登り、それと同時にホームズが彼に追いついて、今度こそ振りほどかれないよう、しっかりと捕まえた。

「カフスボタン二つはここです。ホームズさん」観念した庭師は、びくびくしながら上着のポケットを探り、同じく濡れた宝石を二つ手渡した。「まだ殺さないで。ビリー・バッドがカフスボタンを盗んだあと僕とヴェルミチェッリに預からせたんです。あの人がまだ戻って来ないから、自分たちで売りさばけると思ったんだ。とにかく、これでは肺炎になってしまう！」

「それは城に戻ってからのお楽しみだ。これで十一個のうち七つを手に入れた。七つだ、出てこい十一！」ホームズは不気味な笑みを浮かべてデメトリウスの堕落の元凶の二つをポケットに入れた。見慣れぬ顔ぶれの三人組は、今度は城まで歩いて戻った。ヘッジ・グザリッジのはずれで出会った村人数人は、びしょぬれで湯気を発している私たちをじろじろ見た。

三人が城の敷地に入る頃に黄金の四月の太陽も西の空低く沈み、私は気分爽快で腹もすいていた。なにしろあんなに大騒ぎしたあとなのだから。開いた口のふさがらない城の常連に捕り物劇を説明したあと、私はホームズと上の階に急ぎ、デメトリウスにもそうするよう促したあと、ただちに濡れた服から乾いている服に着替えた。肺炎にならないようウィスキーのきいた温かい飲み物を出してくれるよう頼み、六時半までには夕食を食べる準備を整えた。

もとどおり万事順調で、ホームズは六つ目と七つ目のダイヤのカフスボタンを取り戻し、伯爵からとうとうねぎらいの意を表された。伯爵は、第二庭師が小川に落ちたことで、ようやく盗みを働いた相応のばちが当たったと思えるに至った。全員が残る四つの奪還を願ってホームズのスローガン「七つだ、出てこい十一！」をまねた。ランスロット卿がマンドリンを弾くのに耳を傾け、トゥーター叔父のインドでの途方もない冒険談をさらにいくつか聞いて夜を過ごし、十時に部屋に引っ込むと、私はすぐに眠りに落ちた。

すると、合衆国に戻ってミシシッピ川の土手で数人の有色人種の少年とさいころを投げている夢を見た。少年が「七つだ、出てこい、十一！」と叫び続けると、ヘムロック・ホームズがやってきて、かけ事をしたかどで全員をひっとらえたのだった。

第十五章

四月十一日木曜日の朝になってみると、前日の午後小川でびしょ濡れになったものの、体調は何ら悪化しなかった。ホームズと部屋で着替えているとき、彼はあと一日で残る四つのダイヤのカフスボタンを見つけてのけると豪語した。

「あぁ、私もそう願うよ、ホームズ。ただ、君が初めに七つのカフスボタンを取り上げた五人、よりによって伯爵自身の使用人――イェンセン、ソーニークロフト、ガレチコフ、バンベリーに、キサントポロスを雇い続けるなんて、伯爵は最高におめでたい人だとしか思えない！」

「それがどうした？　ワトスン」ホームズはかがんで靴紐を結びながらにんまり笑った。「お偉方がおいそれと夫人に暇を出すことはできないだろう？　それに彼があわれみ深くかかえている五人の使用人のことは彼の問題だ。知ったこっちゃない。法外な料金で雇われたのはカフスボタンを取り戻すためであって、それが終わればお役御免。気前よく人さまに無償で忠告してもろくなことはないのは、この目で見てきた」

長い経験からホームズの頑なさを知る私は引き下がり、私たちは朝食を取りに下に降りた。朝食の席では一同の前に伯爵と伯爵夫人がそろってお目見えした。そのあと、先日ビリヤード台で眠りこけていたにもかかわらず、バーナバス・レットストレイド警部もホームズが全部見つけてしまう前にいくつかカフスボタンを見つけようと奮起し、五階の使用人の部屋をくまなく探し、化粧台や衣装クローゼットをさぐり、ベッドの下を覗いて、せめてひとつは見つけようと努力して、十一時間が無駄に終わったかを説明するに至った。酔っ払って宝石を落としていった使用人がいるかもしれないとの推理のもとにワインセラーにも降りていったが、警部はそこでもがっかりする運命に終わっていた。

「元気を出せ、バーニー。次の泥棒を捕まえたときには肩を並べて立たせてやれるだろう。それで逮捕の栄誉を共にできる」ホームズが慰めた。だがレットストレイドは、ホームズがこれほどのカフスボタンを見つけていながら自分はひとつも見つけていないのに、わが相棒が手柄を譲ろうとしているのは不当と考えたようだ。朝食のあと、伯爵はみんなで敷地を散歩しようと提案し、火曜日の午前中にホームズが言い張ったときより心地よい気晴らしの散歩となった。月曜日の雨のあとの日あたりで、それまでに草が乾いていたからだ。

伯爵夫人を含む私たち九人は広大な草地を三々五々ぶらついた。私はホームズを厩舎と庭園の向こうの裏側が城の敷地に接する小さな木立にどうにか引っ張っていき、そこで倒木の幹に腰かけた。

「なあ、いいかホームズ。考えていたんだが――」

「なんだ！　またか？」にやけるホームズ。

「頼むから最後まで聞いてくれ」私は大まじめだった。「きのうの昼、閉め切った音楽室のドアの向こうで、どんな推理の過程をたどっていたか懇切丁寧に説明してほしい。君の行動はときに私の理解を超えている。だから教えてくれと言っているんだ」

「いいだろう、ワトスン」ホームズはポケットナイフを取り出し、二人が腰かけている幹から細長く木を削ぎ始めた。「ユースタス・ソーニークロフトの靴で見つけた赤い粘土質の土は、彼が厩舎の周辺にいたことを示す恰好の証拠だった。付近で赤い粘土質の土があるのはそこだけだ。だから僕は、競馬場でのらくらしているやつに扮装して、およそ賢いとは言い難い御者オーラフ・イェンセンの秘密をほじくりだした。次に見つけたのは伯爵夫人の靴の特殊なパンパンゴという銘柄の葉巻の灰だ。灰は顕微鏡を使えばいつでも見られる。それでちょうど伯爵がパンパンゴを吸ったあとかつ部屋が掃除される前に、彼女が伯爵の部屋にいたことが証明された。だから夫人が手癖の悪い人間のひとりだと突き止めることができた」

「うん、うん、それはもうわかっている」私は急いだ。「でもガレチコフ、バンベリー、キサントポロスは？　靴底からたどれる手掛かりはなかったようだが」

「ワトスン、僕はほかに頼れる手段がないとき、これは母親によるところが大きい才能だが、いつもそれに頼るんだ。ロシアの食材かき混ぜ担当だかビスケット絞り出し担当だかが、厨房の戸口を出て肉切り包丁を手にしたルイにすぐうしろから追われるのを追跡していたとき、おなじみヘムロックおじさんの勘は、カフスボタンを失敬したやましい人間がもうひとりいると告げたのさ！　実にお粗末なエグバートが、ビリヤード室からひとけがないかをうかがってこっそり撤退した直後に、僕がちょうど五つ目のダイヤモンドのお宝を玉突き台のポケットから拾いあげたときも、似たようなものだ。悪魔みたいな顔の従者ルイージに対し、腕力に訴えるのもいとわぬ覚悟で身体検査をしたら、共犯者からのメモが出てきた。ちょっとした昔ながらの勘、哲学でいう『直感』が、これこそ追っているやつだと告げた」

するとその道に秀でたおなじみ気取り屋ホームズは、持っていた木の切れ端を切り取った。

「あぁ、はがれた！　実はもっとそれらしいことを言ってくれると思っていたよ、ホームズ。君はまちがいなく天賦の才の輝きを見せて品物を取り返したり、殺人犯を見つけたりする。だがときにただやみくもで、運任せで、認めようとしないがすごいうぬぼれやだ。君はコカインを腕に注射し、パイプをくわえてじっと座って得た素晴らしい推理力であらゆる問題を解決するとみんなに思わせたがっている！　『直感』だって？　まさか。レットストレイドなら真に受けるかもしれないが、僕はそうはいかないぞ！」

私は幹から削いだ次の木の破片をぽんと投げ捨てた。

ホームズは屈託なく笑った。

「ワトスン、きのう僕に、はからずも小川にざぶんと落とされたから、虫の居所が悪いんだろうな。昔から『英雄も従者の目にはただの人』というが、僕の場合は『英雄も医者にとってはただの人』なんだろうな。だが喜べワトスン。このカフスボタン騒ぎが終わってベイカー街のこぢんまりしたおなじみの部屋に戻ったら、伯爵からの報酬を半分ずつ分けよう！　それでどうだ？」

「そりゃあ結構な話だね。でも欲しいのは、あと四足の靴から得た推理についての情報だ。トゥーター、ヒックス、ランスロット卿、それに一番肝心のビリー・バッドの。君が火曜日の昼食で公然と強盗であり盗人だと叫んだやつのだ。それをどう説明するつもりだ？　え？」

「なあ、ワトスン、君という人はそうやってまだ現在にいるのに未来のことを確かめようとして、全能の神の予知能力を期待する不届きな願望を、つい表に出してしまうんだな。この先どうなるかを知りたいと占い師を訪れ、いつも小説の最後のページを真っ先に読む少女みたいに！　とはいえ、伯爵のパンパンゴ葉巻の灰と化粧パウダーがバッドの、ワインのしみがトゥーター叔父、の、小麦粉がヒックスの、庭の土がランスロット卿の靴から見つかったと言えば十分だろう。続きはまたあとで」

　四つの謎めいた情報をくれると、ホームズは立ち上がってズボンをはたき、城に戻ったほうがいいと言い添えた。さもないと伯爵が何となく私たちを警戒するだろうと。よって私が彼から引き出せたのはそれだけだった。

　木立ちのはずれにはけっこうな広さの砂利地が広がっており、裏の芝地に着く前にかなりの大きさの小石につまずいて、私は思いついた。

「ホームズ。目の前の高貴な城、ノーマンストウ・タワーの名前の由来がわかった気がする。知ってのとおり、城の一番古い部分は十一世紀のノルマン人の征服にさかのぼる。あとはほんの一四〇〇年ごろだが。そしてこの砂利がすべてウィリアム一世（一〇二七または二八年即位、ノルマン朝初代のイングランド王）時代のものだとすれば、おそらくここが、ノルマン王ウィリアムがつま先をおいたところなんだ。サクソン人を従属させておくために建てる城の用地を調べて探し回っていたときに。だからノルマン人のつま先、ノルマンズトウ、ノーマンストウなんだ！　そんな語源はどうだ？」

「ワトスン、そんな冗談を言ってると撃たれるぞ――撃たれなくともこっぴどく言われるな」ホームズは一笑に付した。

私たちはそのあと城まで歩き続け、彼に言われて、あとの面々は正面玄関に回って入った。

「さて、これから食堂の怒りんぼで細かい管理者の相手をするという、難しい仕事が控えている」ホームズが厨房に入って「おはよう」とシェフのルイ・ラ・ヴィオレットにあいさつする際に説明した。「ある人物が、残るカフスボタンのひとつの隠し場所を把握していると信じるに足る根拠があるからだ」

「ルイ」ホームズが朝食の皿を片付けている御仁に話しかけた。助手のイワンはというと、片隅で温室イチゴのへたをとっていた。

「この城の客という名誉に浴してこのかた、一貫してすばらしいごちそうが用意されて満ち足りた気持ちを表しに来ました。それに手を尽くした料理の数々は食欲をそそることはいうまでもなく、このうえなく豪勢だと。どうぞ、この煙草を」そしてホームズはうやうやしくシェフに銀のシガレットケースを差し出した。ザンジバルのスルタンが三年前にある事件の褒美にくれたものだ。

ラ・ヴィオレットは、名探偵のおべっかを聞くと膨れた鳩のように胸を張り、黒い瞳をうるうると輝かせて深々とお辞儀し、目を輝かせて煙草を手に取り火をつけた。

「どうも、ホームズさん。料理には常に最善を尽くしています。わしが用意した夕食の締めくくりにワインを出してくれるムッシュ・ハリガンの力を借りて」

「二人ともその道の天才ですから」ホームズも話を合わせた。私たちは厨房にあった二つの椅子に腰かけ、ホームズがシェフからカフスボタンの情報を聞き出すのに耳を傾けていた。

「僕は半分あなたの祖国の血が流れているだけに、一層その料理のありがたみがわかります。ワトスン博士が最初の冒険談で世間に公表したとおり、母がフランス人なもので」

「ああ、そうだったのか！　もっと早く教えてくれれば。お母様の旧姓はなんと？」ルイスは嬉しそうだった。

「ル・サージュ。十七世紀の偉大な作家、アラン・ルネ・ル・サージュ一族の直系子孫です」

「へえ、それは！　ごちそうせねば」感心したルイスはいそいそとパントリーに入っていき、もしものときのために小麦粉の容器の陰に隠しておいたボルドーワインのボトルを手に出てきた。

「ほら、私の故郷、ギュイエンヌ州の上品な地ものワインをちょっとお飲みなさい」ヴィオレットはそう言ってグラスに三杯注ぐと、私とホームズにもそれぞれ勧めた。

「いける！　いけますな」ホームズは舌なめずりしてほめた。「ところでルイ、まだあてのない残る四つのカフスボタンについてどう思いますか？　まだこの城の中で、ビリー・バッドは持って逃げてはいないと考える根拠がありまして」

ルイはグラスを置いてホームズを奇妙な目つきでまじまじと見た。「あんなカフスボタンなんてどうでもいいね。仮にわしがそんな見かけ倒しのものを盗んだとしても、ラテン区の舞踏会にはちっとも似つかわしくない。自分だったらまちがいなくそんなものに手を出したことをすぐ恥じて返すよ。しかし」ここでルイは一瞬ためらったかに見えた。「ほかにまだ宝石を持っているノーマンストウ・タワーの人間がいたら、そいつらはいったいどうなるやら。あんたがボタンを見つける役に立ちたいが、半分フランス人で、あんなに美しいケベックの町に住んでいたっていうカナダ人の紳士が来たら、えー、あのー」

ここでルイはホームズが目を細めて自分を見ているのにふと気づき、自分がおそろしい暴露をしでかしたと瞬時に気づいてひどく気まずそうに口ごもった。

「いや、あの、それは——つまり——」

しかしホームズはすっくと立ち上がり、言い訳を言う隙を与えなかった。

「ははぁ！　この森の地でカナダ人といえばサスカトゥーンのウィリアム・Q・ヒックス氏だけだ。彼がカフスボタンのひとつを盗んだのはわかっていたが、あなたはすすんで秘密を漏らし、彼が盗んだのを知っていると認めた。ヒックス氏がかのカフスボタンをどこに隠したか教えてもらわないと。さあ、ムッシュ・ラ・ヴィオレット、母がフランス本国の生まれだから私はヒックスよりフランス人に近い。かたや彼はフランス系というだけのカナダ人。だから秘密を打ち明けなさい。彼のことを話したのがあなただとヒックスに漏らしたりはしないと確約する。彼の靴底についていた有無を言わさぬ小麦粉の跡は、拡大鏡の力を巧みに借りた私の鋭い目に、ヒックスがパントリーの中をうろついたことを物語っていた。つまり彼があなたと極秘のつながりがあったことを意味するに他ならない。彼は遠い国から来た伯爵の客人で、特に秘密でもない限り、通常は控え室から降りてきパントリーにいるシェフと交流したりしないからだ——そうだろう《ヌ・セ・パ》？

　ルイはますます取り乱して、いつになく居心地が悪そうになった。何か答えようとしたところへドナルド・マクタビシュが口元を拭きながらうっとりした笑顔でワインセラーに通じる戸口に現れた。

「ああ、スコットランド人の君！　そんなことをしていたら、キリスト教婦人禁酒協会の会員には絶対になれないぞ」ホームズは、現場を押さえられたという従僕の表情に気づいた。「また伯爵のワインセラーで試飲か？」

　第二従僕がぎこちなく一礼をしてダイニングルームに通り抜けようとしたそのとき、彼の左手に光りものがきらめくのがホームズの目に留まった。

第十六章

「そこで止まれ、マクタビシュ！」ホームズの威圧的な声が飛んだ。「持ち去ろうとしたものが見えるように左の手のひらを見せるんだ。ワインボトルのてっぺんの銀紙より値打ちものであることは確かだな！」

　従僕は私、ルイ、イワン、最後にホームズを見回したが、ホームズの威嚇的な表情に怯えてうなだれてやってくると、大きく深くため息をついて八つ目のカフスボタンを手放した。「あぁ、いずれこんなことになるんじゃないかと思った」彼はうつむいた。「こっぴどい目にあってダイヤをとりあげられるじゃないかって。とにかく、ウィーラム・バッドの野郎！　あいつがこの月曜日にその光り物を隠しておいてくれと説得しにきたんです。上の控室で無事やり過ごせるように。そしてあの人が取りに戻る前にあなたがそれを手に入れたら、責任を僕に押しつけられるように！」

わが相棒は喜びを隠しもせずダイヤのカフスボタンを受け取り、ルイにはっきり見えるよう、それを持ち上げて言った。「それにしてもドナルド、君を説き伏せたやつはこの二日間、どこに身を隠していたのかな？　やつと、こっそりやり取りしたか？　洗いざらい白状しないと痛い目に遭うぞ」

「そんな、あの人はゆうべ九時頃、あなたたちが音楽室でランスロット卿のマンドリン演奏を聞いているあいだにこっそりここにやってきて、村に偽名で宿をとっていると——」

「するとあのウサギの脳みその警官たちは、やつの顔さえ判別できなかったのか！」ホームズは憤怒でこぶしを震わせて怒鳴った。「でもバッドはここにいる手先から、いつカフスボタンを回収してずらかるつもりかは話したんだな？」

「はい。明日、金曜日の朝に取りに来ると。ヘムロック・ホームズさんが七つのカフスボタンを取り戻したと伝えても、気にしていないようでした。いずれまた全部盗めるからと言い切って。あなたは大風呂敷を広げているだけだと」

「ほう、そうか！　なるほど、いいだろう。明日はオーストラリアのメルボルンから来たW・X・バッド氏にとって、ものすごくついていない金曜日になると言っておこう。ではまっすぐ図書室へ。伯爵はおそらくワインボトルのラベルを読むたいそうな趣味にふけっているだろうから、善良な使用人のドナルドが、いかにオーストラリアの盗人の企みにかかわって堕落したかを教えて差し上げる。そういうことで、スコットランドの君、前を向いて真ん中へ。前進！」

その号令とともにホームズはシェフのルイににこやかに手を振った。探偵ホームズが九つ目のカフスボタンをとりに彼の友人ヒックスをとらえたら、何が待っているかを教える身振りだった。そしてホームズと私は、おびえる従僕に付き添って伯爵の前に出た。

「おや、今度は何事だ？」やんごとなき城の主人は《パンチ》を図書室のテーブルにおくと、やってきた面々に向き直った。「バルモラル宮殿から来たそこの若いのが、先祖伝来の宝石をもっていて捕まったなどと言ってくれるなよ！」

「ジョージ、それでも申し上げます。それが悲しくも疑いようのない真実だからです」ホームズは消えた光り物の八つ目を伯爵に渡しながら伝えると、紙巻き煙草を取り出して火をつけた。「現在午前九時十五分、お渡しするのはこれで盗まれた宝石十一のうち八つ目です。日没までに必ずや十一のうち残る三つをあなたの手に取り戻します。古代ローマ皇帝ティトゥスか誰かが言ったように、『沈む陽を見て失われた時間を数えよ、ダイヤモンドのひとつも見つけていない汝の手から！』」

「えっ、まさか？　これはいやなことになってきたな」伯爵はホームズからカフスボタンを受け取り、自分の上着のポケットにしまいこんだ。「カフスボタン奪還のことではない。それは歓迎している。しかし憂鬱なのは、信頼をおいてきた七人ものいろいろな立場の人間に裏切られたことだ。わが妻、秘書、御者、副料理長、第二庭師に、今度は従僕の二人とは！　次の不届き者はいったい誰だ！」

伯爵は途方に暮れて頭をかきむしった。

「とったのは誰だとお思いでしたか？　外の厩舎の馬だとでも？」ホームズの顔がけわしくなった。「それにしても最近のお散歩仲間は今どちらに？　ワトスンと僕は裏の林で迷ってしまい、ほかの人たちを見失いまして」

「ああ、彼らなら上のビリヤード室だ。緑の台の上で玉を小突き回しているよ」伯爵は椅子から立ち上がって伸びをした。

「すると彼らの頭の中はビリヤードの玉と同じくらい白いそうだ。正直なところ、これまで生きてきて、そろいもそろってこんな裕福な怠け者たちは見たことがない！　心を入れ替えようとは思ったこともないでしょうな！　そこにある《パンチ》を読んでいる以上、あなたには文学のありがたみがわかる素養が、わずかにおありのようだが、ほかのくだらない人たちはそれさえ読まない！　上に行って彼らが遊ぶのを観察しましょう。特にヒックス氏の様子を」ホームズはそう締めくくると意味ありげに私に目配せし、三人は図書室を出て階段を上がった。

四階に上がってビリヤード室に入ると、ランスロット卿、ヒックス、トゥーター、ソーニークロフトがビリヤードに興じており、名ばかりの警部で古なじみのレットストレイドがクッションのきいた椅子の上でいつものようにぐっすり眠っていた。ホームズはキューをとり、レットストレイドの脇腹を突っついた。

「起きろ、バーニー。鳥のさえずりを聞け！」

睡魔にとりつかれた警部は驚いて飛び起き、ほかの四人は笑ってゲームを続けた。伯爵と私は腰かけ、ホームズは四人のほうに行ってゲームに割りこんだ。

「あれ、みなさん、ヒックスは正しくキューを持っていないようですな」ホームズはヒックスのキューをひったくると台の上にかがんでみずから玉を突こうとした。「ほら――これが正しい持ち方です！」

「あぁ、あなたも正しくはないな、ホームズ」ランスロット卿が指摘して自分のビリヤードの知識をひけらかした。

「ふん、お子様はわかってないな。こっちはあなたがABCを習っていた頃には世界レベルの達人に交じって玉突きやビリヤードをしていても、おかしくなかった。いいか、こっちは四十九歳、あなたは三十そこそこだ」ホームズはいつになく偉そうな口ぶりだった。

「ヒックス、あなたのゲーム運びには驚きました」ホームズは威圧的に話し続けた。「なにしろ下のパントリーにいる伯爵のシェフに託して、三日間ダイヤのカフスボタンを隠すほど頭のいい人間なら、この頭脳戦をもっと賢く戦えるだろうに！」

カナダ人はぽかんと口を開け、最近の自分の行いが集まった人々に公にされるのを聞いた瞬間、恐怖で飛び出しそうになるほど目を見開いた。聞いているほうもヒックスと同じくらい驚いていた。

「私の目を見ろ、ヒックス！」ホームズは獲物を指さして糾弾を続けた。「たった今話したことが真実でなければ伯爵閣下にそう言え」

「いや、あの――真実だ。どうしてそれがわかったのか知らないが、あの悪党バッドが宝石のひとつを持ってきて、取りに来るまで保管しておくよう唆された」ヒックスはあっさりと認め、顔を真っ赤にしておずおずと盗まれたカフスボタンを取り出すと、仰天する伯爵に手渡した。

「これでビリー・ヒックスも泥棒か！　いったいどうやって突き止めたんだ？　ホームズ」

「まあ、ヒックスさんが、愚かにも小さな戦利品をシェフに預けるのにパントリーの床にこぼれた小麦粉を足げにするほど不注意でなければ、おそらく今彼を捕まえることはなかったでしょう」

ホームズは咳払いした。

「起きているか？　レットストレイド、いいか、これが有罪を立証する靴底の汚れの捜査法だ。この世で最も上品な仕事とは言えないだろうが、答えは出る。それが肝心だ。これで探し出したプディンガム家のカフスボタンは全部で九つ。今夜までにあと二つを確保すると心に決めたぞ」

「ホームズ、決めたことは常に守るのか？」ランスロット卿がにやりと笑った。

「絶対に――どんなときも！　しかし閣下はヒックスの告訴を取りやめるようだ。カナダの紳士の首はまだつながったままでビリヤードを続けましょう。さあみなさん、ゲームを続けて」

そのせりふとともに、感情を表に出さないおなじみの探偵は、ほかの四人と一緒にふらりとゲームに戻っていった。私は椅子のひとつにかしこまって腰かけ、レットストレイドと天気の話をしていた。彼の会話能力では天気の話題が精いっぱいだからだ。時おり彼が小声で「九つ――出てこい二つ！」と独り言をつぶやくのは聞こえたが。

ホームズたちがビリヤード台で遊んで二時間以上がたち、昼になると、いまだ気まずそうな従僕のマクタビシュが入ってきて昼食を告げた。

伯爵を先頭にダイニングルームに降りていき、席に着くと、ホームズがハリガンに厨房のヴィオレットあてに伝言を頼んだ。カナダ人のお友達がダイヤモンド泥棒の片棒を担いだことを白状したが、ルイが共犯者として告発される心配はないこと、ルイの巧みな指示のもとで調理された青エンドウはいつになくおいしいだろうと確信していることを。

「私がもってきたセイロン紅茶を試しに飲んでみないか？　ホームズ。城でのひそかな売り込みを暴露されたからには何もかも大っぴらに宣伝したほうがいいからな」

「いや、結構」ホームズはさらりと断った。「いつもコーヒーを飲んでいるので――とにかく強いのが好きです。もっと言いますと、その紅茶のパックがあなたのお取込み中にお邪魔したときに、上であなたが持っていたものか検討するほうが、今ではもっと興味がある」

「いいだろう、ならば勝手にしろ！　ホームズ。私はなんとしてもテレサ・オリヴァノと結婚する計画は曲げない。君や伯爵やカフスボタンなんか構うもんか」

その後昼食のあいだ、エドマンド・トゥーターは一切口をきかなかった。

食事が終わると、レットストレイド警部はいつもよりいくぶんまいった様子なので、一同は散会し、ホームズと私は一階の部屋の数々を歩きぬけた。彼いわく、「ただの戯れに」。そのときは午後一時を少し過ぎていた。厨房を通り、今やおとなしくなったラ・ヴィオレットの無言の一礼を受けると、ホームズの鋭い目はトゥーター叔父の上着のうしろのすそがちょうどワインセラーのドアの向こうに消えるのを捉えた。声を潜めて私に警告し、腕をつかんだホームズがつま先立ちでトゥーターのあとをつけてそっとワインセラーのドアを開け、セメントの床を歩くトゥーターの足音が聞こえなくなると、私たちは中に入って鍵をかけた。私は階段の一番上の段で持ち場につき、ホームズは降りて行った。

第十七章

ホームズは階段を降り切ったところの大きなビール樽の陰に、音を立てずに身を隠した。一方私には、トゥーター叔父がセラーのつきあたりで何本かボトルをカタカタ鳴らしてしばらくひとり言を言うのが聞こえた。

「さてと、私のテレサがくれた敬愛すべきスペイン産の素晴らしいアモンティリャード・ワインは、これだな」

するると、何かが彼の喉を通るゴクゴクという音がした。どう考えても、彼がスペイン産ワインを空にしたとしか思えない。ワインの瓶の横には、つねにかなりの数のグラスが備えてあった。

「さて、いったいどこにダイヤのカフスボタンを置いたっけ?」とまたトゥーターの声。そのあいだ私は、ワインセラーの出入り口の階段の一番上、ドアのそばにじっと座っていた。そこからは下の樽の陰でホームズが長くて細い鷲鼻をのぞかせて凝視しているのが見えた。

「ミュンヘナーの樽の下じゃない――とするときっとドルトムンダーの下だ」よっこいしょと樽を持ち上げて、その下のセメント床の樽の先と持ち上げた樽板のあいだの隙間を手で探るあいだも、トゥーターはひとり言を続けた。「ああ！　あった――いかれたジョージが探している、かわいい小さなダイヤモンド。この月曜日から遊び仲間のビリー・バッドのために保管していたが、やぼったい露骨なカフスボタンから取り出して、テレサの婚約指輪に嵌めなおそう。テレサは歴史上価値が高い物に目がないからな！」

トゥーターがドルトムンダー・ビールの入った泡立つジョッキからぐいと一杯やると、そのあと長い安堵のため息が聞こえた。

一分もたたないうちに彼は出入り口の階段のほうに引き返したが、階段の下の樽を通り過ぎると同時にホームズが不意に飛び出し、両手で彼を捕まえながらカフスボタンをつかみ取った。

「さあ、ついに捕まえたぞ！　いい年をして、ワインをちびちび飲んでダイヤモンド泥棒とは！　汝淡い黄色をドイツビールとみるべからず、さもなくばいずれかならずや手に入れん！」ホームズが勝ち誇ったように叫ぶと、トゥーターは驚くやらおびえるやらで言葉も出なかった。

「ワトスン、上のドアの鍵を開けていいぞ。伯爵のいつもの仕事場まで足を運んで、十個目の盗まれたカフスボタンを渡そう。トゥーター、きのうの朝はよくもだましてくれたな。しかし、からっぽ頭のバーナバス・レットストレイドの判断に従ったら、ここで確かにあなたがカフスボタンを持っているところを捕まえた！」

セラーのドアの鍵を開けて厨房に出ると、フランスとロシアから来たパンケーキ職人それぞれが、ヘムロック・ホームズがトゥーター叔父の肩をしっかとつかんでセラーの階段を上がってきて、縦に並んで行進し、図書室へとダイニングルームを通過していくのを、驚きのまなざしで見ていた。

「気をつけ！」わが相棒が号令をかけた。「カフスボタンをもってまいりました！　敬礼！　もっとも気高きプディンガム伯爵、十個目かつ最後から二番目の盗まれた宝石がここに！」

ホームズが輝くダイヤモンドを手に置くと、伯爵はへなへなと椅子によりかかってしどろもどろに言った。

「なに？　トゥーター叔父もうしろめたいことをしていただと？　おお、神よ！　私は今の今まで、不屈の叔父が泥棒の汚名を着ることは一切ありませんようにと祈ってきたが、どうしたことか、これでそうだとわかってしまった。それで、本来の善良な意思に反してビリー・バッドに強いられたと主張しているとか？　君が捕まえたほかのおめでたい面々のように？」

「いかにも。ビリー・バッドはこれにもかかわっていました」ホームズは次の煙草に火をつけてくるりと向きを変えると、不注意にもソーニークロフトの目の前に静かに煙を吹いた。ソーニークロフトはちょうど入ってきたところだった。「といっても、こちらの老紳士は僕に白状する必要もありませんでした。伯爵の名誉あるワインセラーで盗難についてひとり言をつぶやくのが聞こえてきたので。彼はそこでビール樽の下にカフスボタンを隠していたのです。万一トゥーターがダイヤモンド泥棒稼業でうまくやるつもりでいるなら、ひとり言という都合の悪い習慣を確実に断つ必要があるでしょうな。特に、誰かが耳を立てているかもしれない場合には。今のところ報告は以上です。私があなたなら、取り戻した十個のカフスボタンを化粧台の上のそんなかわいらしい宝石入れでなく、もっと安全な場所に保管します。小さな鳥から最近聞いたところによると、捨て鉢になったウィリアム・X・バッド、つまりこのひどい事件のすべての黒幕が、明日の朝ノーマンストウ・タワーを訪れようとしており、宝石を永久に持ち去るつもりです。手遅れになる前に今すぐ忠告に従ってください、ジョージ」

ホームズは無言でトゥーター叔父を押して、うしろのトルコ製の揺り椅子に座らせ、生意気につんと顔を上げ、厳かに部屋を出た。恐縮する私をうしろに従えて。それがいつものことになっていたからだ。

「ワトスン」私を連れて城の脇の出入り口から壮大な城の芝生に降りたつと、ホームズが話しかけてきた。「ヘル・ブルーメンロートが丹精込めたこの素晴らしい花壇のまわりを少しぶらつくべしと、何かが僕に告げている。ほら、今も噂の彼がそこのゼラニウムの花壇のそばで両膝をついている。かたやぼんくら助手のデメトリウスなんとかは、厩舎のむこうの小屋から肥料を手押し車で運んでいる。行ってみよう」

私たちは年配の沈着冷静な庭師に合流し、彼が育てている植物のすばらしさについてたわいもない話をした。すると、ホームズはランスロット卿が先日の復活祭の月曜日、本来ビリヤード室でお気に入りの室内遊戯に精を出している時間に花壇をぶらついていなかったか、聞きだした。

ハインリヒは伯爵の弟の情報を提供することをまったくためらわなかったし、彼の非常に歯に衣着せぬ発言から、私はハインリヒがランスロット卿の知性を高く評価していないとみた。ランスロット卿は月曜日のほとんどの時間、ブルーメンロートの周囲をぶらついていたようで、ブルーメンロートの移植ごてを手に、およそ科学的知識があるとは思えないやり方で、花壇のひとつをいじくっているのを何度か目撃されており、それがもとでハインリヒの頑丈とはいいがたい堪忍袋の緒を切らしていた。

「何かを土の下に隠そうとしていたね。犬が骨を埋めるみたいに」とブルーメンロート。「しばらくそんなことを続けて、ずっとわしの仕事の邪魔になっていたもんだから、もう我慢ならんと大声であっちへ行けと言ったら行ったよ。行ってすぐに移植ごてで花壇の土をひっくり返したが、何もなかった。だから何にしろ、きっとあの愚か者が持って行ったんだ」

「我々が探しているダイヤのカフスボタンかどうか、まったく気にしないと？　おぉ、しかしハイニー、あなたは誰におもねることもしない人では？　この前、火曜日の午前中に使用人を全員集めて取り調べたときに、なぜ言わなかった？」

「盗まれたダイヤモンドのことを話せと言われただけだからさ。だからごく正直に、盗んだやつは知らないと言ったんだ。ごく正直にもっと言えば、盗んだのが誰だろうとどうでもよかったんだがね。ロンドンの探偵もどきの仕事をする手伝いをしなくたって、いつもの仕事で手一杯なんだ。わしは伯爵から庭の世話をするのに給料をもらっとる、以上。あんたは伯爵のいわくつきの古いカフスボタンを見つけるために雇われておる。とにかく、わしだったらあんなもの、全部と引き換えでもびた銭一とて出さんけどね！」

そう言い残すと、庭師は平然と私たちに背を向けて踏み鋤を担いで離れていった。一方デメトリウスは肥料を撒いていた。

「なんと、あの人にはハッとさせられる。なんとすがすがしい！　しかしこれで必要な情報はすべてあの人から得た。ということで、行こう、ワトスン」

ホームズは私を連れて城に戻った。城の中を進んでいくと、ランスロット卿がぶらぶら音楽室の鍵をもて遊んでいるのに出くわした。

「こんにちは、閣下」部屋に入り、ランスロット卿がピアノの椅子に座ったままこちらを向くと、ホームズが丁重にあいさつした。「音楽というものは、日常のうっとうしい憂い事から一時解放し、真の喜びを与えてくれる。しかし高貴な血筋の若者は、自分の税務謄本の一覧に載っていない財産には無垢な白い手を出さず、オーストラリアの粗野な悪党との恥ずべき密かな接触など控えたほうが賢明です！　そいつはやんごとなき若者をそそのかし、一族の誇りを忘れて高価な宝石を法の目から隠させました。つまり、手っ取り早く言うと、あなたはダイヤのカフスボタンのひとつを盗んだ――なんたることだ！　ですからそれを返していただきたい。あなたを捕まえて取り上げるなんて手荒なことをする前に！」

それでもランスロット卿は、彼が犯したと思われる罪を、兄の尊敬する義理の叔父がしたようにそうたやすくは認めず、ちょっとした非難の演説を終えたホームズの目の前で笑った。「おや、またいつものうその警告か――そんなはったりが私に効くとでも思ったか？　カフスボタンなんてとっていない。推理はやり直しだ。猫が持って行ったか、ジョージが夢遊病状態で道に投げ捨てたのかもな!」

だが、彼の悪ふざけもホームズには通用しなかった。ホームズは卿の前に進み出ると、最後のカフスボタンをすぐ返すよう迫った。そのとき廊下から通じるドアが開き、トゥーター叔父が入ってきた。最近告白した泥棒の片棒を担いだ悔いの念は、まったく顔に表れていない。

「堅物ホームズが、今度はおまえに何をしかけようとしているんだ? ランシー」ホームズが邪魔されて怒りもあらわに彼に振り向いたので、私は非常事態に備えた。

「さあね、拡大鏡で捜査するのが得意な探偵さんによると、私が伯爵のカフスボタンのひとつを盗んだんだとさ! まったくいらいらするね! 思いがけず行き詰まっているのをわからせようとしているんだが、それがわからないんだ」ランスロット卿はピアノの椅子から立ち上がると、ズボンのすそをはたいた。

「そうか、なんとかわかってもらわないとな——それに尽きる」トゥーターはその言葉と同時に両腕でホームズを羽交い絞めにした。「今だ、ランシー、逃げろ——無事逃げるまで捕まえておいてやる!」

ランスロット卿は全速力で部屋を出た。ホームズとトゥーターはしばらくもみ合っていたが、ホームズが相手を振りほどいて、私より遅れて廊下に出て追いかけ、階段を上がった。私は卑怯なランスロット卿を追いはじめた。

「どけ、ワトスン。走れるやつに任せろ!」ホームズは私を追い抜くと同時に大声で言うと、四段ずつ階段を上がった。

私たち二人はそのあとランスロット卿を追いかけて、緑のじゅうたん敷きの階段を二階、三階、四階、そして五階と上がってはまた上がったが、最上階の五階にたどり着き、ランスロット卿が城の屋根に通じるはね上げ戸を通って姿を消したのが見えたとき、私はすっかり息切れしていた。

私たちは形ばかりの幅の狭い木のはしごを登り、はね上げ戸を通って彼を猛追した。外に飛び出し、由緒あるノーマンストウ・タワーの広々とした屋根に出た。

「うわぁ！　地下のセラーのあとは、屋根の上か！　探偵業ときたらまったくもう！」私はぜいぜい息をしながら煙突のてっぺんにもたれかかってあえいでいたが、不屈のホームズは石造りの屋根の上を反対側へと逃げるランスロット卿を追いかけ、そこでついに、屋根を囲む銃眼つきの胸壁と先端が直径約十フィートの小さな塔の壁の隅に追い詰めた。

ホームズはランスロット卿を灰色の石造りの銃眼に押し付け、彼の弱々しい手から素早く十一個目の最後のダイヤのカフスボタンをもぎ取ると、勝ち誇ったように、私という、息を切らしてはいるが信頼できる相手を見た。春のそよ風が何もかぶっていない彼の頭のまばらな髪を乱し、穏やかな午後の日差しが、かつてともに過ごしたなかでも出くわしたことのない見慣れぬ場面に降り注いでいた。ホームズは泣いていた。

「ああ、これでついに最後だ、ワトスン。これで伯爵のダイヤモンドをひとつ残らず取り戻し、仕事は終わった。地上六十フィートのこの場所に立って、見わたすかぎりのサリー州こそが、笑顔の観衆だ。では風に僕の髪を全部吹き飛ばされる前に、下に降りて伯爵閣下に朗報を！」

三人はホームズを先頭に跳ね上げ戸に戻り、そこから階段を降りた。鞭うたれた野良犬のようなランスロット卿を従えて。

第十八章

図書室に降りていくと、そこが伯爵のいつもの居場所らしく、閣下は膝に本を置いて椅子に腰かけていた。しかし彼は床を見つめ、トゥーター叔父は伯爵に背を向けて窓の外を眺めており、あたかもけんかをしたばかりのようだった。実際にそうだった。

「復活祭の木曜日午後二時、万事解決です、閣下！」ホームズは意気揚々と、表情のうつろいやすい顔に口が耳から耳まで広がるほどの笑みを浮かべて報告した。伯爵の前に進み出て、礼儀正しくていねいに最後のダイヤのカフスボタンを渡す。「由緒あるプディンガム家先祖伝来の家宝の最後のひとつをお渡しできて、大変光栄です。復活祭の日曜日の夜から月曜日にかけてあなたから盗まれた品物は、すべて取り返しました。取り返すことができたのは、僕が並々ならぬ努力を惜しまず、おなじみわが助手ワトスン博士の手を随時借りることができたおかげです。唯一残った仕事は明日の朝、変装したビリー・バッドがここに来たら捕まえて、両足首に鎖と球の足かせをつけて船でロンドンに送ることです」

伯爵は椅子から立ち上がると、感慨深げにホームズの宝石奪還をねぎらい、熱烈に握手を交わしてこう言った。

「このおめでたい出来事にもっと感激していない私を、許してくれ。トゥーター叔父と私は、ちょうど話をしたところだ。その結果叔父は、金曜日の午後に、花嫁になるテレサ・オリヴァノと一緒にこの城を去ることになった。そして、私のとっておきの六組のカフスボタンは速達でイングランド銀行に送り、鉄張りで鋼鉄製のドアがついた金庫室に入れることにした。そこならビリー・バッドのような輩が押し入ることもできまい！」

「そう、そのとおり」トゥーターがくるりとホームズにふり向いた。「付け足すならば、これ以上足の長い失礼なやつに付きまとわれたり嗅ぎ回られたりすることはないのが、非常にうれしいね。立派な男がつまらない宝石を二、三日隠して義理の甥にいたずらを仕掛けることにしようが、他人にはまったく関係のないことで、そのために常習犯扱いされることはない。私は八百万ポンドの価値がある人物だ。私にその気がない限り、君にも伯爵にも生意気な口を利かれる筋合いはない」

叔父は咳払いして、挑むように私を見た。まるでホームズの言動はすべて私に責任があるかのように。

「八百万ポンド？　ばかじゃないか？」ホームズはものともしなかった。「そんなことに誰が左右されるものか！　盗まれた宝石を求めて可能な限り努力を惜しまず、自分の義務を果たしただけだ。ボクシングで話をつけたければ、ロンドンのベイカー街二二一番地Bでいつでも相まみえよう。どっちが勝つかわかるだろう」

そしてホームズは次の煙草に火をつけた。

「おいおい！　そのことでけんかする必要はないだろう。殴り合いだなんて脅さなくても、明日ここを出ていくことはトゥーター叔父にとって十分不利益だ。私が心底がっかりしたのは、伯爵夫人のメイドという、社会的身分の低い女性と結婚する彼とつきあうのが嫌だからではなく、泥棒に関わったという事実だ」

「それでは伯爵、そう感じられるのでしたら、お知らせにあたり身体を支えるものを摑んだほうがよろしいかと。十一個目の最後のカフスボタンを不法に所持していたのは、ほかでもないあなたの弟であり爵位継承者の、ランスロット卿です。ただいま、まいります。屋根まで猛烈に急いで走ったので息せききっているに違いありません。また降りてくるのに僕たちほどさっさとは来られなかったので」

そう言ってホームズは、ランスロット卿を指さした。ちょうどそのとき、ランスロット卿が眉間にしわを寄せてやってきたのだ。さっきのような挑戦的な態度は消えていた。伯爵はつらそうに椅子に腰かけ、しばらく両手で顔を覆うと、一番の親友である執事を大声で呼んだ。

「おい、ハリガン、ハリガン！　そこの強いブランデーをグラスに注いでくれ。アブサンを少々入れて！　助けてくれ！　死にそうだ！　早く！」

「はいはい、ただいま！」ハリガンは大声を出して走ってくると、ダイニングルームの食器棚の手近なところに常備してある携帯用瓶で間に合わせたので、遠いワインセラーまで降りて時間を無駄にすることもなかった。

「それと、ええと――グラスに一、二杯、デカンタに一、二杯、城の上等のワインを栄誉あるホームズ君に注いでくれ。ジョー、彼はたった今盗まれたダイヤモンドをすべて取り戻した。もし彼が飲めるなら、ひと樽ごとでもやってくれ——どれでも欲しいのを！　お願いだから忘れさせてくれ！　私のただひとりの弟であり爵位継承者であるかわいいランスロット卿が泥棒の片棒を担いだというありがたくない事実で、ダンダーホーとプディンガムのやんごとなき血統の由緒ある栄誉が汚されたことを！」

伯爵は執事の前でしばらく声を上げて嘆いた。そのあいだに私は、次々に回される飲み物を口に入れるのを忘れなかった。医者として、正確には胃の粘膜にいいとは言えないことはわかっていたけれど。

「さあそれでは閣下、満足に生き返ってまた仕事の話ができるようでしたら、取り戻した十一個のカフスボタンを十二個目と一緒に預けていただくよう提案します。僕に」とホームズが切り出した。「そしてロンドンの銀行に送る準備ができるまで、安全に僕の外套のポケットに保管します。そのあいだ、ズボンのうしろのポケットのリヴォルヴァーで守りましょう。ほかの人間が盗んだ、というかバッドから盗んだ品を受け取ったことを許したように、ランスロット卿のことも許してもいいかと存じます。今の最重要事項は、この犯罪の黒幕である男が明日やってきたら捕まえることなので」

「ああ、そうしよう、ホームズ君。私の部屋に来てくれたら、無事保管してもらうよう全部宝石を渡す。ランスロット卿、この飲んだくれめ、許すべきではないが、許してやる。それからおまえとトゥーター叔父に警告しておく。ホームズ君が明日バッドを捕まえる邪魔はするな」

「わかった。ジョージ。感謝する！」ランスロット卿は目を伏せたまま小声でつぶやき、トゥーターもわかったとうなずいた。

　ホームズが十二個すべての宝石を彼の外套の右ポケットにしまうと、伯爵は約束の二万ポンドの報酬を小切手で切ると話したが、ホームズは予想外に保留した。まずビリー・バッドが捕まるまで待つと言ったのだ――私が当然そうするだろうと思ったように夢中で硬貨に飛びつきはせずに。

「さて、これで明日あのならず者が変装して現れるまで、することが何もない」ホームズはドアに近づいた。「波乱に満ちた午後の続きは、上でプールを何ゲームかしてはどうかと。

　そろそろ往年のおねむ警部がえっちらおっちらやってきて、僕が全部見つけたあとのまつりに盗まれた宝石のことをきいてくる頃だな」

「往年の何ですと?」ソーニークロフトがにこやかにたずねた。

「ほら、おねむ警部のことだ――もちろん、レットストレイドと呼ばれるのろまで眠くてたまらない年老いた腰抜けのことさ。彼の先祖がレットストレイドという名前になったのは、どこかの精神病院からさまよい出るのを放っておかれたからに違いない。それ以外には考えられないね!」

　戸口にぬっと現れてカフスボタンについて尋ねたのは、本当に重々しく遅々とした動作のバーナバス・レットストレイドだった。ホームズは厳しく対応した。

「起きてしゃきっとしろ、老いぼれ無能大将!　十一個の光り物はすべて、誰かの手にかかる前に君の長年のライバルのこの僕の手で、ありかを突き止め確保した」

「では、えぇと、だったらヤードに正式な報告書を送らないと。当局が事実関係の確認をとれるように」レットストレイドはいくぶん鈍い頭を掻いた。
そのときだ。ベルが鳴り、第一従僕のエグバート・バンベリーが応対し、スコットランド・ヤードからの電報をもってきた。ちょうどレットストレイドの話にあがっていたので、エグバートは彼に電報を渡した。ホームズはレットストレイドからそれをひったくって開封し、急いでみんなの前で読み上げた。

サリー州ノーマンストウ・タワー
バーナバス・レットストレイド警部
プディンガムのカフスボタン発見はまだか？ 回答せよ
警視総監 O・U・ドゥーリトル

「連中の鼻を明かしてやらないか？」ホームズはふふんと笑うと、急いで返事を書きなぐり、正面入り口のドアの外で待っている配達人に渡した。レットストレイドはというと、抗議にいきり立って言葉もつっかえつっかえだった。
わが相棒がロンドンに返した皮肉な伝言がこちらだ。

警視総監 O・U・ドゥーリトル殿（ぴったりの名前ですな）（口先だけで何もしない人の意味）
いや、もちろんまだです。どうして見つけられます？ 全部私が持っているのに。

今からまた横になって眠るところです。

ヘムロック・ホームズ

全員が拍手し、四階のビリヤード室で城を仕切る傲慢な独裁者に喜んで加わった。玉突きにいそしんでいると、日が暮れて第二従僕のドナルドが夕食を告げた。

夕食の時間は伯爵が起立してヘムロック・ホームズの健康を祝し、乾杯の音頭を取った以外は、何事もなく過ぎた。乾杯はホームズの宝石奪還の功績に「君」でなく「われわれ」を使うことに固執したレットストレイド以外の、その場にいた全員に、熱烈に受け入れられた。夕食後、音楽室に移り、そこで伯爵夫人アナベルが前の晩と同じように、『かつて愛したスペイン人メイド』という題のちょっとした歌など、選り抜きの曲をピアノで弾いて楽しませてくれた。アナベルはメイドのテレサとの来たる結婚のことで叔父を冷やかすため、その歌を二、三回繰り返した。

次の日の朝は明るく空は澄み渡り、太陽は暖かく降り注いでいた。朝食のあと二人で城の裏手の芝生周辺を歩いているとホームズが、ビリー・バッドが現れる予感がすると言った。それが九時十五分頃で、その後二人で庭師のブルーメンロートや御者のイェンセンとおしゃべりしていると、青いオーバーオールを着てつばの広い麦わら帽子をかぶった農民が、厩舎から続く城内の砂利道をぶらぶら歩いてくるのに気がついた。見たところ人畜無害で、ふさふさした白髪混じりの頬ひげに時代遅れの眼鏡といったいでたちだ。こっちにやってくるといくぶん甲高い声で話しかけてきたので、たちどころにホームズの疑念を呼び起こした。

「あのー、だんながた、伯爵の厩舎の干し草の担当者を教えてもらえますかな？　わしはサミュエル・シモンズといいまして、この道を少し行ったところの農民でね、それほど必要でなければ、あそこの干し草を一トンか二トン買いたいんだが」

長時間歩いてきた自称農民は、古びた麦わら帽子をとってあおいだ。

「そうかい、サム、担当者はあそこの御者だ。桃の木の下に立っている、赤ら顔の太った小柄な男だよ」ホームズはうまく声色を隠していたが、その眼ははやる気持ちを抑えて輝いていた。「伯爵は厩舎の二階にさらに必要以上の在庫を抱えているから、一部売ってもらえるだろう。わけあって身をもって知ったんだが、君も知っているだろう。このあいだの火曜日の午後は上の干し草置き場にいなかったか？　サム。確かにいたぞ。さらにそのときの名前はウィリアム・X・バッドだった。でなければ僕はさしずめ中国人だ！」

そしてホームズがサミュエル・シモンズとやらに襲い掛かり、にせのあごひげをむしり取ると、あっと驚く私の目の前に、忘れもしない悪党バッドの顔が露わになった。

バッドは一秒たりとも無駄にせず、俊足を活かして私道から公道へと走り出た。いまいましいまでの速さのため、やつの眼鏡と麦わら帽子が地面に落ちた。ホームズと私は全速力で追いかけた。

「おい！　先回りだ！　誰か、頼む！　そっちに先回りしてくれ！」ホームズは大声で応援を求めた。

私たちの願いは執事のハリガンがかなえてくれた。城の脇の出入り口から駆け出してきて、バッドが通り過ぎるちょうどそのときに横から跳びかかったのだ。

ハリガンが逃亡者の両膝にしがみつくと、両者は地面に叩きつけられるように倒れこんだ（これまで見た中でも最高のラグビーのタックルだった）。そのまま二人は転がりながらもみ合い、ハリガンが上になった。

ホームズと私は彼らに駆け寄り、まもなくホームズが常に携帯している手錠を出してバッドの両手にかけ、彼を引っ張り起こした。ハリガンが起きて服の埃を払い落としたところで、ちょうど伯爵と対面となった。伯爵は急いで城を出てきたばかりで、執事の背中をぽんと叩いて、これでもかというくらい握手した。

「ああハリガン、おまえは本当にいいやつだ！　あのならず者を捕まえてくれた手柄への心からの感謝を受け取ってくれ。私は一部始終を窓から見ていて、農民の変装をしていてもバッドに違いないとすぐわかった」伯爵は声がうわずっていた。「中に入って私のところにある最上のワインを一杯飲みなさい！」

ハリガンはにやっと笑って私たちのもとを去った。ホームズに手錠でつながれたバッドのほうは、突っ立ったまま私たちをにらみつけ、ホームズが報告するあいだ怒りに歯ぎしりしている。

「伯爵、ついにやつを捕まえました。これで必ずや報いを受けるでしょう。早く中に入って、犯した罪の重大さにふさわしい方法でロンドンに連行するため、警官を二人よこすよう村に電話を」

しかし伯爵が城に戻ろうと方向転換すると、絶体絶命のバッドはまたしても逃亡を図り、ホームズを振り払うことに成功した。バッドは手錠をかけられた両手を前にあげて敷地内の道を息つく間もなく猛烈な勢いで走った。顔色から、ホームズは一瞬心臓が止まって死にかけているように見えた。

「しまった!」ホームズは大声でののしりの言葉を発しながら、再び逃亡者を追った。「もう逃がさないぞ、捕まえるのにあらゆる手を尽くしたんだからな!」

ところがバッドは目を見張る速さで、横から先回りできるものはいなかった。しかしホームズは、目の前の道で農民が一頭立ての小さな荷馬車の手綱を引いているのに、ふと気づいた。

「おぉい! 馬と荷馬車を法の名において接収する!」彼はそう叫ぶと荷馬車に飛び乗り、驚く持ち主から手綱をひったくった。そして馬を鞭打ち、逃げるバッドを追った。バッドはうしろに大きく砂ぼこりをたてて村へと向かっている。伯爵と私はしばらく城の正面の芝生に立ちつくし、ホームズと農民が、荷馬車の車輪がほとんど三輪しか地面についていない状態で馬を走らせてバッドに追いつくのを見ていた。臨機の才あるわが相棒は、まさに今だというタイミングで馬車から飛び出し、バッドの背中にかぶさるように着地して、砂ぼこりの中、罵りながら地面に押さえつけた。農民は息の荒い馬を止めて馬車を降り、運よく荷馬車にあったロープの切れ端でバッドの両足首を縛るのを手伝った。そのあと二人は、もはや無力の悪党を荷馬車に乗せ、さっきよりゆっくりと城に戻り、そのあいだにホームズが農民に状況を説明した。

「どうやら、この荷馬車で僕たちがバッドを駅まで連れて行ったほうがよさそうだ」伯爵と私の前で荷馬車を止め、ホームズが提案した。「どのみち村の警官たちはここまで出てくるのに一年かかるだろうから、ロンドンまで来て僕を煩わせたあなたの十二個のカフスボタンも、一緒にもっていけばいい。無事イングランド銀行に届け、保管庫の預かり証を受け取って郵送するので、二万ポンドの報酬の小切手はそれから送っていただければ。ご存知住所はベイカー街二二一番地Bです。また逃亡を試みる前に、大至急このバッドを看守の手に渡したく、今回は祝杯に参加できません。ですから、伯爵夫人にお別れのごあいさつと、ジョー・ハリガン、ルイ・ラ・ヴィオレット、ハイニー・ブルーメンロートによろしくとお伝えください。使用人の中でこの三人だけは才能があり、あとの人間にもあればと願う才知を表しました。では、どうも！　ジョージ！　あなたは本当にいい人だ！」

「ごきげんよう、ホームズ。二度もバッドを捕まえてくれて礼を言う。小切手はすぐに送るから、町で今日の午後に受け取れるだろう」

私が荷馬車に乗り込み、お別れの旅に加わると、伯爵が手を振った。町まで半分のところに来ると、ホームズの指令でハンカチを取り出して猿ぐつわにしてバッドの口に縛りつけ、下品な言葉の数々で周囲によからぬ影響を及ぼすのを防いだ。

農民はヘンリー・ハンキンズといい、ホームズはバッドを再び捕まえるに手を貸してくれた迷惑料に十ポンド札を渡した。三人は村でロープと猿轡をはずし、バッドに鉄球と鎖をつけて荷馬車から午前九時五十分発ロンドン行き旅客車に乗せ換えた。そこでホームズは、色めき立って質問する人たち全員に黙って名刺を見せて黙らせた。それを見るとだれもがあっと驚いてのけぞり、かの高名な名前に文字通り脱帽する人までいた。

半時間もしないうちに、私たちはロンドンの駅に到着した。バッドはホームに運び出されてもなお反省の色なく、手錠をはめられ両足をさっきのように縛られたままで、ぴょんぴょん跳ねてまさかの三度目の逃亡を図った。

だがすぐに捕まり、くるまれて辻馬車に乗せられてヤードに向かったが、現地に着いて収監されるとき、またしても飛び跳ね、身をよじって騒ぎを起こしたので、大柄の警官四人が力を合わせて押さえつけねばならなかった。

「まったく！　一年でも眠っていられそうだよ。ノーマンストウ・タワーのあんな騒ぎのあとでは！」やっとベイカー街の私たちのなじみの部屋についたとたん、ホームズはため息をついた。それが金曜日の十一時十五分頃だった。

「同じく。その点では負けないよ」私は外套を投げ捨て、着古したラベンダー色の喫煙用の上着を着て、なじみの椅子に腰かけ、昼食前にノーマンストウ・タワーの恥ずべきダイヤモンド泥棒抗争から遠く離れて静かで平和に煙草を楽しむ準備をした。

最近有名なプディンガム家に行き着くことになった恥ずかしい事情をものともせず、相変わらず家主の仕事をしてくれる、頼りになる家主のハドスン夫人。彼女に出してもらった昼食のあと、私たちはチェスをした。二時になると郵便配達人がホームズ宛ての封筒を持ってきた。封ろうには伯爵の宝冠が施してある。ホームズが封を開けると、先の宿主かつ友人である伯爵からの短い手紙が入っていた。英貨二万ポンドと書かれた薄い青の小切手はイングランド銀行からの支払いで、ソーニークロフトの手書きで記入され、貴族の習慣に従ってただ「プディンガム」と署名があった。

「小切手の日付は一九一二年四月十二日だ。ワトスン。これできのうの朝、城の林で君にした約束が守れる」ホームズが微笑んだ。「これを君と半分ずつに分けよう。今から銀行に行ってこの小切手を入金し、僕が君あてに一万ポンドの小切手を切るから、君もきて裏書きすれば自分の口座に入金できる。それから伯爵のダイヤのカフスボタンを保管庫に入れて、預かり証を送ろう」

「ホームズ、君は確かに学者肌の紳士だな、ありがとう」

銀行から戻り、チェスをさらに何回か勝負すると、早めの夕食をとり、居間の隣にある寝室に戻ったが、私は事件のことが頭から離れなかった。

「なあ、ホームズ。あらゆる証拠をいっぺんに手に入れたあと、ランスロット卿を最初ではなく最後に捕まえたのはどういうわけだ？」

ホームズがなぜかふてくされて自分の靴を私に投げてよこしたので、急いで頭に布団をかぶってよけると、彼はがみがみと不平をこぼした。

「三、四日の仕事で米ドルにして五万ドル相当を稼いだんだぞ！　そのほとんどは僕の貢献だな？　ワトスン。お願いだからそれは、君の歴史的記録のどこかに密かに残して忘れろ！　今は黙って眠らせてくれ。さもないと、そっちに行って永久に息の根を止めてやるぞ！」

謝辞

編者四人は、貴重なコレクションの閲覧と利用に協力してくださったテキサス州立大学オースティン校ハリー・ランサム・センターに、心から感謝するものである。特に、ディジタル・コレクションを通じて、フレデリック・ダネイ所有だったDE ALLERLAATSTE AVONTUREN VAN SIR SHERLOCK HOLMESのテキストと画像を使えたことは、大いなる助けとなった。

ハーグにあるオランダ王立図書館の一部門、ディジタル・オランダ文学図書館（ＤＢＮＬ）にも、深く感謝したい。同館のオープン・ディジタル・アクセスにより、右記の本に関する貴重なデータを得ることができた。

参考文献

Andrews, Charlton. The Bound of the Astorbilts. “The Bookman”（New York）, June 1902.

同　The Resources of Mycroft Holmes. “The Bookman”（New York）, December 1903.

Baring, Maurice. From the Diary of Sherlock Holmes. “Eye-Witness,” London, November 23, 1911; “The Living Age,” Boston, June 20, 1912; from *LOST DIARIES* (London, Duckworth & Co., 1913; Boston and New York, Houghton Mifflin Company, 1913）.

Chapman, Arthur. The Unmasking of Sherlock Holmes. “The Critic and Literary World,” New Rochelle, NY, February 1905.

Clouston, J. Storer. The Truthful Lady. Chapter X of *CARRINGTON’S CASES* (London and Edinburgh, William Blackwood and Sons, 1920）.

Cooper, J. Alston. Dr. Watson’s Wedding Present. “The Bookman”（New York）, February 1903.

Dunbar, Robin. Sherlock Holmes Up-to-Date. *THE DETECTIVE BUSINESS* (Chicago, Charles H. Kerr & Company, 1909）.

Ford, James L. The Story of Bishop Johnson. “The Pocket Magazine,” November 1895.

Forrest, George F. The Adventure of the Diamond Necklace. *MISFITS: A BOOK OF PARODIES* (Oxford, Frank Harvey, 1905）.

Lang, Andrew. At the Sign of the Ship. “Longman’s Magazine,” London, September 1905.

Pearson, Edmund Lester. Dickens’s Secret Book. Chapter III of *THE SECRET BOOK* (New York, The Macmillan Company, 1914).

Queen, Ellery. *THE MISADVENTURES OF SHERLOCK HOLMES* (Boston, Little, Brown & Company, 1944）.

Thierry, James Francis. *THE ADVENTURE OF THE ELEVEN CUFF-BUTTONS* (New York, The Neale Publishing Company, 1918) .

Upward, Allen. The Adventure of the Stolen Doormat. From *THE WONDERFUL CAREER OF EBENEZER LOBB* (London, Hurst and Blackett, Limited, 1900) .

Veth, Cornelis. *DE ALLERLAATSTE AVONTUREN VAN SIR SHERLOCK HOLMES* (Bussum, Netherlands, C.A.J. van Dishoeck, 1912; second edition 1922, third edition 1926) . Contents: The Moving Picture Theatre; The Adventure of the Bloody Post Parcel; The Adventure of the Singular Advertisement; The Adventure of the Mysterious Tomcat.

訳者あとがき（兼作品解題）

いささか杓子定規な書き方になるが、本書は二〇一六年六月にミネアポリスのホームズ団体The Norwegian Explorers of Minnesota（以下ＮＥＭ）が刊行したThe Missing Misadventures of Sherlock Holmes edited by Julie McKuras, Timothy Johnson, Ray Riethmeier and Philip Bergem の全訳である。

ＮＥＭが三年に一度の大会の記念品として、エラリイ・クイーン編『シャーロック・ホームズの災難』（以下『災難』）で収録できなかった作品だけのアンソロジーを出版した経緯は、本書編者のまえがきで、すでにお読みと思う。クイーンがそのホームズ・パロディ・アンソロジー、*The Misadventures of Sherlock Holmes*（邦訳ハヤカワ文庫）を出したのは、第二次世界大戦のまっ最中、一九四四年のことだった。今でこそホームズ・パロディのアンソロジーは古典・書き下ろし問わず無数に出ているが、当時すでに数多く出ていたパロディ／パスティーシュの中から傑作や注目作を選んで一冊のアンソロジーにするということは、まだ行われていなかったのである。

その後、クイーンの『災難』がコナン・ドイルの遺族からのクレームで絶版に追い込まれる経緯は、編者まえがきで言及されている『エラリイ・クイーンの世界』などを参照していただくとして、ここではもっぱら、本書『失われた災難』について書いておきたい。

クイーンは『災難』のまえがきの中で、さまざまな理由により収録できなかった作品について解説している。本書では、その「失われた（Missing）」作品のほとんどを収録した。「ほとんど」というのは、割愛された作品には、ホームズものと言えないものや、完全に三文小説になっているもの、（長いので）単行本として出ているものなどが、あるからだ。

また、商業出版でなく大会の記念品という性質上、著作権が今でも生きているものは、収録されなかった。中にはアメリカで著作権が切れていなくても、日本における翻訳権は切れているという特別ケースもあるが、本書は日米間の契約上、二〇一六年の原書そのままに出版するということになっているので、そうした作品（既訳はある）を日本版だけで付け加えることはしなかった。このあたりについては、後述の各作品解説もご覧いただきたい。

本書の収録作は十四本。そのうち三つの短編は日本語の既訳があるが、本書の大半を占める中編「十一個のカフスボタン事件」が本邦初訳であるし、オランダ語が原典の「サー・シャーロック・ホームズ最後の最後の冒険」は、これまで原文の入手も難しかった。そうしたことから、たとえクイーンが収録しなかった作品群でも、「失われた」作品たちが日の目を見ることには意味があると思う。いや、書誌学的に見ても、大いに意味のあることではなかろうか。

【以下、ホームズ物語の〝ネタバレ〟があります。ご注意】

NEMの団体名「ミネソタのノルウェー人探検家たち」は、ホームズファンならすぐピンとくると思う。ホームズは〈最後の事件〉のライヘンバッハの滝におけるモリアーティ教授との決闘で「死に」――ワトスンや世間には死んだと思わせておき――三年間世界各地を転々としてからロンドンに帰還する。その生還時の事件〈空き家の冒険〉の中で、ホームズはワトスンに、「シーゲルソンというノルウェー人のおもしろい探険記を読んだことがあるかい? まさか、あれが自分の友人の著書だとは思わなかっただろう」と説明するのである。NEMは一九四八年にミネソタ大学の学部長や学科長五人で創立したのだが、うちひとりの教授が、ノルウェーからアメリカへの移民史研究家として著名だったことから、この名前になったのだという。BSI(ベイカー・ストリート・イレギュラーズ)の支部の多くがホームズ物語の作品名を団体名にしている一方、NEMは、非常にユニークなネーミング方法を使ったのだった。

筆者とNEMの付き合いは二十年ほどにわたるが、二〇一六年の大会テーマが〝The Misadventures of Sherlock Holmes〟だと聞いたとき、自分の研究分野から言っても、これはぜひ参加せねばならぬと思ったのを、記憶している。そして彼らは、その期待に大いにこたえてくれたのだった。本書の原書は、二二一部の限定出版。大会参加者は各一部もらえるとはいえ、やはりそこはマニアの悲しさ(楽しさ?)……在庫を何部か売ってもらったことは、言うまでもない。いや、それだけで収まるわけもなく、ぜひ日本語版を出したいということで奔走し、ここに実現したというわけである。

ちなみに、本書の原書はクイーンの『災難』原書のカバーをはずした表紙のデザインを、完全に踏襲している。サイズはほぼ同じだが、カバーなしのペーパーバックで、一冊二十五ドルという売価であった。

以下、本書に収録された各作品について、書誌情報などを載せておこう。そのあとに、クイーンの『災難』で割愛されたが本書に入らなかった作品のタイトルなどを。

●「ジョンスン監督《ビショップ》の事件」ジェイムズ・フォード
(The Story of Bishop Johnson by James L. Ford)“The Pocket Magazine,”November 1895.
書誌情報などは、原書の著者解説のとおり。クイーンは割愛理由について特に書いていないが、本書編者のまえがきにあるように、人種差別的な設定によるものと思われる。
なお、“bishop”は英国国教会だと主教、メソジスト等では監督なので、ここでは「監督」とした。」

●「アスタービルト家の限界《バウンド》」チャールトン・アンドルーズ
(The Bound of the Astorbilts by Charlton Andrews)“The Bookman”, June 1902.
ホームズ・パロディ研究家ビル・ペシェルのアンソロジー、*Sherlock Holmes Edwardian Parodies and Pastiches I : 1900-1904*（二〇一五年）にも再録されている。
訳注でも触れたが、この作品の発表は『バスカヴィル家の犬』の刊行直後だったことに、留意されたい。なお、この《ブックマン》の編集者はコラムの中で「シャーロッキアンたち」という言葉を使っており、これが初の使用例だと言われている。

●「マイクロフトの英知」チャールトン・アンドルーズ
(The Resources of Mycroft Holmes by Charlton Andrews) "The Bookman" December 1903. ペシェルの前掲書にも再録。チャールズ・プレス編 *A Bedside Book of Early Sherlockian Parodies and Pastiches*(二〇一四年)にも再録されたが、全三部のうち第一部のみ。既訳は日暮雅通訳「マイクロフトの英知」(『ミステリマガジン』二〇一六年五月号掲載)。ただしこのときの著者名は「チャールトン・アンドリュース」。また、『ミステリマガジン』の一九七五年十月号のホームズ特集でも訳出されたが、そのときには第三部(「鉄仮面」)が訳されなかった。クイーンが割愛した理由は不明だが、おそらくマイクロフトのみが出てくるからだろう。

なお、シェイクスピアの綴りは現在 Shakespeare が使われているが、一ダース以上の綴りがあり、本人も複数使っていたようなので、本作のスペルも間違いではないことになる。

●「シャーロック・ホームズの正体をあばく」アーサー・チャップマン
(The Unmasking of Sherlock Holmes by Arthur Chapman) "The Critic and Literary World," February 1905.

"M. Dupin Calls On Sherlock Holmes" というタイトルも使われたことがある。以下の本に再録。マーヴィン・ケイ編 *The Game Is Afoot*(一九九四年)、オットー・ペンズラー編 *The Big Book of Sherlock Holmes Stories*(二〇一五年)、ペシェル編 *Sherlock Holmes Edwardian Parodies and Pastiches II: 1905-1909*

（二〇一六年）、プレス編前掲書。

既訳は「シャーロック・ホームズ対デュパン」北原尚彦訳（『シャーロック・ホームズの栄冠』所収。論創社二〇〇七年、創元推理文庫版二〇一七年刊）。

クイーンの割愛理由は、精緻な文芸批評に重きを置いていること。名探偵どうしの対決ものというより、祖であるデュパンにホームズは一方的に責められ、恥じ入る。これはクイーンが『災難』のまえがきで書いているように、ドイル自身が認めたことでもある。なお、『僧院と家庭』（原題：The Cloister and the Hearth）は一八六一年に発表。作者は、小説家・戯曲家のチャールズ・リード。ドイルは、小説中の最も好きなヒロインとして、この作品のマーガレットを挙げている。

●「船影見ゆ」アンドルー・ラング

(At the Sign of the Ship by Andrew Lang) Longman's Magazine, September 1905.

"Sherlock Holmes Meets Edwin Drood" というタイトルもある。プレス編前掲書には、サマリーのみ収録。

この作品の題名は、ラングが連載していた随筆のタイトルで、ロングマン社のロゴマーク（メダルの中心に帆船の絵）からとっている。随筆の連載は一八八六年一月に始まり一九〇五年十月の号で終わっているので、最終回のひとつ前に載ったことになる。

本作と次の次の作品つまり「ディケンズの秘本」は、チャールズ・ディケンズの未刊の長編『エドウィン・ドルードの謎』を題材にしたホームズ・パロディであり、クイーンが割愛したのは、

「一般読者向きでない」というのが理由だった。ホームズ以外の有名な作品をネタに使った、いわゆる二重のパロディのたぐいではあるが、特に本作はかなり『エドウィン・ドルードの謎』の内容に食い込んでいる。この未刊の長編を読み、かつエドウィン論争について多少知っていれば本作をかなり楽しめるのだが、ストーリーの概略は本文の訳注を。あとは、創元推理文庫『エドウィン・ドルードの謎』巻末にある小池滋氏の解説を読むのがベスト、とだけ書いておきたい。

●「シャーロック・ホームズの日記より」モーリス・ベアリング

(From the Diary of Sherlock Holmes by Maurice Baring) "Eye-Witness,"November 23, 1911

初出は英《アイ・ウィトネス》誌一九一一年十一月二十三日号だが、その後一九一三年に本人の単行本Lost Diaries（一九一三年）に再録された。現代ではジェイムズ・ホルロイド編 *Seventeen Steps to 221B*（一九六七年）、ピーター・ヘイニング編 *A Sherlock Holmes Compendium*（一九八〇年）、セバスチャン・ウルフ編 *The Misadventure of Sherlock Holmes*（一九八九年）、ケイ編前掲書、ペシェル編の前掲書（IIのほう）にも再録された。既訳は「ホームズの日記より」小林司・東山あかね訳（ジェイムズ・エドワード・ホルロイド編『シャーロック・ホームズ17の愉しみ』所収。講談社一九八〇年、河出文庫版一九八八年）。クイーンの割愛理由は不明。

本作は、日本で初めて紹介されたパロディとして有名。初訳は一九一四（大正三）年五月十五日の『英語青年』掲載「探偵作家の日記」（大谷繞石訳・注）だった（この号を含め三回分載）。このことはホームズ/ドイル書誌学者・新井清司氏のリストにあるほか、ネット上の「ホームズ・ドイル・古本　片々録 by ひろ坊」（某著名ホームズ古典研究家のブログ）にも詳しい。本作は要するに、ホームズの間違った推理を楽しむパロディであるが、これは後年のシュロック・ホームズものなど、間違った推理をコミカルに描くパロディの流れにつながっていくものと言えよう。

なお、モーリス・ベアリングには、下記のホームズ・パロディもある。

"Sherlock Holmes in Russia: The Story of a Skat Scoring Book" *Sherlock Holmes in Russia*（一九〇七年）所収。

●「ディケンズの秘本」エドマンド・ピアスン

（Dickens's Secret Book by Edmund Lester Pearson）"Boston Evening Transcript" April 2, 1913 に掲載のあと、*THE SECRET BOOK*（一九一四年）に第三章 Dickens's Secret Book として収録。また、*THE SECRET BOOK* の第四章にもホームズの名は出てくる。一九七四年には、この第三章だけが小冊子 *THE ADVENTURE OF THE LOST MANUSCRIPTS* として刊行された。ケイの前掲書、プレス編の前掲書、ペンズラーの前掲書に収録。*THE ADVENTURE OF THE LOST MANUSCRIPTS* には、ピアスンのファイロ・ヴァンス・パロディ "Help! Help! Sherlock"（初出一九二八年）も併載されている。

また、ピアスンのパロディ以外のホームズ関係著作としては、"Sherlock Holmes Among the Illustrators"（The Bookman August 1932）邦訳「イラストにあらわれたシャーロック・ホームズ」（深町眞理子訳、『ミステリマガジン』一九七六年一月号）、"Aveatque Vale, Sherlock! (The Outlook September 20, 1927) がある。後者は『シャーロック・ホームズの事件簿』のレヴュー。

●「正直な貴婦人」J・ストーラー・クラウストン

(The Truthful Lady by J. Storer Clouston) Chapter X of *CARRINGTON'S CASES* (1920)

クラウストンはミステリの分野では一八九九年からフランシス・マンデル＝エシントンを主人公としたスパイ冒険ものが評判になった。ほかに調査員キャリントンのシリーズがあり、“Carrington's Case”(1920)が《クイーンの定員》に選ばれた。邦訳された短編としては、「封筒」(山本光伸訳、講談社文庫。丸谷才一・常盤新平編『世界スパイ小説傑作選2』所収)、「偶然の一致」(池央耿訳、光文社文庫。エラリイ・クイーン編『クイーンの定員』所収。「正直な貴婦人」はダグラス・グリーン編 *I Believe in Sherlock Holmes* (二〇一五年)にも収録。

クラウストンは本書の著者紹介にあるコミカルな小説 *The Lunatic at Large* (一八九九年)の中にドクター・シャーロウ(Sherlaw)とドクター・(ティモシー)・ワトスンという人物を登場させたが、この作品にはそれ以外にホームズものとつながる要素はなかった。その後一九二〇年に出した短編集 *Carrington's Case* に、本作が載ったわけである。

●「サー・シャーロック・ホームズ最後の最後の冒険」コルネリス・フェート

(The Very Last Adventures of Sir Sherlock Holmes by Cornelis Veth……*DE ALLERLAATSTE AVONTUREN VAN SIR SHERLOCK HOLMES* (1912, 1922, 1926).

オランダ語の作品という理由もあろうが、筆者の知るかぎり、この作品が古典ホームズ・パロディ・アンソロジーに載ったことはない。これもそうだが、戦前、特にホームズものがまだ書き続けられていた一九三〇年代以前のホームズ・パロディは、コント的というか、コミカルな要素を前面に出すものが多かった。したがって、戦後や現代のホームズ・パロディと単純に出来を比較することはできない。とはいえ、一九一〇年代までの作品がほとんどの本書で、本作やチェリの「十一個のカフスボタン事件」のようなパロディが読めるのは、拾いものと言っていいだろう。

●「盗まれたドアマット事件」アレン・アップワード
(The Adventure of the Stolen Doormat by Allen Upward) *THE WONDERFUL CAREER OF EBENEZER LOBB*（一九〇〇年）

グリーン編の前掲書、ペシェル編の前掲書（Ⅰのほう）、プレス編の前掲書に収録。クイーンの割愛理由は不明。

●「ワトスン博士の結婚祝い」J・オールストン・クーパー
(Dr. Watson's Wedding Present by J. Alston Cooper) "The Bookman" February 1903

ペシェル編の前掲書（Ⅰのほう）に収録。

"The Bookman" はチャールトン・アンドルーズの作品を掲載した雑誌だが、その一九〇二年十二月号の編集者コラムに、読者からの投稿で編集部の意見が割れている、とあった。それは「〈四つの署名〉事件でワトスンは結婚を決めましたが、ホームズは彼の結婚祝いに何を贈ったでしょうか」という疑問だった。結局、一九〇三年一月号の編集者コラムに「未解決のまま対立はおさまりました」と出るのだが、本作はいわば、その投書への回答としてのパロディであった。クーパーという人物の詳細はいっさいわからないので、ひょっとすると同誌の編集者の偽名ではないかという推測もできる。クーパー自身は結局贈り物の内容を明かさずに終わっているが、今でもなかなか面白い疑問設定だと言えよう。

●「ダイヤの首飾り事件」ジョージ・F・フォレスト
(The Adventure of the Diamond Necklace by George F. Forrest) *MISFITS: A BOOK OF PARODIES* (1905)

本作は以下の本に再録された。E・O・パロット編 *Imitations of Immortality: A Book of Literary Parodies*（一九八六年）、ペンズラー編の前掲書、ペシェル編の前掲書（Ⅱのほう）、ミステリアス・プレスの小冊子 *The Adventure of the Diamond Necklace: A Study in Grotesque Criminality*（一九九九年）、ワイルドサイド・プレス編・刊 *Watson! and Other Unauthorized Sherlock Holmes Pastiches, Parodies, and Sequels*（二〇〇九年）

●「現代のシャーロック・ホームズ」ロビン・ダンバー
(Sherlock Holmes Up-To-Date by Robin Dunbar) *THE DETECTIVE BUSINESS* (1909)

著者紹介にあるように、一九八七年（または一九八八年）に三十ページの小冊子として復刊されている。クイーンの割愛理由は「社会主義的見地からの風刺もの」だからということだが、この設定ではホームズファンもそっぽを向くかもしれない。

●「十一個のカフスボタン事件」ジェイムズ・フランシス・チェリ
(The Adventure of the Eleven Cuff-Buttons by James Francis Thierry)（一九一八年）

クイーンの序文に割愛理由は書かれていないが、やはり三百枚の中（長）編となると、アンソロジーに入れるより単行本として出版すべきものだろう。

詩人であるチェリの単行本がこれ一作しか残っていないというのは寂しい話だが、本作には、レットストレイド警部（let strayed：迷わせる？）をはじめとした人物名設定の面白さや、各国人の集まりである伯爵家の使用人たちの設定やセリフ、俗語の面白さなど、言葉をこねくりまわす詩人らしい面がうかがえる。

ただ、自分の記事をボツにした雑誌編集者に中傷の手紙を書いたり、第二次世界大戦中に戦争への国民協力の詩"Kill the Japs"を書いたということなどを聞くと、考えさせられるものもあるが。

以上が本書収録作であり、クイーンが『災難』で割愛したものだが、今回のミネソタ本でも収録できなかったのは、以下の作品である。

Smith, Harry B. "Sherlock Holmes Solves the Mystery of Edwin Drood" 1924……『エドウィン・ドルードの謎』テーマ

Ford, Corey. "The Rollo Boys with Sherlock in Mayfair; or, Keep It Under Your Green Hat" 1925……ホームズでなく「マイクル・アーリンの作品のパロディ」。

Bedford-Jones, H. "The Affair of the Aluminium Crutch" 1936）

Bedford-Jones, H. "The Adventure of the Matilda Briggs"（未刊、著作権あり）

Bedford-Jones, H. "The Adventure of the Atkinson Brothers"（未刊、著作権あり）……以上三作は「ふつうの探偵小説になっている」。

[Anon.]. Memorias Últimas de Sherlock Holmes. 年代なし ……スペイン語で書かれた「最後の回想」の中にホームズが登場。セックスと暴力の〝切り裂きジャック〟もの。

Heard, H.F. A Taste for Honey 1941 ……著作権あり。邦訳書H・F・ハード『蜜の味』(ハヤカワ文庫)

Heard, H.F. Reply Paid 1942 ……著作権あり。未訳だが長い。

Milne, A.A. "Dr. Watson Speaks Out" 1928 ……著作権あり。お話でなく「文芸批評」に重きを置いている。邦訳A・A・ミルン「ワトスン博士大いに語る」(『シャーロック・ホームズ17の愉しみ』所収)

最後にひとつ。本書の作品には現代では許されない表現や設定があるかもしれないが、一九二〇年以前の作品という性質上、そのままにしてあることをご理解いただければ幸いである。なお、訳出にあたっては、吉嶺英美、谷川原理佳のお二方にご協力いただいた。この場を借りてお礼申し上げたい。

訳者あとがき（兼作品解題）

【編者】ジュリー・マキューラス

シャーロック・ホームズ研究家。同じく編者である、ティモシー・ジョンスン、レイ・リースマイヤー、フィリップ・バージェムも、The Norwegian Explorers of Minnesota という、アメリカのミネアポリスを本拠地とするシャーロッキアン団体の幹部。ミネソタ大学が所蔵する世界有数のホームズ及びコナン・ドイル関係コレクションの運営にも関わり、ホームズ研究団体としても数十年の歴史をもつ。

【訳者】日暮雅通（ひぐらし・まさみち）

1954年生まれ。青山学院大学理工学部物理学科卒。翻訳家。著書に『シャーロッキアン翻訳家　最初の挨拶』。主な訳書にドイル『新訳シャーロック・ホームズ全集』、バンソン『シャーロック・ホームズ百科事典』、スタシャワー『コナン・ドイル伝』、ワーナー『写真で見るヴィクトリア朝ロンドンとシャーロック・ホームズ』ほかホームズ・パスティーシュ集など多数。

シャーロック・ホームズの
失《うしな》われた災難《さいなん》

2018年1月31日　第1刷

編者…………ジュリー・マキューラス（Julie McKuras）
ティモシー・ジョンスン（Timothy Johnson）
レイ・リースマイヤー（Ray Riethmeier）
フィリップ・バージェム（Phillip Bergem）

訳者…………日暮雅通《ひぐらしまさみち》

装幀…………藤田美咲

発行者…………成瀬雅人
発行所…………株式会社原書房

〒160-0022 東京都新宿区新宿 1-25-13
電話・代表 03(3354)0685
http://www.harashobo.co.jp
振替・00150-6-151594

印刷…………新灯印刷株式会社
製本…………東京美術紙工協業組合

ISBN978-4-562-05464-0, Printed in Japan